兜兜转转都是爱

十月满 著

当代世界出版社

图书在版编目（CIP）数据

兜兜转转都是爱 / 十月满著.-- 北京：当代世界出版社, 2014.4

ISBN 978-7-5090-0956-7

Ⅰ.①兜… Ⅱ.①十… Ⅲ.①长篇小说—中国—当代 Ⅳ.①I247.5

中国版本图书馆CIP数据核字（2013）第298646号

书　　名：	兜兜转转都是爱
出版发行：	当代世界出版社
地　　址：	北京市复兴路4号（100860）
网　　址：	http://www.worldpress.org.cn
编务电话：	（010）83907332
发行电话：	（010）83908409
	（010）83908455
	（010）83908377
	（010）83908423（邮购）
	（010）83908410（传真）
经　　销：	新华书店
印　　刷：	三河市祥达印装厂
开　　本：	730mm×960mm　1/32
印　　张：	9
字　　数：	250千字
版　　次：	2014年4月第1版
印　　次：	2014年4月第1次
书　　号：	ISBN 978-7-5090-0956-7
定　　价：	25.00元

如果人生有5次就好了，5次都要住在不同的城市，5次都要做不同的工作，5次都要吃不同的食物吃到饱，然后5次都要……喜欢上同一个人……

目 录
CONTENTS

Chapter 01  被杀

又一个风和日丽的早晨。

对于一早就爬起来趴在电脑前玩游戏的艾亿来说，安详平和什么的，跟她没有一点儿关系，因为她正处在一片血雨腥风之中。

这事儿还得从半个小时前说起，艾亿刚登上游戏，跟好友素素点点聊天打趣后，就被素素点点拖到了蜀国。

想她艾亿无人之下千人之上——她好歹也是魏国女王吧，平日里出行那都是前呼后拥，一大帮子人蜂拥而上，其他国家的人谁见了不是退避三舍？可谁知这素素点点脑子一抽风，竟然要艾亿陪她去蜀国做任务。而她当时脑子也抽风似的，竟然答应了素素点点的要求。

俩傻蛋偷偷摸摸从边境到蜀国，还没上正道，就被一大帮蜀国玩家发现了。于是各种拖尸、各种鞭尸、各种惨啊……

艾亿想想就抹一把辛酸泪，她一边回头向追击的人扔下几个技能，一边忙着往前逃跑。至于素素点点同志——早就被对方杀了20次，高额复活回城了。

基于战斗状态下不得按回城符的游戏设定，艾亿只能先摆脱身后的尾巴，才能回城，否则就得以死告终。想让她这个魏国女王死在蜀国那些不知名的小子手中还会被系统昭告天下，就算她答应，她魏国国王帮

的同志也不答应啊！要是丢了他们的人，国王帮的同志一定会狠狠批斗她这个女王的。

当女王也是很没人权的。

艾亿一边瞎跑，一边扔技能，竟然没有发现，在小道的旁边，有一个刚上线的无辜路人甲被她的群法技能扫到，立刻躺尸。

【区域】蜀国好汉：跑什么跑，乖乖跟我们杀上一次。

艾亿被身后某人的呐喊声吓了一跳，继续不吭声地埋头乱跑。她跑的是S形，这是网游常见的逃跑路线，为的是避免直线逃跑落进敌人的攻击范围。然而艾亿万万没有想到，她跑着跑着，一不小心又跑回了原地，还伤了路边的花花草草。

艾亿现在所在的蜀国地图云台山很奇特，是一个圆形的地图，它里面所有的道路，都是按圆形排列上山的。远远看去，就像是棒棒糖上面的纹路，看起来挺漂亮的，跑起来却累得想哭。

平日在云台山生活的玩家等级也不高，但架不住对方人多。而且一听说魏国女王现在就在自家后花园晃荡，蜀国玩家们就跟蚂蚁看到糖一样，稀稀拉拉地全都涌了过来。能捡一个女王的人头，在系统上露一次脸，那也是大大的光荣啊。

只可惜，这个女王实在有点儿难缠。首先，她装备很好，清一色的十二星套，等级在50级以下的玩家基本被她秒杀。其次，她很能跑，从云台山底跑到云台山顶，再跑下来跑上去……她不晕，他们这帮追杀的人全都要晕了！

不过，这不是重要的，重要的是，某个被无辜伤及的路人甲，愣是站在原地被艾亿的技能来来回回扫死了N次——这个N大于等于10。

【系统】你被魏国的亿月亿年杀死了。

【系统】你被魏国的亿月亿年杀死了。

【系统】你被魏国的亿月亿年杀死了。

……

一排被杀死的系统消息让路人甲席东梁同志脸色铁青，他拿着鼠标的手，青筋已经突显。十多次毫无理由地被杀，把席东梁引以为傲的好脾气磨了个精光。

他生气了，而且很生气。

他不过就是上来看看这游戏现在发展得怎么样，怎么就莫名其妙被同一个人杀了十多次？他要好好教训教训这个叫"亿月亿年"的家伙，一定要。

当对方第18次将自己的角色砍倒在地的时候，席东梁终于爆发了。不过，他一向是严肃正经的形象，此刻也没有太过失态，只是抓起了手机，迅速拨号，待对方迷迷糊糊的声音传来的时候，他才一字一顿地说："你这游戏还真是好玩啊！"

"那是那是，我做的嘛！"对方并没察觉到他语气里的愤怒，立刻屁颠屁颠地回道。

见对方丝毫没有要反省的意思，席东梁就爆发了，噼里啪啦就是一顿狂轰滥炸："就知道你做不出什么好东西来！什么乱七八糟的鬼游戏，我一上线就被杀了18次！你这游戏怎么做的，游戏不是拿来玩的吗？上线就被杀十几次谁还来玩？鬼才会再玩你这种神经兮兮的破游戏！"

对方被他轰得半天没醒过神来，琢磨了半晌，才抓住他这话的重点："啊……哈哈哈哈，你被杀了18次？"

"你还笑！"席东梁简直想掐死这家伙。

"别，别，别生气。你这个老古董，游戏嘛，当然是打打杀杀才好玩啊。你那号不是给我调试程序的时候建的吗？才十几级而已，现在游戏都开到九十级了，随便一个人都能撂倒你啦！"对方笑了老半天，才在席东梁打算挂掉电话冲过去找他真人PK的时候止住了笑，并且给他解释了一下目前的情况。

他做的这个游戏本来就是征战类的游戏，以三国为背景，魏国、蜀国和吴国三国互相竞争和发展，经常会为了抢地盘抢武勋什么的大打出手。

席东梁虽然等级低，但他是蜀国人，艾亿虽然没想特意伤他，但游戏设定是不同国家的人就是敌人，她又没有追着他打，又何错之有？

说起来，双方都是没有错的，只是双方所站的立场不同而已。

席东梁被对方这么一说，老脸微红。当然，他绝对不承认这是他落伍所致，他仍然觉得，玩这种游戏的人，脑子都有病，否则没事干吗整天想着打打杀杀呢？

"行了行了，别给我找那么多借口。你不是开发这游戏的吗，你把我的号调到100级。"至于把号弄那么高干吗，他自然是不会说的，他要去报仇。这件事，要是被这家伙知道了，还不得笑话死他啊！

对方一听，立刻就要哭了："大哥啊，我虽然是做游戏的，但是调等级这种事也不能做啊，不然别人花了几万块在里面是干吗呢？我也不好给你一个人开后门，对吧？"

他这理由确实不错，但席东梁同志丝毫不为所动。谁不知道那家伙就没有做过一件靠谱的事，脑子里就没有正经做事这一说。"我不管，反正你想办法弄。不然，我就跟曹爸曹妈说你在哪里逍遥自在。"

"……"对方立刻无语。他能说席东梁同志突然从严肃老成转变成无良小赖皮吗？唔，这话是不能说的，要知道，古板的人纠结起来，是很可怕的。他懂。

于是，在席东梁大发脾气的时候，账号升级这事就被搞定了，他亲爱的发小同志决定亲自帮他练号。据说只要一个月，就可以从17级练到90级，装备什么的也一起搞定。不愧是游手好闲的鼻祖啊！

若是他的发小听到最后这句感叹，一定会宽面条泪并且以罢工来抗议的，不过他没听到，所以还是屁颠屁颠地准备干活了。

至于电脑的另一头，艾亿这边就悲惨多了。她本来正兴致盎然领着一屁股的追杀者在云台山绕圈圈，结果自家卧室门砰的一声被踢开了，她一个激灵，鼠标就从手里掉了出去，紧接着就听到中气十足的一声怒吼：

"死丫头！"

艾亿欲哭无泪地看了一眼屏幕，亿月亿年——堂堂一国女王，已经被蜀国的一群小喽啰以多欺少杀死了，正以非常不雅观的姿势躺在地上，仰望蓝天白云。

如果时间能够倒流，她一定早早跑出云台山，早早跑回魏国地盘，一定不会死得如此凄惨。艾亿苦着脸按下屏幕上的安全回城，然后毕恭毕敬地站起身来，对着门口吹胡子瞪眼的白头发白胡子老头无奈地说道："爷爷，什么事儿？"

"你说什么事儿？还能有什么事儿？"老爷子瞪着艾亿，被气得脸庞通红，绝对不像是88岁的老人家。

艾亿更无奈了，爷爷最近不知道哪根筋不对，非要拉她去相亲找对象结婚。天啊，她才23岁，大学毕业刚一年，她连孩子都还没当够，跑去结哪门子的婚啊？

"唉，知道了，我会尽快找个男人结婚的，爷爷您就别生气了，有什么好生气的。您看我不是一直都很听话吗？"

从小，爷爷说她是艾家第89代传人，于是抱了她来老院儿生活，连父母都不让插手。

长大了，爷爷说要艾亿继承他的衣钵，教她学习大量的风水知识——没错，爷爷就是个风水师——她连课外娱乐都没有时间。

毕业了，爷爷说她要正式进入风水行业，连父母安排的工作也不能去。

艾亿都一一答应了。其实艾亿是个很乖的孩子，虽然跟着爷爷学了一肚子的坏水。大约是从小离开父母的原因，所以她很懂事。她平日与父母来往少，倒是与爷爷更亲近些，爷爷说的话，她都是很认真地去做。

在科技日渐发达的今天，风水师这一行，不就是一神棍吗？要她去做神棍？好吧，她忍。

但是为什么连终身大事，爷爷都要掺和呢？艾亿突然有些愤怒，但又很矛盾，她知道爷爷都是为了她好。可是，就算再怎么为她好，也不

能让她无休止地参加相亲大会啊！她才23岁啊！

想来，艾亿无奈不已。

艾爷爷自然明白孙女是在敷衍，但是他又找不到可以说服她的理由，毕竟，她这个年纪就结婚的人确实很少，但是……

艾爷爷叹了口气，恢复仙风道骨的模样："丫头，你爷爷我活不过今年了，所以我才想让你赶紧成家……"

艾亿猛地抬头，看见爷爷的表情，下意识地就想相信他，但是，下一秒，艾亿就恢复过来。拜托，站在她面前的是谁？是鼎鼎有名的艾家家主，是中国风水界的第一人，被他忽悠的人不说撒豆成兵——这什么比喻——也算成千上万。

"爷爷，这理由真不好笑。"艾亿只得无奈地认为，这又是爷爷的一次逼婚之举。

她不是故意说爷爷骗人，而是艾亿很早就被爷爷教导，风水师的精髓，就是要会演戏。

艾亿小时候每次崇拜地看完爷爷入神的表演后，爷爷都洋洋得意地告诉她，风水师最重要的，不是会不会看风水，而是会不会做戏。如果你能让别人相信你，那你就是一个优秀的风水师，如果有人不相信你，那你就得好好地磨炼。

所以艾爷爷痛苦的模样在艾亿眼里太熟悉了。每次遇到无神论的正直青年，艾爷爷都是这种表情，为此不知道多少青年的态度由将信将疑转变成毕恭毕敬，然后乖乖地掏腰包让他帮忙看风水。

"丫头，这样吧，我知道我现在说什么你都认为我是在骗你。这样，咱们打个赌，爷爷给你算上一卦，如果卦象不对，从此以后我再也不逼你相亲，但如果对了，咱们明天就继续相亲。"说罢，也不等艾亿回答，爷爷便一副艾亿熟悉的手势，嘴里念着艾亿从来没听清过的咒语，像是阿弥陀佛，又像是唵嘛呢叭咪吽，又像是急急如律令，反正乱七八糟的。

艾亿不由得撇了撇嘴，真不明白爷爷到底想要做什么，他是打算把忽悠别人的方法在自己身上都演练一遍吗？从小到大，忽悠人的功夫，她都是跟爷爷学的呢！

过了两分钟，艾爷爷终于停止了念叨，睁开眼睛，直愣愣地看着艾亿："你今天下午会有血光之灾。"

艾亿顿时无语，好吧，这又是一句熟悉的话。她该怎么跟爷爷说，她根本就不想去相亲，根本就不想去被人品头论足，根本就不想对着男方和男方家里人回答各种莫名其妙的问题？

就在这时，一阵悦耳的音乐声响起。

手机响了！

艾亿正犯愁着，听到这声音，简直都要拜谢打来电话的这人了。她决定了，不管打电话的人是谁，她一定要请对方吃大餐。

"喂，小亿啊，你在干吗呢？我看你在王城待了好久了！"电话那头轻快地说。

艾亿听到她的声音，只差没流泪抓着她的手摇晃了。"素素啊，你出了什么事？是要出去吗？啊，那我们在上次那个咖啡屋见。嗯嗯，好，就这样。不见不散哦！"说完，也不等对方的反应，啪的一声就挂了电话，然后抓起外套，急匆匆地往外赶，一边赶一边跟爷爷打招呼："啊，爷爷，我朋友好像出了点事，我过去看看，晚饭不回来吃了，您自己吃啊！"

艾爷爷还没反应过来，她人早没影了。"哎，回来，你回来！"艾爷爷喊了几声，听到楼下砰的关门声，只得无奈地叹气。"死丫头，真有血光之灾啊！你不担心我还担心呢！"

不过算了，若真是有血光之灾，给她点教训也好。艾爷爷叹完气，该干吗干吗去了。

爷爷对自己算的卦也不是很相信。

在市中心的某间咖啡屋内，被艾亿一顿话弄得云里雾里的女孩子已经在等着了。见到艾亿急匆匆地赶来，只是一眼，女孩就立刻笑了："哈哈哈哈，又被你爷爷逼婚了吧？哈哈哈哈！"

看着长相俊秀的少女毫无形象地趴在桌子上指着她哈哈大笑，艾亿不由得黑了半边脸，心想怎么就认识了这么个不靠谱的朋友，她现在转身不知道还来不来得及？

"唉唉，跑什么啊，快来快来。坐下坐下，跟我说说，咱们亲爱的爷爷大人今儿又用了什么招数？我来猜猜，是绝食，是点卡诱惑，还是拿你爸妈威胁？啊，居然都不是……"少女拉着艾亿回到座位上，嘴巴里连珠炮似的吐出一长串问题。她把艾爷爷可能使用或者已经使用的手段挨个儿数了个遍，很遗憾地从艾亿的表情中发现，艾爷爷的段位又升高了。

眼看着好友越来越不靠谱的猜测，艾亿只得翻了个白眼，把前前后后的事情一说。不出所料，自然又引起对方的一阵大笑。

"我说，你能不能收敛点，看你长的一脸狐狸精样，做那么没形象的表情动作，很伤人自尊呢！"艾亿终于忍不住，开始出言伤人了。

可是少女的脸皮厚啊，早已练就了金刚不坏之身。艾亿的毒舌，实在对少女一点影响都没有。

少女撇了撇嘴，她长什么样又不是她自己能决定的对吧？"得了得了，现在是在说你的问题，你别转移话题。其实我觉得，说不定爷爷真有点真才实学，或者这个世界真有鬼也说不定啊……"

"停停停。"艾亿见她说的越来越不靠谱，只得赶紧打断她。"赶紧喝你的咖啡。对了，你刚才打我电话做什么？"

没错，面前这个有点疯疯癫癫说话不怎么靠谱的少女，正是艾亿游戏里的好友素素点点。

从真正意义上来说，俩人是网友。大概五年前俩人在一款休闲游戏里认识，艾亿在游戏里神秘沉默，颇有大神的风范，而素素点点却以俩人在同一个城市为由唧唧喳喳老缠着艾亿，俩人就莫名其妙地认识了。

艾亿因为时间充裕，给面临高考的素素点点练了大半年的号，后来素素点点毕业，便要求跟艾亿见上一面，一来二去的，俩人便成了来往密切的损友。

"也不是什么事，还不是说你被蜀国那群小子杀了，三哥让我问问究竟怎么回事呗！"素素点点抿了一口咖啡，耸肩道，她对艾亿的处境表示爱莫能助。

艾亿郁闷了，自己被蜀国不知名的小人物杀了，那可是丢了整个魏国国王帮的脸面，回头不知道要被他们教育上多少次。

想着，艾亿就对对面的某女翻白眼，要不是她抽风约她去蜀国，自己怎么可能跟着抽风。

咳，其实，女王大人，若不是你自己脑袋发昏跟着跑去外国，谁能真正左右你的心呢？

俩人又聊了一会儿游戏里的事，素素点点就说要回去了。她在本市W大读书，刚上大三，平日里虽然时间挺多，没事儿可以打打游戏，但该上的课还是得去上的。

艾亿不想那么早回去，老爷子还等着她自投罗网呢，想着，艾亿就决定独自一人逛商场。

可是逛着逛着，也没意思。艾亿这种宅属性的动物，要真让她一人逛街逛到死，那是绝对不可能的事。于是没过多久，艾亿就往回走了，她抬头看见绿灯亮着，便直接往对面走去。

突然眼前一花，艾亿便感觉右腿膝盖一阵疼痛。

等艾亿恢复神志，定睛看去时，一辆红色敞篷跑车在左手边的车道上停住，并缓缓倒退过来。哟，还是宝马呢！

艾亿皱了皱眉，低头看了看自己的膝盖，因为是冬天，穿的是打底裤，但已经被刮下一片，露出里面被擦伤的血流不止的膝盖。

她试着移动了一下膝盖，还好，并没有被撞到，看样子是被车上的什么东西给擦伤的，并不是撞伤的。一瞬间，艾亿想到了爷爷的那句话——"你今天将有血光之灾"。

这时，红色跑车已经倒退到她的面前，一张精致的脸朝艾亿瞥了一眼。女人妖娆的脸蛋上全是漠然，甚至带着怜悯般地伸出她修长的手指。

顿时，五张红色钞票从车上飘落下来。

艾亿脸色一变，这女人是什么意思？

但没等她说话，红色跑车又呼啸着离去了。

艾亿眯了眯眸子，不顾路人的目光，一声不吭地弯下腰，快速地将五百块钱捡了起来。

回到家里，爷爷并不在。大概是因为艾亿说晚上不回来吃饭，所以爷爷便出门打秋风去了。

艾亿清洗了一下伤口，伤口并不深，休息两天就可以好了。但是那女人的态度实在让人无法忍受，好在只是一个路人甲，与她没有什么关系，不然她想着法儿都得教训对方一番。

没办法，艾亿的脾气就这样，其实也是跟了爷爷才这样的。老人家八十好几了，别看他成天乐呵呵的，若是有人得罪了他，他肯定是要暗地里下个小绊子的。

想着，艾亿又安静下来。爷爷说的话，是真的吗？他说她有血光之灾，可她一直以为爷爷只是不学无术骗人钱财的老神棍，但是今天的事……总不能是他一手安排的吧？

【好友】素素点点：不是吧？你真被车撞了？你爷爷这么神？

【好友】亿月亿年：别提了，我还想是自己做梦呢，那女人扔的钱，现在还在我桌子上。

【好友】素素点点：那女人也太可恶了，有钱就了不起啊！

素素点点义愤填膺了老半天，把那个未曾谋面的女人骂了个狗血淋头。末了，仍是将话题转了回来。

【好友】素素点点：我说，其实一般家境好点的，都挺迷信的，不然你爷爷生意也不会那么好啊。说不定，爷爷真是什么上古流传下来的茅山道士呢，你看看，他现在都快九十了，哪像个老人家啊！

素素点点是见过艾爷爷的，艾爷爷除了花白的头发外，其他地方都看不出来他有八九十岁。他脸上红光满面，说话声如洪钟，身体矫健如燕，怎么看都不像八九十岁的老人。

正因为这样，艾亿对爷爷的 "我活不过今年了"的话，一点都不感冒。就他这精气神儿，怎么也不可能出现这样的问题啊。

可是，当艾亿真的被车擦伤后，心境发生了很大的变化。这种变化，让她不由自主地觉得爷爷的话是有几分可信度的。想一想，老人家忽悠过那么多青年才俊，可竟然没有一个人前来找过老人家的麻烦，这就足以证实爷爷是有一点点本事的，不是吗？

艾亿越这么想，就越害怕。如果爷爷真的活不过今年，她该怎么办？她从小就跟爷爷生活在一起，这么多年相依为命的感情，让她怎么舍得爷爷离开？

就在艾亿浑浑噩噩的时候，楼底下又传来爷爷的大嗓门。

"死丫头，你在不在呀！还没回来啊？我都出去晃了三圈了，怎么还不回来啊！"爷爷一边叫，一边嘀咕，若是外人听了，肯定是要笑上一番的。这老头说话也太搞笑，人都不在你嘀咕有什么用？

但是艾亿明白，爷爷这是害怕家里没人，冷清。

父母具体是做什么工作的，艾亿一直没弄明白，但是他们成天在外面跑，根本没空回家，爷爷便把艾亿抱回老院，一把屎一把尿地带大。

艾亿渐渐长大了，性格开始变得有些内敛，虽然骨子里是个不安分的主儿，但感情一直不怎么外露。哪怕是再依恋爷爷，也总是在表面上表现得不在乎。

爷爷老了，身边跟他同一辈的人大多去世了，只有他还活着。

有时候，艾亿下楼，总会看见爷爷呆呆地望着天空，那时候，艾亿总会很心疼，想哭，又怕爷爷会担心，就躲起来悄悄地哭。

祖孙俩都是不怎么会表达情感的人，所以成日里总是斗嘴。每次看到爷爷大呼小叫的样子，艾亿才觉得他有点生命力，也就由得他去了。

想着，艾亿吐了一口气，高声答道："爷爷，我在呢！"

然后，艾亿安安静静坐着，没有下楼。不一会儿，她的房门就砰的一声被踢开了。

每到这时候，艾亿总要替自己的房门哀悼两声。

"死丫头，回来了也不吱个声。你不是说不回来吃饭的吗？怎么又跑回来了？"老头又着腰在门口吹胡子瞪眼。

艾亿又有种错觉，爷爷这样，实在不像是要走的人啊！但是，她再一想，爷爷年纪确实大了……唉，艾亿自己都觉得矛盾。

"朋友有事先走了，没吃成。"

爷爷怀疑地看了她一眼，没有再追问，却抛了另外一个消息出来："明天晚上六点，在迎风阁吃饭，知道了不？"

艾亿一听，头就大了，又是相亲，条件反射似的想要拒绝，但想起今天的经历，拒绝的话到了嘴边，又咽了下去。"嗯，我知道了。"看样子抓紧时间找个顺眼的人结婚才是正事，不然老被爷爷这么折腾，自己也被动，终究不是个办法。

爷爷眼一瞪，这丫头今天怎么这么听话了？随即想到早上的赌注，再歪头看了看丫头一脸波澜不惊的样子，顿时明白了，她真的遇到血光之灾了啊！哈哈！这丫头，就得给点教训才好。哼哼，以后就能多安排相亲了……

爷爷不厚道地在心里大笑几声，非常高兴地下楼去了。

留下艾亿一个人愣了好久，爷爷离去时的眼神，好像又在打什么鬼主意。

与此同时，在临市一座安静的洋房里，席东梁正半倚在沙发上，认真地听着母亲大人的教导。

"让你有空回家一趟，你宁愿跑到那鸟不拉屎的地方游玩，也不回来。你是不是不想见到我们两个老家伙了？"

"没有，没有，绝对没有。"席东梁赶紧否认，那是公司发的旅游券，不用白不用嘛，再说了，他平日里工作忙，好不容易有个休假的时间，也不想回家被老妈唠叨。

不过说起来，席东梁就有气，休假期间跑去上了曹赛宝开发的那个鬼游戏，想看看之前给他调试的程序是不是还能用，竟然被人连杀了十多次，真是太可恶了。怎么玩游戏的人会这么可恶呢？

都是曹赛宝那小子给闹的，做的什么鬼游戏，好好地打怪不就行了吗，杀什么人啊，真是的。

席东梁想着想着，思绪就走远了。

等他回过神的时候，母亲大人已经在另一头发了指令。"行了，我也不听你那么多借口了。你看看你，都30多岁了，还不赶紧结婚生孩子，你是想让我们急死啊？我不管你啊，你李婶给介绍了个姑娘，你明天下午六点，到那个什么迎风阁……"

席东梁也很无语，好吧，相亲吧，他也31了，再不结婚父母得骂他了。想他30多年都老老实实，没必要在这个时候跟父母玩叛逆。于是席东梁都一一应了，地点也记好了。

临市有名的大饭店，迎风阁。具体桌位什么的，等通知。

爷爷走后，艾亿回到游戏，跟素素点点说了一下明日的相亲，素素点点平日就是个不靠谱的，这时候更是起哄，去吧去吧，说不定能找个如意郎君，从此逍遥自在仗剑天涯呢！

艾亿很想啐她，又不是武侠片，还仗剑？上哪儿弄剑去？

不过很快，艾亿就没这时间了，因为国王帮里的人，大多都回过神了。他们亲爱的三哥，也就是艾亿的第一近卫军，十三月的风同志，正在帮派里问艾亿话呢。

【帮派】★副帮主★十三月的风：小亿妹子，你啥情况啊，今天居然被杀了？

艾亿脸色黑了一下，虽然知道迟早是要算账的，但是没想到来得这么快。好吧，坦白从宽，应该可以吧？

【帮派】★帮主★亿月亿年：被我爷爷给吓的，他踹我门，我没空看电脑，就被蜀国的人给杀了。

【帮派】素素点点：我回来了你还不回来，你活该被杀啊！

艾亿看到素素点点的话，顿时想杀人。要不是她素素点点撺掇，她能脑子缺根筋就俩人跑去蜀国玩吗？

【帮派】★帮主★亿月亿年：来，素素，咱们单挑。

【帮派】素素点点：啊，三哥，鼠哥，猴哥，你们给我做主啊，女王要杀我，呜呜呜，我不活了。

帮派众人一阵沉默，平日里大家怎么就没发现，素素点点这丫头还有胡搅蛮缠这一特点呢？

【帮派】老鼠啃白菜：技术烂还要往外跑，都说了出门要带兄弟们一起啊，你自己去找乐子算什么事啊？

【帮派】猴哥我是虎哥：就是，就是。

众人又把艾亿说了一通，总体意思就是，你一个女王把大伙都丢在家里，自己跑去国外逍遥快活，这样的行为要不得。

艾亿非常受教地表示不再犯，并且指天发誓以后一定要跟着大部队的脚步，众人这才放过她。

指责的事完了之后，帮派众人就开始八卦了。

【帮派】老鼠啃白菜：小亿，你今天被骂得可狠了。

【帮派】素素点点：什么情况，什么情况？

【帮派】老鼠啃白菜：蜀国新来了一个王后，是个白富美。蜀国没事儿就爱把她跟别人比，生怕别人不知道那女的有多漂亮似的。今天小亿被杀了，蜀国人就把小亿拿去跟那个王后比了。

艾亿无奈地翻了个白眼，反正自从当了女王之后，她就没少被骂过，这种事她早就有免疫力了。

【帮派】猴哥我是虎哥：对呀，论坛上都列了十大评比条例，小亿你一条都没比过，全输。

见了这句话，艾亿也好奇了，自己有那么多不如人的地方吗？于是，手贱的艾亿上了论坛，果然，在论坛最热的帖子里，有一个名叫"极品女王VS极品王后"的帖子。

点进去，帖子第一条就说，魏国女王怎么猥琐怎么下流怎么无耻，蜀国王后怎么高尚怎么漂亮怎么有钱。

我什么时候下流了！艾亿咬了咬牙，继续往下看。

品德。魏国女王的性格几乎全世界都知道，猥琐兼无耻，把其他两国玩得团团转，蜀国吴国的指挥听见魏国指挥的名字，就会暴走。而蜀国王后那个亲切啊，那个和蔼啊，那个亲民啊，总之，蜀国王后完胜。

家世。魏国女王的十二星套怎么来的大家都知道，是魏国国王帮的人合资打出来的，她魏国女王一分钱没花，还整日喊没钱。蜀国王后请人练级一出手就是一万人民币，装备什么的更是不知花了多少钱。这一条，蜀国王后继续完胜。

美貌。魏国女王从来不发照片，就连魏国国王帮跟魏国女王最亲近的人，都不知道魏国女王长什么样。而蜀国王后，大家看啊，光看看，就知道有多漂亮啊……最后，蜀国王后仍然是完胜。

后面的帖子，艾亿没继续看下去。因为蜀国王后的那张照片刺激了她的回忆。如果没记错，这个女人正是之前开着红色宝马撞了她之后扔给她五百块钱的那个女人。

很好，蜀国王后——殷火儿，是吧？

艾亿全然没有发现，自己的嘴角正挂着一抹邪恶的笑容。

【帮派】★帮主★亿月亿年：大家作好准备啊，明天准备抢城了啊！打探消息的赶紧打探消息，做装备的赶紧做好装备，明天大干一场哈！

帮派众人正沉浸在自家女王跟敌国王后的比拼中不能自拔，忽然看见自家女王来了这么一出，众人顿时就傻了，不是说好这段时间休战的吗？蜀国吴国的国王都送了免战牌，怎么又开始打城战了？

不过，众人很快就释然了。自家女王，从来不按常理出牌，要不然，他们魏国也不会像今天这么强大啊。试问，现在的这个大区里面，蜀国跟吴国，谁能跟魏国比肩？

他蜀国、吴国送了免战牌，可她魏国没说一定要接，是吧？

于是乎，魏国国王帮很快开始行动起来了。

想想，明日就可以再抢一个城池，这将是令人多么热血沸腾的事啊！

Chapter02  相亲

一想到可以抢别人的地盘，魏国这群家伙就变得干劲十足，该干吗就干吗，绝对不含糊。

时间过得很快，一天的时间就在魏国国王帮的忙碌下过去了。抢城池的时间确定在下午三点，太早的话，很多游戏玩家还没起床，太晚的话，自己又赶不上晚上的相亲，所以艾亿特意定了下午三点，那时候人多，自己又有足够的时间准备晚上的相亲。

战斗开始时间是看宣战时间，宣战时间12小时后正式开始战斗。为了定下午三点，艾亿特地熬到凌晨三点才睡。

这还算好的，以前其他两国把艾亿惹毛的时候，她特意选在白天三四点宣战，然后凌晨三四点带人去抢城池，差点没把别人给气死。毕竟，凌晨三四点还在线的人，那真的是很闲的人。

三点整，艾亿带着大伙冲向这次的目的地——官渡。

官渡的地形像个汉堡，北方白雪皑皑，南方则芳草萋萋，中间一条小河将官渡一分为二，这里着实是个赏风景的好地方。

但此时，魏国众人和蜀国众人都没有赏景的心情。因为他们必须经历一场恶战，才能定下这个地方的归属权。

城池每天都会有不少的收益，一旦被抢，收益就会归对方所有，自己一毛钱也没有；若是抢到了，这些钱就会换算成国家俸禄，发给每一个国民。

所以抢城池是一件与全国都有关系的大事，除非特别时刻，否则一般情况下国王都不愿意被抢。至于抢别人，那自然都想，只是有人有胆、有人没胆的区别而已。

魏国经过长期的奋斗，已经成为三国之中的强国，国民众多，城池众多，身为女王的艾亿，在这期间花费了不少的心血，包括每次战争的指挥。

每个国家的国王都是默认的指挥，艾亿也不例外。要说魏国女王，这个区里面流传最多的就是她出其不意的打法以及猥琐又无赖的战术，让敌人头疼又无可奈何。渐渐地，蜀国和吴国已经矮了魏国一头，偶尔还要向魏国表示一下亲近，生怕这魏国女王脑子一发热就跑去抢城池。

但这回，蜀国人怎么也没想到，他们平日里骂了多少回魏国女王，人家都不当回事儿，这次却因为论坛上的一个帖子，就引起这魏国女王的小心眼报复。所以说，惹谁，也不要惹有权力的女人啊！

【国家】YW宇文：兄弟们！杀啊！

【国家】老鼠啃白菜：杀光！抢光！烧光！

双方短兵相接，魏国国力强盛，国民等级装备、技能强度，都比蜀国要好一些，所以虽然一时半会儿看不出胜负，但大多数人都知道，如果不出意外，魏国这城池，是抢定了。

一个半小时很快过去，蜀国国王把自己的头发都快拽掉了，也不知道自己怎么又惹了这女魔头的不快，最后只得破罐子破摔，上喇叭大骂。

【喇叭】★蜀国★国王 玉L遗忘：亿月亿年，你脑子进水了吧？没事打我蜀国干吗？

【喇叭】★魏国★太师 十三月的风：想打就打，关你什么事！

魏国太师都发话了，魏国国民不上去凑下热闹实在对不起观众啊！于是一场口水战就这么轰轰烈烈地开始了。

可是很快，现场情况就发生了戏剧化的逆转。

艾亿很敏感地发现，对方的城池NPC增多了！

这说明了什么？

每个城池的NPC是国王进行国力部署的时候定下的，一般情况下，城池的防御有NPC防御和国民玩家防御两种，NPC防御一般情况下不会变化，变化的只是国民防御。而城池的防御度是可以根据观察得出的，所以很多情况下，国王抢城池的时候都会先了解要抢的城池的NPC防御，调换自己的NPC攻击，然后用自己的国民去攻击对方的国民防御。

现在问题就出现在调换NPC上。

每个城池的NPC数量是固定的，所以在不知道对方打自己的哪个城池前，国王都是保持现有的NPC数量不动，这样最起码能平衡兵力。但是在宣战后，再调换NPC已经来不及了，因为NPC调换的时间是15个小时。

也就说，魏国要打蜀国的A城，那么对方想要保护A城提前从B城调过来NPC，就得提前15个小时下达命令。可是15个小时以前，魏国还没有宣战，蜀国又是怎么知道自己要打A城而不是打B城呢？

与此同时，魏国很多玩家也发现了，官渡的NPC突然之间增加了一倍。NPC在别的游戏里，可能是可有可无的，但在这款游戏里，NPC相当强悍，否则玩家们也不会想着让NPC去打NPC而不是让玩家去打NPC。

这个游戏里的NPC特别是防守攻城的NPC，能抵得上五个普通玩家。

蜀国在这关键时刻，突然来了这么一手。

魏国国民同时在心里闪过一句话：有内奸！

除了有内奸之外，就没有其他的选项了，难道对方还能未卜先知？

这内奸来头不小，除了国王帮的同志，其他人的嫌疑都能排除，而且，除了他们亲爱的女王之外，知道魏国宣战城池的同志，少之又少……会是谁？

当然，女王同志的嫌疑是绝对排除的，这不光是信任问题，更是智商问题，哪个当国王的没事给对手透露自己的私密信息对吧？自己宣战了自然是想赢的，莫非还想输不成？

虽然艾亿的嫌疑被排除了，但艾亿一点也不高兴。

此时，魏国的形势很不妙，原本被蜀国的玩家消耗了大半的兵力，在最后关头，又冒出一个城池的NPC兵力，她预想的胜利场景，在这一刻正式宣告失败。

"所有兄弟姐妹，听我口令，立即回城，放弃攻击，放弃攻击！输并不可怕，可怕的是我们不知道自己是怎么输的。请相信我，他们这次能赢，并不代表以后还会赢！"

在危难面前，艾亿果断下令，于是所有国民迅速回城，放弃了攻城。

魏国在艾亿的领导下，极少有失败的时候，这次攻城，原本胜券在握，但因为意外的因素，却变成失败。魏国国民一时都不好受，但大家还是在国家频道上安慰他们的女王，毕竟，出现这种事，对女王的打击要远远大于对他们的打击。他们得到的只是一次失败，但对女王来说，这是身边好友的背叛。

【国家】YW炉子：女王大人，不要伤心哈！这个人一定会不得好死！

【国家】爱情就是美：是啊，是啊，不要为那些不值得的人伤心。我们输就输了，这个内奸藏不了多久。

艾亿回城后，正待在传送点回想昨日的一切流程。

她要攻城，就要开始分配任务，但是因为每次分配任务这种事都是十三做的，所以她就告诉了十三，她要打官渡。十三听后，马上叫人去打听官渡的NPC情况。

他安排的是哪几个人来着？一个叫YW棉花，一个叫倾城一笑，好像都是女的。

那这两个人有什么背叛的目的呢？被蜀国用重金收买了？还是这两个号本来就是对方的小号？不可能，能进入国王帮的号，自然都不可能是小号。

艾亿忽然有些头疼，算了，把这两个号都踢了，就肯定没事了。

"死丫头，你赶紧收拾收拾出门啊！"爷爷的大嗓门又从楼下传来。

艾亿转过脸，下意识地往门口瞟了一眼，回道："还有一个小时呢！急什么！"

"你不要打扮打扮啊？"爷爷气势汹汹地踹开艾亿的门，吹胡子瞪眼。

爷爷的速度还真是快啊！艾亿一边在心里感叹爷爷的矫健，一边想办法拖延时间，至少得先把手头这事解决了吧！

"好了好了，我知道了。爷爷你先下去，我马上换衣服。"

"给你五分钟。"

"……"你到底是要我打扮还是要我出门啊！艾亿咬牙切齿瞪了爷爷所站的门口一眼，此时爷爷已经走了，想着爷爷不着调的性子，只得抓紧时间，回头看自己的屏幕，想找出那两个号然后踢掉。

这一看，不得了。

【喇叭】*蜀国*王后 殷火儿：哈哈，终于打赢了！谢谢十三！你也不用装啦，赶紧来蜀国吧，免得被那女人纠缠。

魏国上上下下已经沸腾了！

十三是谁！十三月的风，魏国女王的左右手，整个魏国开国功臣之一，魏国第二有权势的人。

魏国女王上位后，就一直没有亲王。几乎所有的魏国人都觉得，魏国女王跟魏国太师是一伙的，俩人是名正言顺的一对。只是碍于魏国女王的身份，才让魏国太师一直苦苦守候。

可是现在，敌国的王后居然说，他们魏国最大的内奸，竟是太师，是这个拥有着无上权威的魏国太师？

所有人都惊呆了。

艾亿也惊呆了，她甚至想大吼一句：天啊！你这是在开国际玩笑吧？

国王帮的帮派频道里，热闹非凡。因为有了敌国王后的一句话，帮派的人简直都要疯掉了。

【帮派】恶魔哟：十三，真是你做的？

【帮派】YW索尼亚：我们一直把你当亲大哥，你就这么对我们？你怎么对得起小亿妹子？怎么对得起魏国？

【帮派】倾城一笑：天啊！不是吧，三哥，你告诉我们，这绝对不是真的。

有质问，有不信，有怀疑。

与十三关系稍微好些的人，都没有说话，不知道是因为太过气愤，还是不想相信这样的事实。

这样诡异的气氛维持了很久，在多数人的质问下，十三终于出声了。

【帮派】★副帮主★十三月的风：我是什么样的人，你们都清楚。别人我就不说了，小亿妹子，我问你，你觉得这事是我做的吗？

魏国国王帮沉默了，所有人都在等，等他们的女王进行判决。

十三为魏国出钱出力，为的是什么，几乎所有人都没有考虑过，以前，所有人都觉得，十三是个好哥们儿。谁有困难了，第一个伸手的，是他；谁无聊了，第一个搭话的，也是他。他见男人就是兄弟，见女人就是妹子，从来没有做过一件让大家失望的事情。

敌国王后的一句话，让十三变成了反面人物。在平日里称为兄弟姐妹的众人质问下，还能这么淡定吗？国王帮的人都觉得，他们没有这么好的修养。他们会暴跳如雷，他们会愤愤大骂，他们会觉得自己冤枉，会想要离开……

或者，这是敌人的离间计也说不定。几乎所有人都升起了这样的念头，但是，他们没有说。

因为真正有资格给十三这个答案的，是他们的女王大人。

所以大家等啊等啊，等啊等啊，他们的女王大人就是不做声。于是众人开始着急了，女王同志你在干吗呢，这儿还有人等你回话呢，你不是睡着了吧？等众人去拖自家的女王大人时，才发现，他们的女王大人，不知道什么时候已经下线了。

顿时，所有人觉得前途一片灰暗。

被众人寄予厚望的女王大人，此刻正被她的爷爷大人逼迫着洗脸刷牙换衣服。

至于电脑什么的，难道你们不知道，有电闸这个东西吗，亲！

总之，悲催的艾亿同学，刚要回复十三的时候，电脑就黑了。爷爷轻手轻脚跑上来见她还沉迷游戏，一生气，把电闸给拉了。

艾亿只好在爷爷的监视下，认认真真地洗脸刷牙挑衣服，游戏什么的，那终究都是浮云啊！

到达迎风阁的时候，正好六点整，爷爷一边交代了对方的大致情况，一边把她送到门口，告诉她桌号，便一脸殷切地看她走进大门。

艾亿非常无语，她都到大门口了，难道还会跑回去吗？

不过还好，至少爷爷这次没有安排让双方家长都见上一面，应付一个人，总比应付一家子人要好。

迎风阁是本市最知名的酒店，不是因为它有多么高档，也不是因为它有多么豪华，而是因为酒店老板的后台很大，一般人都不敢在这儿闹事，久而久之，就成了新贵们的青睐之地。

艾亿跟随爷爷来过几次，所以并不怯场，甚至对这个酒店的内部格局非常熟悉。原本侍者是要带她入座的，但是她回了一句找人，侍者也就让她自便了。

转过一道弯，艾亿对着印象中的桌号走去，34号桌，桌上没人。艾亿皱了皱眉，按说自己踩着点儿来的，对方不早到也就算了，不至于这么不准时吧？

难道是她记错桌号了？

在35号桌上，有一位西装男子。远远的，只看见背影，艾亿想了想，决定还是上前去问一下，免得自己弄错。

"你好。"

一个清越的女声，让席东梁猛然抬头。入目，是一个仙气缭绕的女子。

席东梁突然被自己的形容词寒了一下，仙气缭绕，也亏他想得出来。不过，这个女子真有那么一些神仙气质。她穿着一件对襟白色连衣裙，下摆不长，只过膝盖，长发飘飘，眉眼中有一双看透尘世的眸子。

事实上，很多人第一次见到艾亿，都会被她的气质欺骗。她看起来相当具有仙女风范，素装上阵，却唇红齿白，一张脸不光洁净美丽，浅浅的微笑更让人有远离尘世的距离感。

就连艾亿自己，有时候照镜子都会感叹几番，这定然是跟她那神棍爷爷学的，否则怎么会长成这副模样。

"你好。"席东梁站起身，微微颔首。

坐着回答别人，总是不礼貌的。

艾亿顿时对面前的男人生出一些好感，对面这个男人，不高，一米七出头，不瘦，穿的衣服却衬得他器宇轩昂。他的脸非常有轮廓，眼窝很深，鼻梁很高，嘴唇偏厚，额头宽阔。这样相貌的男人敦厚善良执着，是值得相交的人。

艾亿稍微扫了一眼后，微微一笑："请问你是来相亲的吗？"

"嗯，对。"莫非是她，席东梁有些欣喜，谁都不希望自己的相亲对象是个很丑的人。

"那么请问你贵姓？"唔，爷爷说了，她的相亲对象姓丁，家中独子，家产过千万。

"免贵，姓席。"席东梁再次颔首，也奉送了一个微笑。

果然不是，那就是自己的相亲对象还没有到场了。艾亿顿时对相亲对象的印象差到了极点，真希望对方有个很好的解释理由。

"啊，那真抱歉，我找错人了。"艾亿低呼一声，为自己找了退路，然后再送上一个微笑："太抱歉了。"

席东梁虽然有些失望，但想着缘分这种事情确实不可强求，外表也不是他评判别人的唯一标准，也就微微一笑表示理解，目送对方在自己背对的椅子上坐下，这才坐下继续等待自己的相亲对象。

不多时，门口一前一后来了一男一女。女在前男在后，男的走的急，啪一下撞上女人的肩膀，女人顿时怒目而视。男的赶紧回头道歉：

"对不起，对不起……"

说着说着，男的目光就变得有些呆滞了。

女人似乎习惯了这种目光，有些不屑地瞪了男人一眼，又身影娉婷地朝艾亿和席东梁这个方向走来。

艾亿想着，这应该就是刚刚姓席的那个男人的相亲对象了，真是个美人。身材火爆，长卷发，媚眼如丝，真是个性感的尤物。就是烟火气息太重了，比较看重钱财。

果然，美女坐在了席东梁的对面。

若不是有艾亿认错人这一出，席东梁也会觉得对面的女人是个相当不可多得的漂亮女人，但因为有了比较，就会让人觉得，这种化妆品刻画出来的媚态，总好像少了一点什么东西。

与此同时，艾亿的对面，也坐上了刚刚那个还在对着别的女人流口水的男人。

艾亿在心里哀号，她要知道是来见这种男人，自己宁愿多打会儿游戏，也不会来的。

这倒不是说对面的男人有多丑，有多秃头，有多大肚子之类的。摸着良心讲，丁姓男人比她背面的席姓男人更高瘦，约有一米七八，更容易搭配衣服。他此刻的穿着也绝对是手工制作的名牌服装，他的头发上也绝对擦着价值不菲的头油。

正想着，男人开口了。

"你就是艾大师的孙女？"男人毫不隐藏地上下打量了一下艾亿，大约是觉得还不错了之后，才开口问道。

他的目光，就像是要把人的衣服扒光。艾亿暗地里冷笑了一下，端起等待时叫的茶水，抿了一口，揭力掩饰自己的怒意和尖锐，抬头朝对方微笑道："是的。"

男人被她笑得有些晕，艾亿的微笑一向是利器，她毫不吝啬这个武器。"没想到你这么漂亮，真是艾大师的福气啊，福气啊！"

艾亿故作羞涩地一笑，低头继续喝茶。

耳边传来背后男人低沉的声音："……那是我爸的产业，我自己的工资没那么高……"

真是个实诚的人！艾亿暗地里感叹。

与此同时，耳朵里又传来对面男人的声音："这样吧，小艾是吧，你就叫我丁丁吧，我朋友都这么叫的。我对你挺满意的，我们就直接交往，怎么样？"

"不多接触一下吗？"艾亿有些惊愕，这男人是有多大魄力啊，第一次见面就确定交往了？

她的道行毕竟有些浅，这样的惊愕落在对面男人的眼里就成了受宠若惊，于是他也不隐瞒："我爸妈说了一些你的事，我家有钱，养得起你。再说有艾大师在，我们也觉得有保障。只是有一点要跟你说一下，毕竟我们家是这样的环境，外头的一些事你不用操太多心就行了。"

"……"天啊，你当我是涉世未深的小姑娘来耍啊！艾亿被他的一段话气的手发抖，不过她很快把手藏到了桌子下面。

艾亿并没想过，自己才23岁，其实跟涉世未深的小姑娘差不多。只不过艾亿比较早熟，跟着爷爷东南西北的，见的富贵人家的稀奇事也不少，所以她读懂了对方话里的所有含义。

"交往了才知道合不合适"，这句话是说，先上床，有孩子了就结婚，生不出孩子你就滚蛋。

"我家有钱，养得起你"，这句话是说，真要结婚了，你就别出去瞎晃悠了，安安分分在家待着相夫教子。

"有艾大师在，我们也觉得有保障"，艾大师精通风水，她能保证丁家一世无忧，做事顺顺当当。这也是对方极其看中自己的原因。

"我们家是这样的环境，外头的一些事你不用操太多心"，现在一些有钱人自认为多养几个小三小四的很正常，你不要跟无知妇人一样到处嚷嚷，专心做你的正牌妻子就是了。

艾亿深吸了一口气，按捺住自己想要揍对方的怒火，抬起头，冲对方深深一笑。还没等对方从她诡异的笑容里恢复过来，艾亿就将胳膊

肘靠在桌沿上，双手交叉，女王气场顿显。"你知道我爷爷是什么人吗？"

"当然知道，风水界第一人。"对方愣愣地点头，不知道她干吗突然问这么显而易见的问题，难道是欢喜傻了？不像啊，她的笑容，这么诡异……

"你知道风水师入门要学什么吗？"艾亿皮笑肉不笑地继续问道。

对方摇摇头，他又不是神棍，他怎么知道风水师入门要学什么？

"好吧，这个你不知道，那你总知道，我爷爷跟你有没有见过面吧？"

对方又被她诡异的笑容震慑了一下，她的笑怎么让他觉得，自己是个无知的凡人呢？不对不对，不过就是个神棍的孙女罢了！对方皱了皱眉，有些不悦道："你到底想说什么？"

"我想说什么。"艾亿再次一笑，令对方又是一阵晕眩。"我想，我爷爷一定没跟你见过面。而且，你一定不知道，风水师的入门课程，就是看相。你知道我看过多少年的面相吗？20年。"

说罢，也不顾对面的人到底是什么反应，艾亿便施施然离去。

她的相亲对象是什么反应暂不提，她背后的席东梁正好听到了她的这番话，不由有些好笑，这仙女般的人物，居然也说仙女般不着调的话。

刚刚他的相亲对象与背后男人相撞，他是知道的，但是他没看清那男人的长相。

就在这时候，他对面的女人也忍受不了了。"席先生，你说你不会接手你父母的产业，我也不强求，你说前女友比我漂亮，我也忍了，你现在是个什么意思？我说了半天，你在这里发呆，你到底有没有一点儿诚意？算了，当我白来一趟。"美女气愤地踩了一下脚，拎起包，妖娆地离去。

席东梁摸了摸鼻子，好吧，他一直就不怎么会说话，所以他也不知道怎么跟这位美女沟通哄她开心啊！唉，还是想想怎么跟母亲大人交代吧！

当然，离去的时候，席东梁还不忘朝那个仍然处于呆滞状态的某富家公子望上一眼。

明明是个很英俊的公子哥嘛！那姑娘，眼神不太好啊！

回到家的艾亿，马上受到了艾爷爷的盘问。还没等艾爷爷发话，艾亿就先声夺人。"爷爷啊，您好歹也自己看下再给我介绍啊！你都不知道那人有多丑。"

"很丑？"艾爷爷惴惴地问道，难道真的很丑？他家大人说他家儿子很英俊啊，很多姑娘都喜欢啊！

艾亿重重地点头："不是一般的丑啊，嘴唇太薄，鹰钩鼻，外眼角上吊，额头极窄。我都快被吓死了。"

听到艾亿说那个丁姓的男子长得丑，艾爷爷顿时就跳脚了，下次一定得把把关才行。好在自己孙女看人眼光极准，不然还不得被骗了啊！再说了，就算她看人眼光准，但她跟人打交道少啊，万一被人花言巧语给骗走了，失身又失心怎么办？

艾爷爷心里狠狠地骂了一下丁家人，一边反省了自己的错误，一边大手一挥："行了，你去玩吧，下次我会把好关的。"

这就是爷爷啊！明明是好心，却被自己嫌弃。即使这样，他一点都没怪自己，还想着要为自己做到最好。想着，艾亿有些心酸，但是她一直是感情内敛的人，所以轻轻应了一声，便上楼去了。

艾亿打开电脑的第一件事，就是在帮派寻找十三。

【帮派】★帮主★亿月亿年：十三，在不在？

原本还算正常的帮派频道，突然有一分钟左右时间的断层。艾亿眨巴眨巴眼睛，打开好友栏，很无奈地发现，十三同志并不在线。他不是真跑了吧？艾亿顿时一惊，赶紧打开帮派信息栏。

还好，十三月的风还在，副帮主的头衔也在，这说明他没打算离开，铁定是要自己表示一番，才会乖乖地回来。

艾亿突然有些无奈，为啥自家的太师大人，这么矫情呢？真不像她

的风格啊!

【帮派】老鼠啃白菜:人不在啊,你都干吗去了?

【帮派】*帮主*亿月亿年:别提了,爷爷逼我去相亲,看我老是玩游戏,把电闸给拉了。

艾亿的这个回答,实在是出乎大伙的意料。于是,大家的八卦因子都被调动了起来,他们的女王大人说啥了?她说,她去相亲了!

【帮派】素素点点:啊,你真的去相亲了!相亲结果怎么样,男的帅不帅,有没有钱?

【帮派】MC桃姬:真去相亲了?过程怎么样,说来听听。

艾亿对大伙的热情难以招架,也没时间招架,她还得先顺一下太师大人的毛呢!

【帮派】*帮生*亿月亿年:有空跟你们说,我先把十三的问题解决。

可是他人都不在啊!

魏国国王帮的同志心下凄凉,自从他们的女王大人莫名其妙下线后,他们的太师大人也莫名其妙下线了,而且再也没上过线。

这几个小时,他们魏国国王帮的同志就生活在水深火热之中,生怕这两大巨头反目成仇,继而上升为魏国的悲剧。要知道,魏国国王帮缺了他们哪一个都不行啊!

艾亿是指挥人才,她的脑子灵活,随时会想出一些让敌人特别无奈的招数,在魏国人心中,艾亿是一个精神上的支柱,只要有她在,他们就不怕。

而十三同志,则是管理型人才。魏国国王帮乃至魏国大大小小的事务,真正掌权作决断的,其实是十三同志。他长袖善舞,生性圆滑,从不与人交恶,这样的人又懂得如何提拔下属,如何让人心悦诚服,所以说魏国的开国功臣里,他算是功劳最大的一个。

这样两个人相辅相成,若是真缺了谁,魏国就会陷入困境。

让魏国国王帮同志宽慰的是,他们的女王大人好像已经有把握解决这件事了。不过，他们很好奇，她到底会怎么做呢？

【喇叭】★魏国★女王 亿月亿年：十三，出来。我知道你在，你躲着干吗？之前我家电闸被爷爷拉了，才没回答你的话，你就这么沉不住气？

【喇叭】★魏国★女王 亿月亿年：我们认识的时候，我45级，你43级，你为了确认我是个妹子，20两银子卖给我一套王双套。第二天你告诉我，我多给你180两，非要还给我，你不觉得那很让我丢脸吗？

【喇叭】★魏国★女王 亿月亿年：后来，老鼠给我练号，你俩趁我不在进了我们这个家族。没过多久，你就当了族长，那天，你说，让我来做指挥。

【喇叭】★魏国★女王 亿月亿年：再后来，你为了让我当上帮派的指挥，特地到了没有指挥的YW第九军团，你跟我说，小亿妹子，你要好好干啊。

【喇叭】★魏国★女王 亿月亿年：再后来，前国王倒台了，前帮主跑了，你接了帮主，安排我们打国王帮。可是国王帮打下来的当天晚上，你就把国王位置让给了我，你说，你不喜欢当一把手，只要我在位一天，你就会在位一天。

【喇叭】★魏国★女王 亿月亿年：当时的话你都忘了吗？我这还没走呢，你就躲起来干吗？你以为我不知道你正在上小号，你以为我不知道你想我求你回来，你以为我不知道你根本不伤心不在意别人的话，你就是想看看，我到底还记不记得以前的事，对吧？

艾亿一口气甩了六个喇叭，把世界屏幕都占满了，也算是大大地出了一次风头。

魏国女王一向不爱出现在世界上，也很少参与骂战，所以显得非常神秘。魏国国民都觉得，自己的女王是一个很低调又很高傲的女人。只有魏国国王帮的人才知道，他们的女王大人，其实只是一个很普通的女孩子。

她高兴的时候，就会带着大家去敌国溜一圈，杀几个人再回来钓

鱼。

她不高兴的时候，也会带着大家去敌国溜一圈，杀几个人再回来钓鱼。

不可否认，在她指挥的时候，她的声音极具魔力，会让人不自觉地臣服和听从。

但是她从来不高傲，也从来不神秘，这样的感觉是十三等人带给他们的，跟女王关系比较好的人，没事都会损上女王几句，但是女王大气大骂大哭的时候，从来都是在他们面前义正词严地进行的——好吧，请原谅用词不当。不过，事实就是这样的。他们的女王大人会生气，会骂人，会爆粗口，会大哭，喜怒哀乐全部存在，并不是一个高高在上的神，正因为这样，也让她多了许多的人气。

这个游戏开区有一年半了，在这段时间里，来来去去的人很多，真正静下心来在这个区活下来的很少。

就连魏国国王帮也不例外，帮里面130人，大概有百80%的人要么是买了别人的号玩的，要么是后来进游戏玩的，要么是跟随朋友来浑水摸鱼的。所以很多人都不知道，他们的女王大人和太师大人还有这么一出陈旧的故事。

【帮派】素素点点：哇，不是吧，小亿，你跟三哥还有这么深的渊源啊？

【帮派】老鼠啃白菜：这有什么奇怪的，很正常吧。你们不知道，那个时候小亿可给力了，把蜀国、吴国玩得团团转，搞走了三个吴国国王。

【帮派】倾城一笑：太厉害了！

帮派的人一边谈论着他们女王大人当年的丰功伟绩，一边观看着事态的发展。难道真如女王大人预料的那样，他们的太师大人上着小号正在角落里躲着呢？

与魏国国王帮有同样感受的，还有魏国国民，以及蜀国国民和吴国国民。尽管游戏里来来去去的人很多，但是也有不少老人知道这些事。

于是众人再一次认识了**魏国女王**，这是一个阴险狡诈、泼皮无赖但又非常重情、非常厉害的女人。她从来没有绯闻，因为她从不发嗲。她几乎没有追求者，因为在她还是个家族小指挥的时候就拒绝了蜀国国王的追求。她从来不说失败，因为她一直都在赢。每一场战斗，她就像智慧女神一样，用她的光芒照耀着魏国的每一个人。

【喇叭】★魏国★小三子：我哪有说让你提以前的事了，你别冤枉人。

【喇叭】★魏国★女王 亿月亿年：那你还不上线来干活！

面对这样的对话，众人总算舒了一口气。无论是魏国国王帮还是魏国国民还是其他两国国民，都觉得，魏国女王气场真是强大啊！

【国家】YW炉子：啊，我又相信爱情了！女王，太师，你俩赶紧相爱吧。

【国家】爱情公寓4：是啊是啊，赶紧在一块啊，免得折磨人。

但是，无论众人怎么呼唤，他们再也看不到当事人的反应了。

只有魏国国王帮的同志清楚，他们的十三太师上线的第一件事，就是跟他们的女王大人算账。

拜托，冤枉不冤枉的，其实根本没什么问题好不好？你们最大的问题不是怀疑内奸到底是谁这个话题吗？你们的话题扯的太远了，好不好！

总之，这个晚上艾亿都是在他们的太师大人死缠烂打中度过。临到睡觉，女王大人仍然不肯承认她有错：如果不是像她说的那样，十三同志怎么会冒着小号被发现的危险都要上号解释呢。

魏国国王帮的同志，只好带着浓浓的八卦精神看着当事人下线，再顶着熊猫眼等待当事人上线。

第二天，他们的太师大人已经很平静了，该干吗干吗去了，甚至还找了小曲，在语音频道里一遍又一遍地放，惹得众人敢怒不敢言，好歹放点中国风之类的他们听得懂的东西好吧，放这些京剧什么的，谁有那心情听啊！

等艾亿上线，她就被充满了浓郁的八卦之情的魏国国王帮同志围住了，其中表现最为突出的，是素素点点小姐。

【帮派】素素点点：小亿小亿，快说快说，你昨天去相亲到底什么情况啊，对方怎么样啊，你俩现在有没有戏啊？

【帮派】★帮主★亿月亿年：有个什么戏！

【帮派】★副帮主★十三月的风：什么情况，有什么悲伤的事情，说出来让我们高兴高兴。

众人无语，太师大人，您确定您这不是因爱生恨啥啥啥的吗？

艾亿沉默了一下后，决定不跟这个闹别扭的小男人计较。她本来就没说错嘛，他本来就是想让自己替他回忆一下从前嘛！她回忆了，他还是不满意！真是太难伺候了。

这要是被十三知道了，肯定又会跟她跳脚。他一准儿会说："我明明是想让你回忆一下咱们的战友之情，结果被你说着说着，就说成那副德行了，还好意思说是我的意思。你让别人怎么说你啊！你个傻姑娘！"

其实，咱们可以原谅一下艾亿同志的感情内敛。别的时候，她说话也是很利索的，但是遇到感情问题，就会变得比较放不开。这里说的感情，不光是男女之间的爱情，还有友情、亲情。所以跟艾亿同志相好的人，无一例外都有种一腔热血淋在了牛粪上的感觉。

【帮派】★帮主★亿月亿年：那男的不是一般的丑啊，还吹嘘他家有多少多少钱，我实在忍不下去了，就跑了。

众人见了她的话，自然想成那个相亲对象是个矮子、秃头、年逾四十的胖子，戴着满身的金戒指，明晃晃地大板牙一笑……妈呀，众人都被自己的想象给吓到了。

若是让他们知道，她的相亲对象是真的家产千万，英俊潇洒，放荡不羁，又不知该作何感想了。

总之，艾亿同志的言辞绝对是在误导众人啊！

【帮派】素素点点：啊，那不是你爷爷又得给你安排相亲了？你这什么时候是个头啊？

【帮派】★帮主★亿月亿年：我也想知道什么时候是个头啊，只要找个顺眼的先谈着就行了。

【帮派】YW索尼亚：顺眼的，顺眼的，不是在这儿吗，瞅瞅咱们的太师大人啊!

众人从素素点点和女王大人的对话中闻到了一些八卦的味道，同时也了解了女王大人的现实处境，顿时都撺掇起来，女王大人被爷爷逼着找人谈恋爱结婚，他们这儿不是有个现成的吗？

【帮派】★帮主★亿月亿年：别人瞎起哄，你们也跟着起哄。十三比我亲哥还亲，我俩能成一对儿？那是老天瞎眼了。

这是艾亿第一次在众人面前澄清自己和十三的关系。实际上，很早很早之前，艾亿就澄清过，那时候她还只是个家族里的小指挥，第九军团的帮主以为十三要捧艾亿上位，所以才要艾亿做指挥。艾亿当时正式澄清，她跟十三之前完全没有男女之间的关系。

十三也很正经地澄清过，但很可惜，十三同志太过吊儿郎当，导致几乎没有人相信。

人总是活在自己的臆想当中，他们觉得，别人相配，就想把别人凑在一起。大多数人，都不会考虑当事人的心情。

所以即使他们的女王大人澄清了，魏国国王帮同志仍然穷追不舍。他们的女王大人这是害羞呢! 说的根本不是实话。

于是，真正的大实话来了。

【帮派】★副帮主★十三月的风：让我怎么说你们呢？一群小兔崽子，整天什么都不想，就想着这些乱七八糟的了，是吧？我跟你们说，你三哥我，是有老婆孩子的人，以后可别乱说。

这样一段话，终于把众人震住了。

【帮派】老鼠啃白菜：你以前说的是真的啊!

【帮派】★副帮主★十三月的风：一直说的都是真的。

【帮派】老鼠啃白菜：谁让你说话嬉皮笑脸的，我们一直以为是假的啊。

貌似是很久以前，十三同志就正式地声明他现实中有老婆孩子，但是很遗憾的是，居然没一个人相信他并且把他的话放在心上。

当事人说自己有老婆孩子了，他们还能乱起哄吗？撺掇女王大人去当小三？这是绝对不可能的事。

所以魏国国王帮的同志顿时觉得八卦精神烟消云散，日子无限黑暗。

不过就在这个时候，一匹黑马横空出世，让魏国国王帮同志看到了未来。

【喇叭】★魏国★素素点点：现帮魏国女王招老公一位，身高一米八以上，体重一百五以下，长相英俊，学识渊博，家境优越，条件合适者可考虑现实交往。有意者速速联系本人！

这个喇叭一出，世界都沸腾了。

之前就说了，魏国女王是什么人，一个阴险狡诈的厉害女人，长相什么样不知道，家境什么样不知道，人缘……不怎么样。但这些不重要，重要的是，她向来低调，除了昨日女王之气大放光芒之外，平日里极少在喇叭上说话。这会儿，竟然有人给她征婚？

征婚成功了，那男人不就成了这个区最大的国家魏国的亲王了？真正的一人之下万人之上啊！这绝对是小白脸上位的绝佳时机啊！至于人家看不看得上，这个就有待考察了。

艾亿同志已经对素素点点的抽风行为不想表态了，她就知道，这姑娘从来就没有靠谱的时候。

但她不想理会并不代表别人都不想理会啊，于是喇叭上，国家频道上，帮派频道上，一系列的混乱，自荐的、怀疑的、嘲笑的。

很快，喇叭上就出现了一个众人预想不到的人物。

【喇叭】★蜀国★王后 殷火儿：真正有资本的女人，从来不靠哗众取宠来引起别人的注意。我真是为魏国男人感到悲哀，被女人骑在头上也就算了，现在还将有一个小白脸压在你们头上。

这话，是赤裸裸地打在了魏国女王的脸上。

Chapter 03  报仇

蜀国女王玩游戏的时间并不长，只有一个月。但从这个女王进入游戏时，她就开始在这个区里大放光彩。第一，是因为出手一万RMB的代练价格，将她的号疯狂练到现在的等级——90级满级。第二，是因为一张生活照炸翻游戏玩家，美丽、知性、优雅等优美的词汇通通被安在了这个女人身上，众人还没有忽略她身旁的宝马和身后的别墅。

这是一个典型的白富美，所以只有典型的高富帅才能与之相配。游戏里的高富帅只要肯扔钱，只要位置够高，就算。而蜀国国王，显然就是这其中的典型，于是两者一拍即合，便凑成了一对。

魏国众人不知道蜀国的情况，但蜀国人是知道的，俩人结婚那天，花费了数千RMB进行现场布置，买道具、发放红包等，总之，场面极其热闹和奢华。

只是，这样的奢华对魏国没有半分影响。所以魏国众人也就不知道，这蜀国王后到底有多阔绰……不过这时候他们已经注意到了，毕竟，在这游戏里能跟艾亿叫板的，蜀国王后是唯一的一个。

以往跟她叫板的，都被打跑了。

【喇叭】★魏国★太师 十三月的风：姑娘，说话前先去问一问你家男人，出门别不带脑子。

笑话，魏国发展到现在，是白混的？艾亿当了一年多的魏国女王，是白当的？她蜀国王后玩了一个月的游戏，就想跟一年多的女王叫板，她这不是不长脑子，是绝对没带脑子！

魏国众人顿时跟着太师大人，一个接一个，也不说别的，就一句

话，赶紧回家找脑子去。

别人不清楚艾亿，蜀国国王难道不知道？蜀国国王在艾亿手下吃亏的次数不说有成千上万次，但至少有三位数。殷火儿，一个凭借男人上位的女人，凭什么说一个凭自己实力上位的女人。

魏国的风向是一边倒，无论知道真相的还是不知道真相的，至少没人愿意给自己国家抹黑，笑骂蜀国女王光长胸不长脑子的人排了一长排。

【喇叭】★蜀国★国王 玉L遗忘：好了，亿月亿年你见好就收，行不？我老婆玩游戏时间又不长，你这么欺负一个新人有什么意思？

这话一出，众人一齐翻白眼，亏你蜀国国王说得出口。你老婆没事上来挑衅也就罢了，她魏国女王没说一句话，你上来接什么嘴？你也好意思说欺负新人？要不是她魏国女王玩了这么长时间，有了这么深厚的底蕴，对你蜀国王后还不是想踩就踩？

魏国众人更是义愤填膺了，他们的女王真是无辜，没事惹上一对出门不带脑子的夫妻，实在是太倒霉了。

【喇叭】★魏国★太师 十三月的风：哟，小遗忘，你今天也没带脑子出门啊？赶紧回家找找去。

【喇叭】★魏国★ 老鼠啃白菜：忘哥，你是不是记性不太好了？让咱再给你长长记性？

魏国国王帮的人看到一向不爱出声的老鼠都上喇叭了，各个都好奇，难道他们魏国国王帮跟那蜀国国王还有什么过节不成？

【帮派】恶魔哟：我跟你们说哦，女王大人当初还只是家族指挥的时候，带家族人去蜀国玩，结果正好遇到吴国国王在蜀国挂机，女王大人不知道用什么方法，就让这俩国王打起来了，后来他们才知道是女王大人做的。

【帮派】猴哥我是虎哥：对啊对啊，乐死我们了，蜀国国王大概觉得女王大人挺厉害的，就在喇叭上求婚，被我们女王大人一句话给呛回去了。

【帮派】素素点点：她说什么了？

【帮派】猴哥我是虎哥：她说"等你打得过我再说"。蜀国国王不甘啊，就要来找女王大人单挑，结果女王大人一身九星套他一身六星套，没两下他就死了，后来又找女王大人打家族战，也被女王大人打回去了。

魏国女王的风流事迹其实很少有人传，现在的形势稳定，大伙的目光都比较局限，很多以前的旧事，已经被掩盖了许多。魏国国民大多是不知道魏国女王跟蜀国国王之间曾经的故事的，不过这不能阻止他们对女王的拥戴和崇拜。

魏国国王帮在知道女王大人以前的故事后，又增加了一些对女王大人的崇拜，以一个家族的力量抵抗一个国王的力量，这是多厉害的人才做得出来的啊！

【帮派】★帮主★亿月亿年：准备了啊，要鸡毛了。

鸡毛是在这个游戏里比较重要的一个任务，全名叫鸡毛信，从本国的海娃处接取鸡毛信，然后送到敌国的狗娃处。因为是跨国任务，所以会遇到敌国的顽强抵抗，一般以个人或队伍小型单位去做这个任务就是给敌人送武勋，因此，一般情况下这个任务都是由国王带领。

魏国女王始终没在喇叭上露面，不过大区众人也已经习惯了她的低调，不过这回，蜀国国王和王后还有魏国太师及大神级人物出面互相呛声，这给平淡的游戏又带来了一丝乐趣，因此大家暗地里又谈论了起来，最后因为鸡毛信的任务不得不停止。

"边境圆盘集合，边境圆盘集合，给大家十分钟准备时间，已经在边境圆盘的兄弟们，来一个杀一个，来两个杀一双，今天一个蚊子也不放过！"内奸的事，她跟十三商量过了，俩人觉得，棉花和倾城都有嫌疑，但这两个人也许也告诉过其他人，所以真正的内奸也有可能就在魏国国王帮内部，这让她和十三都有些不开心。

只是平常的任务还好，对方知不知道自己的安排都无所谓，但是若是碰上大型的战斗或是进行突然袭击以及自己的防御设置一旦被内奸知

道，那么魏国以后就会处在挨打的位置，着实让人不放心。

想着，艾亿对蜀国国王和王后又增加了一分不爽，要不是这俩人，自己现在哪用得着想这么多事情。

很快，艾亿便把魏国众人带到了蜀国边境，正好碰上蜀国大部队集合。艾亿大手一挥，命令全部杀掉，于是魏国众人疯狂地把蜀国国民扫荡了一遍又一遍。反正在这游戏被杀也不掉经验，偶尔掉点包裹里的物品，没啥大不了的，所以蜀国国民也杀红了眼死了又起，死了又起，最后连复活次数都没有了，只得安全回城。

【喇叭】★蜀国★国王 玉L遗忘：亿月亿年，你到底想干吗，没事追着我们蜀国杀什么？别以为我真怕你了。

艾亿翻了个白眼，碰上了不杀，难道还给蜀国留条道让他们通过吗？没脑子的白痴。艾亿啐了一口，眼珠一转，便在指挥频道上笑道："国王帮兄弟们听令，边境圆盘原地等待，其余人跟我上阳平关。"

从王城通向边境的道路有两条，若是对方没有内奸，自然不知道自己走阳平关还是华容道，但是对方若是知道的话，便会走华容道避开自己了。

毕竟，魏国国力强盛，现在的蜀国和吴国一般都不敢跟魏国硬碰硬。平日里，蜀国跟吴国互相争斗比较多一些，魏国是坐山观虎斗，只要他们不惹她，她就不搅和。他们打完，魏国也不插手抢战利品，因此一直以来，这三国以非常奇特的形势保持着三足鼎立，而不是像这个游戏的其他大区那样，三方的实力都差不多才形成三足鼎立。

果然，待魏国走到王城入口的时候，国王帮传来了蜀国从华容道钻进边境的消息。艾亿冷笑，瞬间将大部队又拉向边境。

即使魏国人数众多，队伍庞大，但是让蜀国和吴国国王都羡慕的是，魏国国民听指挥的人要比其他两国多。艾亿的回头调令，没有引起魏国人的半分反感，个个都听从指挥，瞬间快马加鞭赶到了边境。

【国家】YW五角：不是吧，你们慢点啊，留点人头给我啊。

【国家】爱爱爱不完：一群土匪啊，蜀国的小兔崽子们，你们撑住了啊，等着爷爷来杀你们个片甲不留。

其间，还有人大喊刀下留人之类的，魏国各个国民都跟打了鸡血似的，杀人这事，对他们来说，实在是一件大快人心的好事。

"很好，给你们三分钟时间，把他们全灭掉。杀死蜀国王后的，去太师那儿领38两银子。"

魏国众人哄然大笑，他们的女王一直就是爱恨分明的人，以前若是其他国家欺负了魏国国民，她必定会揪着对方玩上一个星期。其间，各种摩擦不断，大战小战不断，她会一直磨到对手跪地求饶为止。

其他两国都觉得魏国女王太过尖刻，从来不给别人留半分回旋的余地。但对魏国国民来说，魏国女王值得他们爱戴。不是谁都会为一个小角色出头的，这年头的游戏跟现实社会一样，有钱有势还得有人。可是他们的女王不同，只要是自己人，就一定护着。

那蜀国王后三番五次挑衅他们女王，不就是想出名吗？杀她还不容易？就是太不值钱了。算了，她本来就是个三八，当然只值38两。

众人磨刀霍霍向王后，杀得娇滴滴的王后在喇叭上哭爹骂娘。不过魏国众人才不怜香惜玉呢，什么美女什么白富美，跟他们有什么关系。让魏国众人更爽的是，他们的女王同志在截杀了对方两次后，又分别在阳平关、华容道、王城、卧龙城截杀了六次。

一时间弄得蜀国国民怨声载道，对魏国女王的愤恨又增加了五成。而让他们没想到的是，被蜀国国民捧在手心里的美女王后，在魏国的称呼却早已变成了三八王后。

时间就在魏国一次又一次的剿杀和蜀国一天比一天的低落中过去，但没人发现，有一个奇怪的角色，在蜀国的地图上一天一天成长。

游戏里的故事，每天都有不同，但这跟席东梁是没什么关系的，跟他有关系的是，他终于接到了他亲爱的发小的电话。

"亲哥啊，您老的长号弄好了！"曹赛宝同志在电话那头报告了这个好消息后，还不忘自吹自擂，"怎么样，哥，我厉害吧，你自己要是去练这号，得花半年的时间，而且，我给你弄了最好的装备，保证你在

全区横着走。"

席东梁原本正在检查新的设计图，接他电话时，双眼还放在电脑上，右手还执着笔，听到后面那句"保证你在全区横着走"的时候，他才回过神，想起上次上游戏的时候，被某人杀了18次的愤慨。虽然现在已经没有那么多愤怒了，但是席东梁一向是个恩怨分明的人，所以并没有放弃上游戏去报仇的念头。

"唔，很厉害。"席东梁轻描淡写地在笔记本上添了一笔，然后看了看电脑，这才放下笔。"问你个事，在游戏里怎么找人？"

听了这个问题，了解席东梁的曹赛宝同志立刻就笑开了："我说，东哥，你这是要去报仇啊？"

席东梁被这句话弄得憋红了脸，他当然不肯承认，记仇这事轮到他这里有多让人不可思议，但是他偏偏记仇了。就是再老实的人，也会有爆发的一天啊！席东梁狠狠地翻了个白眼，就好像曹赛宝正站在面前一样。

"你管我那么多，你先管好你自己，成不成？免得曹爸曹妈老找我的麻烦。"

曹赛宝跟席东梁是发小，从小席东梁就是大人眼中的乖孩子、老实孩子，曹赛宝就是大人眼中无恶不作的叛逆孩子，但是不知道为什么这俩孩子还偏偏成了好兄弟。

虽然席家二老有意不让席东梁跟曹赛宝接触，但是二老跟曹家关系好，这话也确实说不出口，只好天天在席东梁耳边唠叨让他不要学坏。曹家二老就不用说了，自家儿子不成器，就想着席东梁能拉他一把。

结果两孩子长歪的长歪，长直的长直，谁也没受谁的影响，这让两边父母都颇为感慨。

两年前，曹赛宝突然回家说要工作了，曹家父母还以为他回心转意，结果人家说，他要做游戏，然后不顾二老的反对，把自己所有的积蓄都投了不说，还磨着二老要钱。

曹家二老不同意，最后曹赛宝找到席东梁，席东梁也没劝二老，只是借了30万给曹赛宝，弄的曹家二老不得不给曹赛宝准备了一笔钱。

没想到，第二天，曹赛宝同志就消失了。要不是他找到席东梁帮忙调试游戏程序，估计这俩人还联系不上。

"行了行了，我知道了，你别跟唐僧一样念经了，行不行？"曹赛宝最怕席东梁念叨他父母。这孩子从小就叛逆，到了30多岁，还是叛逆得跟小孩似的，根本不想受父母大人的管教。"在游戏里找人难啊，要是出名的话还好，不出名的话，你一天都找不出来。"

本来嘛，国战游戏都是以群殴为主的，不提倡单挑，所以也没有设置寻人这个环节。若是真要去找人，也就只有一个办法。

"你弄点钱，发喇叭说谁拿到对方的坐标，就给对方钱呗！不过小心被人骗。"曹赛宝知道席东梁这个乖学生从来不玩游戏，所以有些不放心地添了最后一句。

不过这时候的席东梁同志还不知道游戏世界的水到底有多深，只觉得他都活了30多年，若是玩个游戏还能被骗，那他也甭活了。

"发喇叭是什么？"席东梁很认真地问道。

曹赛宝无语。"游戏里说话是有频道的，比如说你跟人私聊，会有私聊频道，比如说你跟好友聊天会有好友频道，比如说你跟帮派的人聊天，会有帮派频道，跟国家的人聊天会有国家频道。发喇叭就是你说的话全大区的人都能看到。"虽然无语，但曹赛宝同志还是很耐心地解释了发喇叭是什么意思，至于听不听得懂，他也没法保证，毕竟席东梁同志太过老实了，从来没接触过任何游戏，就连斗地主都不会。

"哦……那坐标是什么意思？"席东梁继续认真地问道，顺便在刚刚的笔记本上记上了自己的理解——

发喇叭：所有人都能看到我说话。

"奇怪，说话不是用听的吗？"

曹赛宝又无语了，他深吸了一口气，再次解释："坐标就跟你中学学的坐标一样，只是在游戏里，坐标能显示一个人的位置。"

席东梁皱了皱眉头，继续在笔记本上记录——

坐标：显示位置。

“那给钱要怎么给？转账吗？”

曹赛宝崩溃了，他突然觉得，给这个好学生练号是一个错误的决定，就他这副菜鸟的样子，不知道下场会有多凄惨。

“给钱要交易，你先用人民币换成游戏币，不要给任何人转账。还有，你是新手，先去看看官方网站的新手指南，上了游戏别暴露自己有多少钱。”

“哦，明白了。”席东梁认真地点头，把他的话都记在了心里，但是至于做不做的到就是另外一回事了。

曹赛宝看着他的反应，再想想这孩子平日里的习性，最终也只有叹气。他还是赶紧撤吧，不然迟早会被这位哥们给骂死。“那个，东哥啊，我最近要去旅游，到时候可能找不着我……”

“哦，去吧。”席东梁当然没察觉到对方的小心思，他正在努力消化刚刚所了解到的东西。这时候听到曹赛宝说要去旅游，也没多想，就挂了电话。

把做到一半的设计图关了，再打开电脑上一直存着的游戏图标，揣着一颗复仇的心以及好奇的心，席东梁同志终于登录了游戏。

最近，蜀国国民很无奈。他们的国王和王后跟魏国女王发生了几句口角，结果那魏国女王就盯着蜀国不放。做任务，到边境就被杀。挂机，所有蜀国地图上，魏国人一帮接着一帮。

可怜的蜀国人在历经种种磨难后，开始埋怨起蜀国国王和王后，因为他们现在只能天天待在王城……就算是王城也不安全，魏国女王心血来潮了就会带着人来蜀国王城杀上一通，然后片甲不留地回国去了。

蜀国国王和王后也很无奈啊，王后是压根不知道魏国女王的厉害，国王则是不肯服软，不然，经过无数次失败的他，早就该被魏国女王打出游戏了，可他一直还在游戏里，这就可以看出他的倔强了。

可是再无奈也没法改变现在蜀国挨打的局面，要不是王后在魏国国王帮埋了一个钉子，蜀国早就被打了N个城池了，他还能在王城逍遥自在？

不过蜀国国王还是有一点底气的，因为他了解，等魏国女王的气差不多消了，就不会这么穷追猛打了。到时候蜀国仍然会有喘气的机会，不过这话他是不会跟王后说的，毕竟要他一个大男人说等别的女人消气了他们就没事了这样的话，他也没脸面说。

所以蜀国国王一直在等待，等着魏国女王消气的那天。

可是这天，蜀国国王收到一个消息，说是蜀国来了一个了不起的人物。不仅蜀国国王知道了，就连蜀国国王帮都知道了。他们现在正在王城的某处，对那位了不起的人物议论纷纷。

【帮派】玉L自在：我怎么没见过这人啊？太厉害了，蜀国什么时候有这样的人了？

【帮派】虞姬：我也没见过，好像突然冒出来的一样。看，他连帮派都没有。

【帮派】玉L小圆：你们在说什么啊，我怎么听不懂？

【帮派】虞姬：王城仓库这儿有个厉害角色，全身十五星套，五级石头打满，九十级满级。

这话顿时引起一阵骚动，要知道，现在游戏里最普遍的装备是六星套，只有国王帮里面，九星套才稍微多一些，之前这个人没出现的时候，最高的是魏国女王和魏国国王帮的老鼠啃白菜身上的十二星套。

那两套十二星套，让蜀国和吴国眼红了许久，但是这两国愣是没有一个人砸出第三套十二星套。砸装备不光是有钱就能上的，还得有经验、有技巧、有运气，所以就算其他大区，十五星的武器倒是有，可从没见过一套十五星套。今天，他们蜀国竟然出现了一个十五星套，这能不让蜀国人惊讶吗？

【帮派】玉L自在：老大老大，赶紧把他拉进帮派啊，这么厉害的人物，可不能让他转国了。

转国需要花一百锭银子，也就是一百块RMB，对这种全身十五星套的人来说，花一百块RMB根本不算什么，所以赶紧拉人进帮派要紧啊！

【帮派】玉L江湖：如果是魏国女王派来的奸细怎么办？

这话一出，众人就沉默了。魏国女王的手段，让他们蜀国国民到现

在都心有余悸，派出一个厉害角色来做奸细，这种不敢想的事情，那女王是绝对做得出的。

【帮派】★副帮主★殷火儿：是奸细也不怕，他敢来我们就敢收。况且我觉得，这样的男人不像是奸细。

众人撇了撇嘴，装备好等级高就不像是奸细了？王后，你果然没玩多长时间的游戏，不知道游戏里的尔虞我诈啊！

不过，大多数人还是没有反驳他们的王后，王后有钱不说，对人也和气，蜀国国王帮上上下下得了好处的人没有八成也有一半以上，大多人愿意给她一个面子。

【帮派】玉L自在：他不理我啊！

【帮派】虞姬：高手都有些高傲，让老大去。

蜀国国王帮众人撺掇了半天，蜀国国王才终于找到了那个人。那人站在王城仓库的不远处，并不是在王城仓库处拿东西，而是好像在等什么人。

蜀国国王的心里顿时一拧，这人是在等自己吗？他觉得，这样的人物站在王城，自然是想让别人知道的，也自然是想让他一国之主来求他的。多有面子的事啊，对吧！

蜀国国王有些不爽，但是想到对方是十五星套，只好又把那一点点不爽搁一边，毕竟，全游戏都少有的十五星套，这个人绝对是大神中的大神啊！

【附近】★国王★玉L遗忘：兄弟，进国王帮吗？

周围众人都紧张起来，能看到这一幕的人大多是蜀国国王帮的，还有一些蜀国国民。蜀国国王帮要是招揽了这位十五星套，自然就会多一分实力。

要知道，一个十二星套能抵得上五个九星套，一个九星套能抵得上五个六星套。这样算上来，一个十二星套能抵得上25个六星套，一个十五星套则能抵得上125个六星套。

这将是一个非常强大的助力，要是有了他，就算魏国女王，也要掂量掂量得罪蜀国的后果……

蜀国众人紧张地等了老半天，那个金光闪闪的男性角色，愣是没蹦出一个字来。

蜀国国王皱了皱眉头，这人莫非不在?

【附近】★国王★玉L遗忘：梁山伯，你在没在?

没错，这个被视为蜀国救星的十五星套大侠，取名便叫梁山伯。席东梁很少上网，更别说玩游戏，想这个昵称都想了很久，最后为此还被曹赛宝笑了好久，说他是想要找祝英台了。

周围人说的话，其实席东梁都看见了，他登录游戏后，就一直在观察，走路他是会的，但技能他不会，药品他也不会用，所以他正在研究技能这东西，顺便看别人聊天说话。

虽然他看的是综合频道，各种频道的发言跟滚轮似的一晃而过，但很多发言他都瞧见了，就算是晃过去的，他都看得很清楚。

这国王跟他说话的事，席东梁刚开始还以为不是跟自己说话，后来人家点了他的名，他才知道真是找自己的。他不知道国王帮是什么意思，但他也不想失礼，可折腾了老半天才发现一个问题，他根本就不会发信息。

这让这哥们很郁闷，本来他打字就不快，这会儿还发不出信息，这让他怎么跟人沟通啊? 他还怎么找仇人啊?

席东梁不会打字，别人不知道啊，眼见自家国王都亲自开口了，这尊大神愣是摆足了谱，围观的蜀国国民都有些愤怒了——人家这是摆明了不把蜀国国王放在眼里嘛!

蜀国国王自然也是这样的想法，这也怨不得别人。你一个十五星套，等级还满级，就是你自己说不会发信息，别人也不相信呀!

蜀国国王憋了一肚子气，可他不能就这么冲着这大神来发泄，游戏里，等级和装备高于一切，这梁山伯同志这么高调亮相，已经无形中聚集了许多人气，他要真把这人惹毛了，蜀国要闹起分裂，他还真难以招架。 本来现在外患就够他头疼的，要再来个内忧，他这国王帽子也别

想戴了。

就在蜀国国王进退两难的时候，他亲爱的娘子大人到了。

【附近】★王后★殷火儿：梁山伯，你在不在呀？

众人屏息看着对话框，殷火儿的意图还是有很多人知道的，她这明里是替国王挽回面子，暗里却是试探这大神到底是要权力还是要美人。

时间仿佛过了很久，又仿佛静止了，直到那个名字出现的时候，众人才恍然大悟。

【附近】梁山伯：在。

国王不理，王后来了就理，这不是爱美人不爱江山吗？不过，人家有钱，看到个白富美，稍微放下一些架子，也是正常的。

看看，人家大神多冷酷啊，就连回答美女，都只用一个字就解决了。

众人不知道的是，在电脑的另一头，因为终于知道怎么发信息而兴奋的席东梁，已经打翻了书桌旁边的杯子，正手忙脚乱收拾桌子呢。还好，电脑没有进水，否则，他就不是兴奋，而是忧伤了。

【附近】★王后★殷火儿：我们国王帮想邀请你进帮派，你赶紧来吧，怎么样？

这王后也是个精于心理战术的，若是她问"你来不来"，那就给了对方选择的余地，若是这大神来一句"不去"，那她得多丢人啊！所以她说"你赶紧来吧"，根本就不给别人选择，一般情况下，别人都会想着给对方个面子，答应了这事。

可蜀国众人哪里知道，他们盼望着这突然冒出来的大神回答他们王后的答案，这一盼就没了尽头。

那位全身绿光闪闪的大神，此刻又仿佛入定了一般，久久没了回应。

王后殷火儿也是尴尬不已，想也知道，别人这般沉默，自然是在无声地拒绝了。蜀国国王帮众人只好在帮派里发发牢骚，谁也看不惯这么清高摆架子的人。

【帮派】玉L自在：拽的二五八万似的，别人求着他啊！

【帮派】虞姬：这年头，耍酷的人真多啊！

【帮派】玉L江湖：算了，人家有资本，我们惹不起啊，老大，咱们还是走吧，快鸡毛了。

【帮派】虞姬：哎呀，真到时间了，赶紧的，不然魏国那群狼又得叫唤了。

蜀国国王早就不想这么耗着了，看见帮派有人召唤，赶紧奔向车夫，向边境赶去。

一听到说要鸡毛了，蜀国国王就赶紧开始准备了，不光是他，就连殷火儿也没那心思继续找大神聊天了，还是任务要紧啊！

与蜀国的紧张气氛相对比的是，魏国上上下下都是情绪高昂。他们每次出国门，那都是遍地砍杀，从来不留活口，就跟蝗虫过境一样，有时候女王高兴了，还会砍几个敌国大旗让他们上上电视，嚣张一番。

【帮派】恶魔哟：鸡毛啦，鸡毛啦，准备砍死蜀国那三八王后！

【帮派】猴哥我是虎哥：不说我都忘了，我刚接了中立任务，只能等下去做了。

【帮派】老鼠啃白菜：健忘症吧？

【帮派】猴哥我是虎哥：是啊，人老了，没办法啊，哪里像素素她们年轻人呢！

【帮派】雪夜SUM：素素都大学生了，不小了，倒是允纹才小，刚十七，是高中生呢。

【帮派】允纹：别提了，我可羡慕素素了，高中生天天上课上的脑子都糊了，大学生多爽啊，想怎么玩就怎么玩，素素又跑去旅游了。

【帮派】★帮主★亿月亿年：不是吧，又跑去哪儿了？上回说去柬埔寨，结果回来说掉进个大沟，差点就饿死在那里了，这回不会掉海里吧？

【帮派】允纹：哈哈哈，阿姨，你好神啊，她这回还真要坐轮船出去，至于具体去哪里，她也没说。

【帮派】YW炉子：女王就是个神嘴啊！

【帮派】老鼠啃白菜：我看，是个乌鸦嘴还差不多。

众人一片大笑。

等众人把素素点点的行踪猜测一番后，又把艾亿的乌鸦嘴调笑了一番，时间才慢慢到了鸡毛任务的开放时间。这时，整个魏国的国民也召集得差不多了，全部围拢在边境传送官旁边，只等他们的女王一声令下，他们便要向敌国开始冲刺。

【帮派】*副帮主*十三月的风：你们说蜀国这回是先躲到吴国，还是在自己王城待着？

【帮派】YW炉子：反正都一样，跟狗一样四处乱窜呗。

【帮派】猴哥我是虎哥：最烦蜀国狗了，有个女人就乱叫，生怕别人不晓得。

【帮派】恶魔哟：我看啊，他们王后也不是个省油的灯，指不定什么时候就给蜀国国王戴绿帽子了。

帮派里的聊天又慢慢歪到了对蜀国王后的唾弃上，有几个人说话比较粗，说的话也特别难听。要么就是说蜀国王后靠美色侍人，要么就是说她人民币来路不正之类的。游戏里的男性玩家经常这样讨论女玩家，都是起哄，也没有什么事实根据。

就在大家兴致高昂的时候，艾亿已经把魏国大部队带进了吴国。

此时，蜀国国王接到殷火儿的密报，说对方确实是一路奔向了吴国的王城，蜀国国王才大手一挥，把大部队拉进魏国的边境。

国王指挥是开着语音的，一般游戏玩家进入游戏都是默认开通国王指挥频道。席东梁也因此听到了蜀国国王的指挥，他虽然不会玩游戏，但脑子不笨，看着别人往哪里跑，他也跟着往哪里跑。

不一会儿，席东梁就跟着大部队进入了魏国边境，与此同时，他也对地图这种东西有了相对浅显的了解。至于坐标这种东西……他还在研究之中。

【帮派】猴哥我是虎哥：嘿，我觉得啊，那女人长得确实不错，要是跟我过上一夜，我也愿意赔上一件十二星套。

【帮派】YW棉花：你们这些男人怎么都这么恶心啊？这么说一个女生很有意思？

【帮派】倾城一笑：就是，虽然她是敌国的，但是这么说人家也有点过分了。

【帮派】YW炉子：他们就是嘴里说说，其实没什么的，棉花你别生气。

【帮派】老鼠啃白菜：是什么人做什么事，全游戏有人会这么说小亿吗？这只能说明这女的做事有问题。

【帮派】猴哥我是虎哥：就是就是。

【帮派】YW棉花：一群龌龊的男人，真恶心。

一时间，帮派里的人都有了不同的看法，棉花和倾城一笑都是公认的女玩家，所以对于男玩家说话太过放肆，显得有些反感，而部分男玩家则认为，出现这种情况只能说明蜀国王后做事风格太过高调，引起了别人的不满。

总之，公说公有理，婆说婆有理。艾亿对蜀国王后非常不喜欢，看到别人说她坏话，心里正暗自高兴。可是总不能让他们继续吵下去，便在指挥频道两边各打一板子："行了行了，国王帮的，你们消停点，为个外人还能窝里横，赶紧杀人。听我口令，所有兄弟姐妹，三秒内立刻回城。三！二！一！回！"

本来已经在边境和王城的必经通道阳平关处往前冲的魏国国民，一下子被自家女王的命令给弄了个手忙脚乱。好在魏国国民一向是听指挥的典范，他们也一直比较信任自家女王，所以女王的命令一下，所有人便先先后后都回到了魏国王城。

魏国国民的迅速回城，让已经进入魏国王城的蜀国人瞠目结舌。

蜀国人并不知道魏国女王的命令，但是蜀国国王已经从殷火儿处得到了消息，他气得肺都要炸了。一般情况下，国王自然是以国民的任务为重，魏国国民明明都已经快到吴国王城了，马上就要还任务了，结果魏国女王一声令下，让所有魏国国民回城，使得魏国国民白跑了一趟，

其目的就是为了拦截蜀国。

魏国可以不做任务，但蜀国不行啊！而且，就算蜀国国王不做任务了，直接命令蜀国人回城，蜀国人可没有这么听指挥啊！

蜀国国王恨得牙痒痒。

【喇叭】★蜀国★国王 玉L遗忘：亿月亿年你也太损人不利己了吧？

亿月亿年？

正在埋头清理周围的红名的席东梁突然看到这么一个吸引他注意的名字。

他跟着蜀国大部队到了狗娃处，可惜他并不知道怎么做任务，所以听从蜀国国王的建议后，对着狗娃点了又点，都只得到一句"回家的路真漫长啊"，根本就没有任何提示，他不知道自己还没有接任务就跑来了，怎么可能还得了任务呢！他正纳闷着，就发现地图上一堆一堆的红点涌了过来，紧接着，他的血条就一直少一直少，最后莫名其妙倒在了地上。

他当然明白，自己这是被杀了，与此同时，他听到蜀国国王在指挥频道骂了一声，然后便看到一句充满愤恨的话。

席东梁摸了摸胡子茬已经冒出来的下巴，有些幸灾乐祸地想：这个亿月亿年仇人还挺多啊！

当然，此刻的他根本就不知道他的仇人有多出名。

【喇叭】★魏国★太师 十三月的风：废话就是多，我们乐意不做任务，你不高兴？

【喇叭】★吴国★太师 琅琊林语：啊呀呀，三哥，你又妇唱夫随了啊！

【喇叭】★吴国★国王 琅琊士大夫：十三跟女王本来就是一对儿，这还要你说啊？女王大人，你千万别介意哈！

十三才说了一句话，后面就跟了一群看热闹的。吴国一直被魏国压榨，不过好在吴国的国王和太师对魏国都抱有交好之心，因此女王也没有对吴国大肆掠夺。这段时间，魏国女王对蜀国的追杀，实在让吴国大松了一口气。即使女王没有对吴国怎么样，可之前对蜀国也没怎么样啊，只要双方对抗，他们吴国也是吃亏的呀！现在蜀国吸引了魏国的注意力，吴国自然就逍遥多了。

喇叭上的话题还没从鸡毛任务的纠纷中脱离出来，就倒向了十三与女王的八卦上。

席东梁看了一会儿，看不大懂，什么妇唱夫随，什么女王的，他又不知道人家说的女王就是亿月亿年，所以有些糊涂。看了一会儿，席东梁便将注意力放在了国家频道上。

【国家】虞姬：晕！我又被她杀了！

【国家】玉L自在：你没事别往她身边凑啊，十二星套又不是好玩的。

【国家】我是个打酱油的：可惜啊，好不容易来了个十五星套，可人家根本就没打算在蜀国长期待下去。

【国家】玉L爱琴海：那不一定，我看他对王后蛮上心的。

【国家】我是个打酱油的：上心又怎么样，难道你能叫他去杀了亿月亿年？

【国家】玉L爱琴海：那试试啊！梁山伯，你在不在啊！赶紧去杀了那女人啊！她在（315，436）。

席东梁倒是看到了爱琴海的呼唤，他正愁找不到亿月亿年呢，结果别人还喊他去杀亿月亿年，这真是想瞌睡就遇上枕头。席东梁有点奇怪，为什么别人要叫自己呢？他看不懂十二星套和十五星套，也看不懂什么叫对王后上心，只是隐隐约约觉得曹赛宝给自己练的号很厉害的样子。

还有，对于爱琴海那句"她在（315，436）"是什么意思？

席东梁纳闷啊！想了想，他决定开口问人，好在之前他把怎么说话给弄清楚了，否则这会儿他得急得团团转。不过，席东梁根本不知道怎么切换聊天频道，于是他直接打了一句话，就发出去了。

【附近】梁山伯：亿月亿年在哪里？

蜀国人正处于弱势，可弱势不代表人已经死光了。蜀国国王对魏国女王的愤恨，让蜀国国王不顾一切地让蜀国人死扛，即死了立即复活再杀。哪怕是死，都要拉一两个垫背的。即使是下达了这样的命令，蜀国人还在慢慢地减少，有的蜀国人经不起这样的折腾，早早回国待着去了，有的蜀国人则因为死亡次数超过十次，无法再次复活而回到了自己国家。

留下的蜀国人，都是装备还不错的，又对蜀国国王忠心耿耿的，也是对魏国女王恨极入骨的偏激份子。

这些玩家对游戏的代入感比较强，大部分消息灵通，也知道梁山伯是个什么人。因此，很快就有人在附近频道给出了亿月亿年的坐标。

【附近】玉L自在：（322，430）

【附近】剪贴画：在这呢，在这呢。

【附近】PK：（311，440）

众人都对梁山伯大神抱有很高的期望，希望他能为蜀国争一口气。在混战中杀死女王并不算什么厉害的事情，可是架不住人家蜀国现在处于劣势啊，若是真出现一个能杀死无往不利的女王的人，他们蜀国人的士气也会增长许多。

可众人没想到的是，他们心目中的大神，乃是一个连游戏都不曾玩过的菜鸟，哪里知道坐标是什么意思，也不知道坐标代表的位置。

就在梁山伯彷徨无措的时候，一个组队邀请落在了他的面前。席东梁自然是想都不想就按了确定，好歹他升过二三十级，知道组队是个什么意思。

【队伍】玉L爱琴海：啊，真的是大神！大神，你真要来杀亿月亿年吗？

队伍是爱琴海的，也是他邀请的席东梁，见到席东梁入队，队伍里的人都有些激动，有不知道席东梁装备的，通过组队看了一下，然后就被吓住了，一个劲儿在队伍里喊大神。

席东梁常年埋头工作，他的工作基本都是线条、图形、尺寸，很少涉及文字，因此他打字的速度有点慢。

直到队伍里的人唧唧喳喳好一会儿后，才发现他们的大神一直没有说话。几人正纳闷呢，是不是他们吓着大神了，突然大神了一句话。

【队伍】梁山伯：嗯，她在哪？

几人虽然有些疑惑大神的迟钝，但都没多想，便七嘴八舌说起了坐标。他们可不知道，能发现频道的不同并且正常切换聊天频道，对这位大神来说，是件多么不容易的事。

【队伍】玉L自在：（333，400）西门附近。

【队伍】玉L爱琴海：在我这呢，快来。

坐标是看不懂的，不过西门俩字席东梁看懂了，打开地图一看，王城的西门附近，正好有一个橘色的小圆点，席东梁反射性地把鼠标移到那个圆点上面，便看到了爱琴海的名字。席东梁欣喜地关了地图，快马加鞭就往西门行去。

刚到了西门，席东梁就傻眼了。此刻的西门正是双方厮杀的主战场，蜀国国民和魏国国民混杂在一起，根本分不清哪是自己人哪是仇人。还没等席东梁从一片混乱中醒过神来，屏幕上的梁山伯就倒在了地上。尽管他的装备已经是顶尖的了，但人家魏国人多啊，十几个人搞不死，那二十几个啊，二十几个搞不死，还有三十几个呢！

席东梁队伍里的几个人都是老玩家了，知道国战游戏里不论多好的装备都会有死亡的时候。面对梁山伯的死亡，他们也没有大惊小怪，只以为是席东梁寡不敌众，根本没想到这位大神同志还没有反应过来，是站在原地被杀死的。

【队伍】玉L自在：又被她杀了！

这边艾亿正杀得起劲呢，就她的装备，已经是全区排前三的，所以平日里杀人越货那叫个爽。再加上她玩游戏时间比较长，对游戏操作早已烂熟于心，她都习惯了一边杀人一边保持自己的血条不低于1/5的高水平状态。

她一个大招，刚放倒了周围的一群红名。眼看着自己的血量已经低

于1/5了，艾亿计划赶紧退回魏国大部队中，让别人去杀了对方，自己正好回血。

可没想到，她才一动，眼前突然爆发出-18976的血红伤害值，紧接着，亿月亿年便躺在了地上。

【系统】哇！魏国女王亿月亿年被蜀国梁山伯杀死了！

【系统】哇！蜀国梁山伯终结了魏国亿月亿年的三百六十一连斩！

Chapter04  卖钱的小号

这两条公告在一片混乱中显得尤其突兀，尤其是第一条，国王被杀的系统公告不同于一般的系统公告，紫红色的大字几乎占了系统公告的1/3。

看到第一条公告的时候，蜀国上上下下沸腾了，蜀国终于有人能杀死魏国女王了。要知道魏国女王的一身十二星套是出了名的铁甲，就算十几二十个人群殴她一个，都难以将她置于死地。在混战中，魏国女王就从来没有被杀死过，因为她的操作也是出了名的好。

而看到第二条公告的时候，蜀国上上下下都咬牙切齿了，三百六十一连斩，这简直是要人命啊！也就是说，从双方撞上开始，这魏国女王就杀了361个人，而且没有死过一次。这让他们每杀十来个就死一次或者站起来就死的人情何以堪啊！

【帮派】老鼠啃白菜：小亿，你居然死了？

【帮派】★帮主★亿月亿年：别提了，还剩一万五的血，有人居然爆了我一万九，这人吃药了吧？伤害这么高。

魏国国王帮一致默哀。就算以攻击见长的老鼠，十二星套，攻击高达三万，可打起艾亿来，也只能砍掉她八千左右的血量，平日的九星套六星套什么的，最多能打个两三千不错了。一下被爆一万九，这简直就是奇迹啊！

【帮派】恶魔哟：不会吧？这是系统出了BUG吧？怎么可能有人砍你一万九？

【帮派】★副帮主★十三月的风：也不是不可能，小亿妹子不是说了暴击吗，暴击翻倍。如果对方的攻击比老鼠还高一点，就能打到一万九。

【帮派】YW五角：现在全区最高只有十二星套，老鼠的攻击是最高的，怎么可能打到一万九？

就在魏国众人为此事争论不休的时候，蜀国众人高调上场了。

【喇叭】★蜀国★玉L爱琴海：哈哈哈！大神就是大神，一出手就知道有没有，大神，你太厉害了，我崇拜你！

【喇叭】★蜀国★玉L自在：总算出了口恶气。魏国人，看你们还嚣张不嚣张，十二星套就得意的跟什么似的，天天喊打喊杀，现在怎么不吭声了？

【喇叭】★蜀国★虞姬：垃圾魏国，全部死光光！

蜀国人高昂的情绪仍然改变不了他们失败的事实，蜀国国王眼看着士气高涨了，赶紧喊了几句口号，就把人给带回国了。笑话，这个时候不退还什么时候退，难道真要等对方把自己的人杀没了才退？蜀国国王也不是傻子，自然知道这个时候退兵是给蜀国国民留住士气的关键时刻，所以他一点也没含糊。

魏国女王被杀，让蜀国人士气高涨，却一定程度上打击了魏国人的斗志。再加上蜀国人高调喇叭，魏国众人则是铆足了劲儿要把蜀国人杀死以报此仇，可让魏国人郁闷的是，他们还没开始报仇，这蜀国人就呼啦啦全回国了，根本不给他们杀人泄愤的机会。

于是，一场骂战开始了。

蜀国人坚持称魏国女王的死亡是魏国国民的耻辱，而魏国人则认为蜀国人的征战频频失败才是真正的耻辱。

【喇叭】★魏国★YW闪耀：得意什么，咱们女王一个顶二三十个，还不让人挂一次？你们谁像她这样了，死一次怎么了？

【喇叭】★魏国★YW果冻：就是，谁像你们蜀国人，天天打天天输，有本事就跟我们大干一场，杀个女王算什么本事？

【喇叭】★蜀国★玉L自在：就是看不惯你们整天女王来女王去的样儿，玩个游戏还真成神了，十二星套被你们顶上天，现在被杀了还好意思穷嚷嚷。

【喇叭】★蜀国★玉L爱琴海：十二星套算什么，咱们蜀国连十五星套都有了，还怕她？

这话一出，魏国国王帮众人都惊诧了，蜀国什么时候冒出的十五星套，他们怎么连听都没听说过？

【帮派】恶魔哟：不是吧？十五星套，得花多少钱啊？现在的有钱人真是钱烧的。

【帮派】★副帮主★十三月的风：我上小号去看看，真的有十五星套？

【帮派】老鼠啃白菜：人外有人，天外有天。

【帮派】★帮主★亿月亿年：做任务了。

艾亿的反应很平淡，十五星套不十五星套的，这对她没什么影响。她首先是魏国的女王，其次才是个十二星套，她的光芒不是一个十五星套就能遮住的。再说了，要她跟人去比谁钱多，她还真没那本事。

国王帮众人这才收拾收拾，继续去到边境圆盘集合。

魏国众人还在跟蜀国人喇叭对骂，艾亿也没有阻止，打是亲骂是爱嘛，她从来不觉得打架和骂战是一件伤神的事，相反，她挺乐意看人对骂的。反正，在看人骂架的同时，她该干吗干吗。

艾亿给了国民三分钟休整的时间，买药的、买符的，有的人又是慢性子，所以给点集合时间是必要的。

就在这等待的期间，蜀国和吴国都没有前来打扰。不管是哪个国家，都觉得魏国女王现在正是火冒三丈的时候，他们可不想来触这个霉头。

于是，正在等待的魏国众人要么就是跟着对骂，要么就是无所事事地聊天。

【帮派】*副帮主*十三月的风：还真有个十五星套，满级，全身石头满，是男战，叫梁山伯。

【帮派】老鼠啃白菜：十三，你这间谍做得不错啊。

【帮派】*副帮主*十三月的风：呸呸，我这是生意号，你懂什么。

【帮派】恶魔哟：真是有钱人啊，石头都得花不少钱啊，怎么就没听说过这人呢？

【帮派】老鼠啃白菜：卖钱的？十三，听说你最近赚了不少啊！

【帮派】*副帮主*十三月的风：还不都给帮里花了，你还好意思说。可能是今天才弄好装备的吧，蜀国人好像也是今天才看到他。

【帮派】猴哥我是虎哥：哎呀，有钱人啊，三哥，你赶紧把人拉魏国来啊，免得蜀国人老叫唤。

【帮派】*副帮主*十三月的风：你们别想了，听说这梁山伯看上蜀国王后了，连国王的面子都不给，想拉他来魏国，有点难度。

【帮派】YW炉子：不是吧，怎么就没看上咱们女王呢？

炉子的话引起了周王帮短暂的沉默。

人家蜀国王后要身材有身材、要脸蛋有脸蛋、要钱有钱、要人有人，他们魏国女王有啥？只有一肚子的坏水，谁敢看上啊！

就连艾亿自己，都有些哭笑不得。你们聊你们的，老把自己扯上算什么事啊！

【帮派】*帮主*亿月亿年：别看上我，万一人家跟十三一样是个大叔呢。

国王帮众人又是一阵沉默。

好吧，有钱人不一定都是又高又帅的，大家必须要接受这样的事

实。

不一会儿，艾亿就把人带进了蜀国境内，一路横冲直撞奔向蜀国王城。

蜀国国王听到了密报，便把人集合到王城，然后从另一条道，冲出了边境，再次进入魏国境内。没办法，吴国还没出门，他只能趁魏国空虚的时候赶紧冲过去把任务做了。这回，蜀国人根本就没有任何歇息的时间，一个劲儿地往前冲，早点把任务做完早点回国，这样就不会跟魏国人撞见了。

蜀国国王的想法是这样的，蜀国人的想法也是这样的，所以在交完任务后，还没等蜀国国王下令，70%的蜀国人就赶紧按了回城符，他们是真的一点都不想跟魏国女王交手啊！

蜀国国王还没得到魏国女王撤出蜀国境内的消息，可是看到那么多人都回国了，蜀国国王想了想，那是自己国家，总得回去吧，于是大手一挥，回国了。

谁知道，蜀国国民才刚回国，便看见密密麻麻的红点从不远处浩浩荡荡地袭来。

这魏国女王压根儿就没打算回去，她在这儿等着呢！

不用说，魏国和蜀国再一次进行了交锋。这次与上次不同的是，蜀国这次属于本土作战，不用担心补给的问题，战斗人员也不会流失太多。

即使是这样，蜀国人也渐渐绝望地发现，魏国的人还在一直增加一直增加，真不明白，这魏国人怎么就那么多啊！

【国家】虞姬：王后又被杀了十几次了，大神，赶紧去杀了他们的土匪头子吧。

【国家】玉L爱琴海：就是啊，大神，赶紧去给咱们王后报仇。

蜀国的国家频道上一片恳求，大多数人都将希望放在了这位大神身上。

埋头苦干的席东梁有点郁闷，他倒是发现他的仇人了，才知道这亿月亿年原来是敌国的女王，还知道这个敌国比自己所在的国家要强大很多，但是，这些都跟他没关系，跟他有关系的是，他在茫茫人海中发现了魏国女王的高头大马和女王套装，可是无论他怎么砍杀，却再也杀不死这个亿月亿年了。

为什么？

因为亿月亿年还没有被他杀死，他自己就死了。等他爬起来再锁定人家，人家的血又满了。这不是白干吗？

烦躁啊！这魏国人真是多！他真想把这亿月亿年单独拎出来暴打一顿！

没多久，蜀国人也发现了这个问题。

【国家】玉L自在：她怕了，现在都躲在别人后头不出来了，大神杀不到她。

【国家】我是打酱油的：太奸诈了，她平常不都是使劲儿往前冲的吗，这回怕了吧？

【国家】★王后★殷火儿：既然她躲在人堆里不出来，梁山伯，你就别盯着她报仇了，我死几次没关系，真的，非常谢谢你。

席东梁看到这句话，嘴角抽了抽，你谁啊，跟我很熟吗？你死几次关我什么事啊？

不过，他没有说话，因为他打字慢，等他发出去的时候，已经接不上人家的话了。这个情况，席东梁已经知道了。

可在蜀国人的眼里，这意义可就非同一般了！王后是什么意思？意思是梁山伯大神就是为了给王后报仇才去杀那亿月亿年的，也就是说，人家十五星套的大神，是铁板钉钉看上王后了。

王后不是跟国王是一对儿吗？现在冒出个第三者，这国王怎么办？

蜀国人不免有些头疼。

而在殷火儿的私聊频道上，则冒出来一句。

【好友】玉L遗忘：你看上那个梁山伯了？

【好友】殷火儿：瞧你说的，我怎么会看上他？

【好友】玉L遗忘：那你说那句话什么意思啊？你谢谢他？你怎么没谢过我？别以为我不知道，你看到人家有钱，就想巴结人家。

【好友】殷火儿：你这是什么意思？他有钱，我就没钱？我是缺了你的钱还是怎么了？遗忘，你说话要注意分寸，我可没有亏待你，你别这样疑神疑鬼的。

最终，蜀国国王不说话了。她确实没有亏待他，平日里给他买装备、给他买石头，样样都是钱，可她从来没有说一句不好的话。正是这样，蜀国国王手短了。在外人看来，他傍上了富婆，他也喜欢她为自己花钱的感觉，可是一旦看到她对别的有钱男人大献殷勤的时候，他就非常不爽，非常非常不爽。

没有人知道蜀国国王与王后的争吵，在别人眼里，蜀国国王和王后仍然是一对儿，而大神是强势上位的典型。蜀国人都想知道，大神最终会不会抱得美人归呢？如果他成功了，那国王怎么办呢？如果他失败了，那他会不会因爱生恨，跑到魏国去呢？

蜀国人民都好纠结。

纠结的蜀国人民在被魏国人虐了一遍又一遍后，有大骂的，有忍气吞声的。两个小时还是很快就过去了，鸡毛任务也停止了。

魏国人如潮水般散去，偶尔会有几撮魏国队伍跑到蜀国来杀杀人跳跳舞，不过总比魏国女王带队时的蝗虫过境好一些。

【帮派】★帮主★亿月亿年：小三，把你007号给我玩几天。

【帮派】★副帮主★十三月的风：说了我这不是间谍号，是生意号。

【帮派】★帮主★亿月亿年：好好，生意号借我玩几天，我去打探一下那个十五星套的动静，看有没有机会拐到帮里来。

【帮派】★副帮主★十三月的风：你打算牺牲美色了？

【帮派】★帮主★亿月亿年：呸！当然是以我的聪明才智了，说了你也不懂，懒得跟你说，赶紧的，账号发过来。

【帮派】老鼠啃白菜：豆大点脑子，还聪明才智。

【帮派】恶魔哟：女王，加油，我们看好你哟！

【帮派】★帮主★亿月亿年：老鼠，单挑！

【帮派】允纹：围观单挑，围观被虐。

【帮派】YW五角：哈哈哈，老鼠，你又想去送死啊？

与魏国国王帮的欢声笑语相对比的，是蜀国的平静，与以往不同的是，这回他们多了一点谈资。十五星套的加入，无疑给他们蜀国增添了一分希望。

而他们的谈资对象席东梁，则昙花一现地出现了一个晚上，接着就忙了一个星期的工作，等工作结束，才想起自己还有"大仇"未报，这才慢悠悠地泡了杯咖啡，登录了游戏。

上了游戏，席东梁才想起一件事：不是在任务期间，他要怎么才能找到亿月亿年呢？

对了！

席东梁一拍大腿，把那日用笔记录下来的曹赛宝留下的教程拿出来，草草地阅读了一遍。发喇叭找亿月亿年的坐标？坐标到底是怎么一回事啊？说是用来显示位置，但是是怎么显示的呢？

席东梁苦恼地想了一会儿，便决定，先弄点游戏币要紧。没游戏币就买不了喇叭，没喇叭就没法找人问亿月亿年的坐标，没有坐标就找不着人，所以先买点游戏币要紧。曹赛宝说了，要用钱买游戏币。

亿月亿年这么出名，随便喊一个人都能问到她的坐标，还要用喇叭喊？菜鸟同志的想法是好的，他哪里知道自己绕了弯路。

决定之后，席东梁便兴冲冲要去买游戏币了。于是，各个频道上的卖游戏币信息就进入了他的眼帘。

【国家】XOWP打钱工作室：甩卖游戏币，100RMB=1万游戏币，200RMB=2.1万游戏币，500RMB=6万游戏币，多买多送，有意者联系QQ×××××。

【国家】小熊猫工作室：好消息，好消息！我工作室有大量游戏币出售，100RMB=1万游戏币，200RMB=2.2万游戏币，500RMB=6.5万游戏币，满2000RMB送五星马一只，多买多送，有意者联系

QQ××××××。

诸如此类的信息络绎不绝，席东梁看了一会儿，眼睛都看花了，不过很快，他就挑了一家看起来最划算的，又送装备又送马，加了人家的QQ。

与此同时，艾亿正上着十三的小号——卖钱的小号，在蜀国四处溜达。她已经上了一个星期了，但是她一直只听说有个十五星套，却从来没有见过。就算是再低调的人，也不可能连系统都屏蔽吧？她试过好多次查询梁山伯的个人信息，系统总是提示，此人不在线。

这人玩的什么游戏啊，怎么一个星期都不上线呢？

艾亿在蜀国溜达了一圈，看没有什么能让她上心的人和事，便打开好友系统，继续习惯性地查询梁山伯的信息，她也没觉得梁山伯肯定上线了，只是她的一个习惯性动作而已。可让她意外的是，她竟然真的查到了对方的信息。

果然是满级十五星套，艾亿查看了对方的装备情况，便试着加对方为好友发送了请求。很快，系统就给了她很明确的答复：对方拒绝添加好友。

果然是大神啊，连好友设置都是拒绝。

艾亿哪里想到，这根本就是曹赛宝懒得理别人才弄的好友设置，要让席东梁来设置，他才懒得管呢，不过就算他不会设置成拒绝，他也不会添加别人，只会把别人的请求信息忽略不见。

不能添加好友，那就只能私聊。艾亿想把这十五星套拐到魏国，以增加自己国家的战斗力，削弱蜀国的战斗力。不过首先她得跟对方多接触接触，才能增加她的可信度。所以此刻艾亿找梁山伯搭讪，还只是抱着交流感情的目的。

【私聊】卖钱的小号：在吗？

等了很久，这梁山伯就是没有回答她的话。这让艾亿有点疑惑，莫非这小子又不在？如果不在的话，就只能等他回神了。希望不要让她等太久啊！

果然没让她等太久，三五分钟后，对方终于发来了信息。

【私聊】梁山伯：你终于来了。

艾亿一愣，什么意思？难道十三跟这个梁山伯认识？不对啊，十三要是认识，这人早该被忽悠到魏国去了，怎么还会待在蜀国？这是怎么回事？

【私聊】卖钱的小号：你认识我？

问话好像又被扔进了大海，杳无音讯。艾亿有些郁闷地看着屏幕，这人到底在干吗，有这么忙吗？又是三五分钟后，对方的信息才发过来。

【私聊】梁山伯：不是你卖给我钱的吗？

原来是这样，他正在买游戏币啊！艾亿恍然大悟，不过，她忽然觉得有点不对劲。如果是正常交易，那他应该知道交易者的具体名字啊，自己上的这号虽然叫卖钱的小号，但是自己又没有跟别人约定，他不会是凭名字认为自己就是卖他钱的人吧？

【私聊】卖钱的小号：我没有卖你钱哦，我本来是想问问你需不需要买游戏币的，但是你好像已经找人买了，对方告诉你，他交易的角色是我这个名字吗？

艾亿已经习惯了对方的迟钝，所以这话发出去后，她便去了趟厕所，等回来，对方的信息还没发来，又无聊地等了一会儿，对方才发了一长串。

【私聊】梁山伯：那人叫BUG工作室，我加了他的QQ，他说要我直接转账给他，我转好了两千，他说等会儿就来跟我交易，他没有告诉我名字。

艾亿看了，一阵无语，他明显就是遇到了骗子，而且从他的叙述来看，这个梁山伯就是个菜鸟啊！稍微有点游戏常识的人都知道工作室什么的都是骗子，而且游戏系统常常会提示玩家们不要在线下给别人转账，所以就算是菜鸟也应该不会这么蠢啊，除非……他很少上游戏。

这样看来，梁山伯回话这么慢，是因为他不会打字？不会吧！艾亿

顿时被自己的猜测给吓到了。她觉得自己死在这人的手上，实在是太不值了。

【私聊】卖钱的小号：你不会是刚玩游戏吧？

【私聊】梁山伯：是的。

艾亿等了老半天等到这俩字后，顿时无语。她忽然对这个十五星套的大神充满了崇拜。实诚到他这份儿上，没有半句废话，也算是头一号。

【私聊】卖钱的小号：那我告诉你，任何工作室都是骗子，你看游戏的系统提示老说，千万别跟人线下转账，只要是要求你转账的人，都是骗子。你想要买游戏币，直接去正规的网站17173或者直接充钱进游戏，在游戏里交易。

【私聊】梁山伯：那我现在怎么办？

【私聊】卖钱的小号：如果非要进行转账交易，那就不要相信小号，你要看看对方的等级，看看对方的装备，如果是小号你可以要求对方出示大号的名字。你现在这种情况，我也不知道怎么帮你，你最好先跟客服报警，让客服帮你找找。你得作好心理准备，这个钱应该是要不回来了。

艾亿苦口婆心地跟这个看起来威风凛凛的大神说了一通，对方看起来还是很受教的。这让艾亿有个错觉，明明看到的是个老虎，结果却是只小猫，温顺得让人没有脾气。

她先教他如何识别骗子，然后教他交易时需要注意的事项，接着教他怎么跟客服联系……等梁山伯跟客服沟通完后，时间就已经到了十二点。艾亿当师傅正当得过瘾，还没想着睡觉，对方却提出休息了。

【私聊】梁山伯：该睡了，你明天在不？在的话再教我买东西好不好？

艾亿想着，终于有借口加他为好友了，于是她又教他怎么添加好友。这一弄，又是一个小时，好在这梁山伯虽然什么都不懂，但学习能力强，这让她颇有为人师表的成就感。

【好友】卖钱的小号：那行，咱们明天见。

第二天一早，艾亿爬起来就上了卖钱的小号，双开着自己的大号在魏国带人做任务，白天的时间一晃而过，直到晚上鸡毛过后，这个梁山伯才慢吞吞地爬上游戏。

由此艾亿推断，这个梁山伯是个上班族，而且看他对损失的两千块并不十分在意，这个梁山伯的收入应该不是一般的工薪阶层。想着，艾亿跟十三打了招呼，问他还有没有游戏币要出手。

【好友】十三月的风：游戏币啊？多的是，就是价格谈不下来，现在想占便宜的太多了。

【好友】亿月亿年：现在的市场价是多少？

【好友】十三月的风：一百八。

【好友】亿月亿年：这么贵了？那个时候才一百三。

【好友】十三月的风：最近打击工作室打的严，游戏币就涨价了，一百八买一万游戏币已经算不错了，有狠点的，卖到两百多。

【好友】亿月亿年：嘿，那我给你找个买家哈，卖多的钱给我留着当嫁妆。

【好友】十三月的风：无视。

艾亿才不管他，反正十三跟她就没分过你我，十三也是个不爱计较的人，不然她一身的装备怎么来的啊？还不是十三一件一件淘、一件一件买的。

这边梁山伯知道艾亿确实有游戏币卖，马上就追问价格，艾亿报了两百，他也没还价，立刻就说要买。艾亿一边教他怎么交易，一边好奇地问他。

【好友】卖钱的小号：你买游戏币干吗呀？看你要得挺急的。

【好友】梁山伯：买喇叭。

大约是因为被卖钱的小号这两日的帮助感动了，所以梁山伯特别信任卖钱的小号，几乎是言无不尽，当然，前提是这卖钱的小号确实很有耐心。一般人跟他说几句话，看他这打字的速度，也没空理他了。梁山

伯好不容易找到个能帮自己的，自然是抓着不放，他哪里会想到，这个小号其实就是自己苦苦寻觅的"仇人"呢？

见他这么说，艾亿更好奇了。

【好友】卖钱的小号：就为了买喇叭？

不过也是，他等级满了，装备也顶级了，除了娱乐消费，还真想不通他买游戏币干吗，难道去冲十八星套？想想都不可能。一套十二星套砸下来，没有两万RMB都是白搭，这还得是好手去砸。若是个不会砸装备的，像蜀国王后那样的，砸个五六万RMB，那都是瞎子点灯白费蜡。

【好友】梁山伯：买喇叭找人问亿月亿年的坐标。

【好友】卖钱的小号：什么？

艾亿顿时提起了精神，难道这是自己的熟人？不对，如果是熟人，他干吗会杀她？干吗不私聊？干吗不直接问她在哪里？买喇叭问坐标，只有一个原因——那就是，他把她当是敌人！

【好友】卖钱的小号：你找亿月亿年做什么？转去魏国吗？

【好友】梁山伯：我为什么要去魏国？在蜀国我才好杀她呀！

艾亿郁闷了，敢情这孩子还是专门为了杀自己才待在蜀国的。

【好友】卖钱的小号：那她怎么得罪你了？

【好友】梁山伯：她杀过我。

看到这个理由，艾亿更郁闷了，对方是个小朋友吧，只有小朋友才会有这么执着的恨意。这是个国战游戏，国战游戏不杀人难道还去种田啊？她亿月亿年杀的人，没有一万也有八千，她哪里会知道自己什么时候什么地点杀过这么个国宝似的小熊猫啊！

艾亿郁闷了一会儿，想到这孩子恐怕不会那么轻易就原谅自己到魏国去，便打消了拐他进魏国的心思。不过，遇到敌人她也不能这么轻易放过，只要是敌人，就要把他扼杀在摇篮里。

艾亿眼珠子一转，便心上一计。

【好友】卖钱的小号：这倒是个好办法，我的大号正好在魏国，有空我得了她的消息，就悄悄告诉你。我这是跟你关系好才帮你的，你可别乱说，知道不？

艾亿一副咱们哥儿俩好的样子，只差没说自己对他掏心掏肺了。

不过梁山伯同志本来就是个实诚人，他被骗后若不是有这个卖钱的小号的帮助，他还不知道该怎么办。打电话给曹赛宝吧，那小子早就关机没影了，根本找不着人。卖钱的小号的横空出现，就像一个救星，而且还教会了他怎么交易、怎么加好友、怎么看地图、怎么看坐标。总之，这个卖钱的小号就是一个移动的百科全书，对他的帮助那是大大的。

因此，梁山伯特别感激卖钱的小号，并且对他深信不疑。就是对方卖给自己游戏币，都摆明了说，市场价是一百八，但是手头的游戏币没有那么多，只有给他去周转，这才把价格提到了两百。这样一个老实人，他能不相信吗？人家是生意人，自己总得让人家有点赚头，对吧？

反正梁山伯同志的心很宽，一点也不在意对方占了自己便宜，只记得对方对自己的好。此时见到对方竟然肯帮自己寻找亿月亿年，他那高兴劲儿，就别提了。

【好友】梁山伯：那真的是太谢谢你了，你对我太好了。

【好友】卖钱的小号：提这些干吗，相识一场都是兄弟，以后有什么困难，找我，只要我能帮上忙的，我绝对不说二话。

瞧艾亿这口气，还真把自己当成男人跟人哥儿俩好了。也正是这口气，才让对方对她更是深信不疑，随即梁山伯又问了几个常识性的问题，比如怎么买喇叭、怎么喊喇叭之类的。

买了喇叭后，梁山伯同志就迫不及待找亿月亿年报仇了。

【喇叭】★蜀国★梁山伯：谁知道亿月亿年的坐标，告诉我。

艾亿看了，哭笑不得，这孩子也太着急了，就这么问她的坐标，能问得着才见鬼。吴国蜀国的人都不在魏国，根本没法得知她的位置，而魏国人一般也不会出卖自己的女王，他梁山伯现在问亿月亿年的坐标，一看就不是去交友的，谁会无缘无故帮他啊！要知道，游戏里的人还是很冷漠的。不过艾亿跟他相处了两个晚上，也知道他没玩过游戏，不懂

得游戏里的条条框框，于是又发了一条信息过去。

【好友】卖钱的小号：你这么喊没人告诉你的，你要出点钱，说见到人就给钱，这样才会有人告诉你。

艾亿的话刚落，喇叭上就出现了蜀国人的身影。

【喇叭】*蜀国*玉L自在：惊现大神！你是要去给王后报仇吗？太好了！

艾亿横了一眼，心里非常不爽，你居然跟那女人有来往？哦，不对，估计别人还不知道这小子是个菜鸟呢，应该是别人乱猜的。艾亿这么一想，就高兴了，嘿，我在这儿当间谍呢，你们这个所谓的大神，还不是我手心里的一盘菜？

【喇叭】*蜀国*梁山伯：谁告诉我亿月亿年的坐标，我就给谁十两银子。

艾亿也顾不得纠正梁山伯的语法错误了，赶紧在帮派里喊。

【帮派】*帮主*亿月亿年：看到我的，去拿钱，五五分。

【帮派】恶魔哟：不是吧，你这么差钱啊，五两都贪，全送我们得了。

【帮派】*帮主*亿月亿年：想得美，五五分，先给我五两，我再告诉你我在哪。

【帮派】猴哥我是虎哥：你也太奸诈了，那个十五星套不是去杀你的吧？那你还敢等他去？

【帮派】*帮主*亿月亿年：怕死赚不到钱啊！

【帮派】老鼠啃白菜：无语。

【帮派】YW五角：同上。

国王帮同志一阵沉默，不过立刻就冒出个不同的声音。

【帮派】*副帮主*十三月的风：你们傻啊，他一个人来，我们不会埋伏啊？

【帮派】恶魔哟：哎呀，还是三哥比较猥琐。

【帮派】YW炉子：向十三致敬！

【帮派】★帮主★亿月亿年：别着急，现在还用不到你们，以后会有机会的，到时候我再叫你们哈。

魏国国王帮都不知道他们的女王大人在卖什么狗皮膏药，死缠烂打问了老半天，亿月亿年的嘴巴就是撬不开，于是众人只得在一旁观戏。人家女王说了，可以隐蔽起来观看，但不得出手。众人便立刻活跃开了，最先告密者，是YW炉子。

炉子同志很哀怨地给女王邮寄了五两银子，而后女王立刻给他发了个坐标，他便屁颠屁颠领赏去了。

这边的梁山伯同志喊了老半天，仍旧没什么人理他。这游戏本身就不好找人，一般不是熟人，基本上很难知道对方在做什么，地图又大，找个人跟大海捞针似的。

不过梁山伯同志很有耐心，他打字也慢，打一条发一条，也没想起来复制，就这么一条一条地打字，一条一条地喊喇叭。花了10多分钟，喊了七八条喇叭后，终于有人给他发来了信息。

【私聊】YW炉子：大神大神，我知道她在哪里，你找到了要给我钱啊！

【私聊】梁山伯：行。

【私聊】YW炉子：魏国官渡（308，199）。

席东梁一看，嘿，我终于找到你的行踪了。于是，他急急忙忙就往魏国赶。刚到魏国边境，梁山伯就看到一群红点围在自己的周围，各个都朝自己发技能，一时间席东梁手忙脚乱，紧接着就倒在了地上。

席东梁郁闷地看了看周围，感觉人好多好多，便按了安全回城，回城后，又继续往魏国跑。可是以上的情形，又出现了，席东梁只得去请教卖钱的小号。

【好友】梁山伯：我去魏国的时候，好多人围着我杀，我怎么办？

艾亿正等着梁山伯的到来呢，看到这条信息，才知道这孩子出师不捷，才到魏国就被挂了好几次，她有些郁闷。想逗逗这孩子，还得先教他怎么过五关斩六将，她也真是够累的。

【好友】卖钱的小号：你的装备是这个游戏中最厉害的，如果不超过两百个人杀你，只要你死了之后爬起来使劲往前跑，他们就拿你没办法的。

席东梁同志恍然大悟，赶紧照办。他一路埋头狂奔，终于奔到了官渡。官渡地图是个挂机地图，这里有不少80级左右的玩家在挂机。席东梁看见那些红点，有些心有余悸，一路狂奔。路上有人砍了他几下，发现打出来都是一两百的伤害，就知道这人的装备好，便早早放弃了追击，他便直接飘到了YW炉子给他的坐标点。

一看见亿月亿年的名字，还有大红色的女王装，席东梁就激动得扑了上去。没想到，那亿月亿年竟然立刻就反击了。席东梁一个菜鸟，手忙脚乱地吃药，吃蓝，又忘记了攻击，等想起攻击的时候，血条又被对方打落了一半。总之，席东梁还没来得及顺好自己的技能、药品，他就已经倒在了地上。

席东梁恨恨地爬起来，还没看到自己的血量只有1/3，就又冲上去跟亿月亿年纠缠，不大一会儿，便再次倒在了地上。

如此循环，把隐藏在一边看热闹的魏国国王帮众人看得目瞪口呆。

【帮派】允纹：我晕，阿姨，你这是吃药了吧？

【帮派】★帮主★亿月亿年：呸呸，小孩子别瞎说。

【帮派】老鼠啃白菜：还有时间打字，看起来游刃有余啊！

【帮派】YW五角：这真是十五星套？怎么看起来这么好打？

【帮派】雪夜SUM：这小子绝对不是原装货，都快被女王压榨死了。

这边众人都不忍心看梁山伯的死亡情况了，直到10次死亡后，这个蜀国红人才恋恋不舍地回国去。

炉子赶紧找梁山伯要钱，对方久久没有回应。

【帮派】YW炉子：这家伙不会食言吧？

【帮派】★帮主★亿月亿年：应该不会。

果然，过了一会儿后，卖钱的小号上又来了一条求救信息。

【好友】梁山伯：我怎么给人钱啊？

【好友】卖钱的小号：邮寄啊！

【好友】梁山伯：我不知道怎么邮寄啊！

【好友】卖钱的小号：在右上角有个圆圈，里面有一个邮字，打开它就可以了。

艾亿刚刚杀了对方10次，心里正高兴着，所以解说的时候也相当有耐心。不过她有点好奇，这孩子怎么没有一点气急败坏？

又过了一会儿，炉子终于得到钱了，而卖钱的小号又发来了新的请教信息。

【好友】梁山伯：为什么我杀不死亿月亿年啊？

【好友】卖钱的小号：你去杀她了啊？她很厉害的。不过你的装备那么好，不应该杀不过啊！

【好友】梁山伯：不是你说的我的装备比她的好吗，为什么我老死呢？

【好友】卖钱的小号：你杀不死她有很多原因，但你装备比她好，那要么就是她的操作比你好，要么就是她吃了辅助药。

艾亿很尽责地给对方讲解，一点儿也不因为对方是自己的对手而敷衍了事。艾亿甚至觉得，要是自己能把他教成个绝顶高手，那自己也光荣啊！

席东梁又问了什么是操作，什么是辅助药，结论他自己也清楚了，肯定因为自己是菜鸟，才打不过人家。想着，席东梁又请教了卖钱的小号，该怎么操作。本来他要是问别人，一般人恐怕都回答不了他的问题。但他问的是谁啊？是他的对手，是玩游戏时间相当长的高手，而且对方还是公认的手速快、操作好的玩家。所以这卖钱的小号竟然愣是解释了足足一个晚上，把梁山伯同志说的一愣一愣的。

晚上十二点，席东梁终于扛不住了，在大段的理论加实践灌输下，昏头涨脑地睡去。

接下来的几天，席东梁都跟卖钱的小号混在一起，经过强大的灌

输，席东梁终于能够单独在亿月亿年手下走上半小时不倒。渐渐地又因为他的装备等级问题，亿月亿年开始有衰败不支的迹象。席东梁开始渐渐对如何PK产生了浓厚的兴趣，至于报仇什么的……他还真没把亿月亿年杀死过第二次。

这天一下班，席东梁就兴冲冲上了游戏，然后寻了亿月亿年的坐标，一路杀、一路闯地跑到了亿月亿年的挂机地点。他同往常一样，激动地见了亿月亿年就往上冲，结果几个技能打在人家身上，对方竟然毫无反应。

不会是没在吧？真的在挂机？

席东梁仔细一看，亿月亿年的角色正盘腿坐在地上，连打怪挂机都没有，显然这家伙在这个地方已经站了有将近半小时，而且一直都没有移动，甚至都没有打字，否则不会这么盘腿坐着。

他总不能欺负一个没在的人吧？席东梁的骨子里还是很光明正大的实诚汉子，因此他想了想，便按了睡觉的图标，在一旁看着自己的角色呼噜噜睡觉，也挺好玩的。

他当然不知道，这个时候的魏国国王帮正闹翻了天。

Chapter05 闪婚夫妻

【帮派】老鼠啃白菜：我刚跟那个梁山伯说了小亿的坐标，结果私聊小亿她一直没回。

【帮派】YW索尼亚：我之前喊她帮我拿个木头也没回，是不在吧？

【帮派】老鼠啃白菜：不是吧！

【帮派】ＹＷ炉子：好像有半小时没动静了，她跟我们说上个厕所，然后就一直没回来。

【帮派】★副帮主★十三月的风：不会是掉厕所了吧？

【帮派】恶魔哟：掉厕所是肯定不会的，她死一次是必须的了。

【帮派】老鼠啃白菜：不行，我得看看去，你们今天也没人跟她在一起？

【帮派】雪夜SUM：她之前还在我的队里挂机，后来不知道为什么退了。

【帮派】老鼠啃白菜：是在长坂坡不？

【帮派】雪夜SUM：是啊！

【帮派】老鼠啃白菜：估计她都一个小时没动了。

帮派众人赶紧浩浩荡荡冲向长坂坡，然后在那个隐蔽的地方看到了令人惊奇的一幕：女王悠闲地席地而坐，她旁边正睡着一个放浪形骸的男战士……

与此同时，电脑的另一端，艾亿正站在窗前打电话。

"你说什么！你说什么！"艾亿的情绪很激动，整个人这时毫无形象可言。

电话的那头传来很淡定的声音："小亿啊，别急啊，我就快回来了，别太想我。"

"放屁！"艾亿不知道该用什么来表达自己心中的感慨，"你莫名其妙就消失了，说是跑去旅游，结果莫名其妙给我打个电话，说是跟个男人一见钟情，结婚了？你是不是脑子进水了啊！"

"唉唉唉，不带人身攻击的啊！你这是嫉妒，嫉妒，你知道不？你就嫉妒你找不着一见钟情的老公，对不对？"

"对，对，对你个头！你知不知道你在做什么，你，你还在读书……"艾亿都愤怒得语无伦次了。

素素点点这个不靠谱的家伙，之前听允纹说，艾亿才知道这个家伙

跑去旅游了。今天素素点点给她打了个电话，绕了一大圈，才告诉她，这孩子在马来西亚晒太阳，晒着晒着就遇到个男人，然后跟人家一见钟情。俩人热恋三天，便去拉斯维加斯领了结婚证……还有比这个家伙更不靠谱的人吗？

艾亿觉得自己头都大了，这孩子还在上大学，还没走入社会，怎么就跑去领结婚证了？这绝对是在毁人三观啊！

"我满20周岁了啊，婚姻自由啦！再说了，我父母也挺满意的，放心吧，我跟我老公都是很认真的。"素素点点同志在那头非常潇洒地告诉艾亿，自己已经有了婚姻自主权，还告诉艾亿，自己的婚姻是经过父母同意的。

艾亿有些半信半疑："真的？你爸妈也同意？"

"是啦，我们双方父母都认识，只是不太熟，不过你放心，我们都不会乱来的。哦，对了，等我回来，带你看看我跟我老公的小家哦！"电话那头的素素点点仍然是很轻快的语气，不过听起来她还是很开心的，就是不知道她的这段婚姻到底能持续多久。

艾亿也没有办法，她跟素素点点虽然有交情，但素素点点很少提及她的父母，所以她也不知道素素点点家庭情况到底怎么样。想来，素素点点也不应该是个乱来的人吧？

艾亿狠狠地叹了几口气后，甩了句"等你回来再说吧"便挂了电话，有这样不靠谱的朋友，她真是扛不住啊！

等回到电脑前，她才刚一动鼠标，就发现一个身影朝她扑过来，紧接着，两个人便开始了长时间的攻击与反击。

看来，这小子还是有点悟性的。过了10分钟，艾亿就发现自己已经疲惫了，十二星套单挑十五星套，还是勉强了点。想着，艾亿"嗖"地就往旁边蹿去。

梁山伯从来没见她逃跑过，等她跑了老远，才反应过来，于是紧跟着追过去。

可是跑着跑着，那女王就不见了踪影。

原来，艾亿跑远了，系统默认退出战斗后，她立马按了回城符，去王城安全区待着了。

再切换到卖钱的小号上，对方已经发来了信息。

【好友】梁山伯：哈哈，钱号钱号，我打赢了，她逃跑啦！

艾亿翻了个白眼，十五星套打赢自己十二星套，还有脸炫耀。

【好友】卖钱的小号：嗯嗯，太好了！我教你的都记住了吧？以后就这样来，保准你所向无敌。

【好友】梁山伯：所向无敌就算了，我只想杀她几次就够了。

艾亿那个郁闷啊，她恨不得立刻表明自己的身份，揪着他使劲儿问问她到底是哪里得罪了他，非得要杀上自己几次不可。

如果她知道，对方是因为要找自己报仇才练的号、才上的游戏，她肯定会受宠若惊的。

【好友】卖钱的小号：那估计难了，她现在杀不过你，以后就不会单独让你杀了，你可得小心啊！

【好友】梁山伯：放心吧，正好我可以试试你教我的群殴技巧。

【好友】卖钱的小号：嗯，那也行，加油啊！

梁山伯同志得了卖钱的小号的鼓励，便更加努力地去找亿月亿年的坐标了。

艾亿想了想，该交代众人保护自己才行，于是又切换到亿月亿年的号，才看一眼帮派聊天记录，她就纳闷了，这是什么情况？

【帮派】雪夜SUM：原来他俩有隐情啊！

【帮派】恶魔哟：我说一个十五星套没事儿怎么老来被虐呢，敢情是跟咱们女王对上眼了啊！

【帮派】老鼠啃白菜：真是大爆料啊！

【帮派】允纹：真没想到阿姨还有今天。

【帮派】YW五角：我终于知道什么叫相爱相杀了。

【帮派】★帮主★亿月亿年：请问，现在是什么情况？

【帮派】★副帮主★十三月的风：小亿啊，你就别瞒我们了，我们都

看到了。

【帮派】*帮主*亿月亿年：看到什么了？

艾亿郁闷啊，一来就看到一群人说自己跟那梁山伯有绯闻，这就算了，十三还说他们都看到了，看到什么了？自己不就去打了个电话吗？回来又跟这家伙打了一架，怎么就变成相爱相杀了？

【帮派】老鼠啃白菜：看到你俩情意绵绵啊！

【帮派】*副帮主*十三月的风：就是就是，都看到了。

【帮派】恶魔哟：真的，全都看到了。

艾亿无语，你们到底看到啥了啊！

反正到最后，艾亿都没得到想要的答案，她也没办法，只好嘱咐他们要好好保护自己，然后该干吗干吗去了。接下来几天，每当梁山伯喊喇叭找她坐标的时候帮派里的人都会阴阳怪气地问"要不要给坐标啊？"只要艾亿说给，那众人便又是一顿起哄。

等梁山伯到了之后，帮派的人又会问"要不要杀啊？"艾亿说当然要杀，那众人便是左一句"你怎么舍得我难过"，右一句"我的心都被你伤透了"，搞的艾亿只想杀人泄愤。

直到三天后，艾亿终于知道了答案。

在官方论坛上，艾亿看到了一个名叫"大神，你的爱情究竟给了谁"的帖子。帖子里没有直接写男主人公的名字，两位女主人公的名字也被简化了，一个叫小亿，一个叫小火。帖子描述的是男主人公为了小火前去追杀小亿，结果被小亿蒙骗后与小亿双宿双栖而无视小火的故事。

文章还贴了一张截图，截图上，小亿身上是明显的女王装，男主人公身上是绿光闪闪，乃是十五星套的专属标志。这张图引起了众人的惊叹，因为这个游戏还没有出过十五星套，所以第一个十五星套必然会引起相当大的风浪。

艾亿也不知道这张图是什么时候的，因为艾亿经常会待在一些固定的坐标上，所以她根本不知道是哪次自己打坐的时候，梁山伯跑到自己旁边睡觉的……哦，以艾亿对他的了解，他肯定是看自己不在，所以没下手，等自己来了才开打的……莫非，就是那天素素点点给自己打电话的时候？

对于这个故事，有的人对小火抱以同情，有的人则认为小亿和男主人公是强强联合，与感情无关，还有人则认为这个故事肯定是编的。

火神的祈祷：这图是PS的吧？这游戏一共没几个女王，十五星套更是没有，怎么可能会有这么一对人出现？

我爱祖国：嘿，我知道这张图里的人是谁，而且我知道这个小火是谁，大家别被帖子骗了，这个故事里的小火是个有夫之妇，还是个王后，这大神跟单身的女王相恋，关其他人什么事啊？

爱情海：爱情是神圣的，只有那些注重物质的人，才会说这个女王是对的。

我是一片云：不管怎么说，小火值得同情，陈世美应该受到谴责。

玉L遗忘：纯属瞎说！哪个神经病写的帖子？敢给我站出来不？

哎呀呀：楼上的楼上，你说的是真的吗？

我爱祖国：我说的当然是真的，不信你们问楼上的楼上。

楼上的楼上：问我干吗，我什么都不知道。

任凭蜀国国王怎么叫唤，那个写帖子的人最终都没有反应。艾亿想了想，这帖子对自己的影响不大，最多就是个八卦，反而对殷火儿的影响更大一些，毕竟，对方是有老公的，在游戏里女人有外遇也是会遭人唾弃的。所以艾亿就按兵不动了，其实想想，怎么说都是这梁山伯占了便宜，等晚上他回来，多坑他点钱。

这段时间艾亿每天几百上千两地坑他，这家伙居然眉头都不皱一下。再加上这男人实诚、耐心，遇到挫折从来不吭一声，再加上悟性好，如果不是他一直固执地要杀自己，她还是蛮想跟这样的人交朋友的。只可惜，对方已经把自己当作头号强敌了。

回到游戏，马上就要到鸡毛时间了，国王帮的众人正在整装待发。不过今天有点热闹，一个很久不上游戏的网友上线了，许多人都在跟他

打招呼。

【帮派】YW五角：你终于上来了，我还以为要三五年才能看到你呢！

【帮派】YW黄毛：我还以为你们把我踢了呢，大家都还好吧？

【帮派】★副帮主★十三月的风：好得很。兄弟，当兵的滋味怎么样？苦不苦？

【帮派】YW黄毛：就是没有网上，其他都还好，哈哈！

【帮派】允纹：要鸡毛啦！呀，黄毛来啦，最近还好吧？

【帮派】恶魔哟：我也是才看见，黄毛，你不是当兵去了吗，怎么现在部队让上网了啊？

【帮派】YW黄毛：放假了，回家偷偷上一下，我好得很，兄弟们都还好吧？

帮派众人都忙着跟这个黄毛打招呼。他曾经是帮派的活跃分子，后来因为去当兵，所以才没玩了，但是帮派众人都决定把他的号留在帮派里，谁也不准踢他。

【帮派】★帮主★亿月亿年：都很好，有空就来看看，我们不会踢你的，放心吧！

【帮派】允纹：就是，谁敢踢你，我帮你骂他。对了，棉花也在呢，你赶紧跟棉花叙叙旧吧！

【帮派】YW黄毛：棉花？不会吧？我去部队后，给棉花打过电话，她说她早不玩了，号都卖了！

黄毛的一番话，把众人给震住了。当年，黄毛跟棉花是很恩爱的一对儿，后来黄毛离开游戏，棉花倒是说过不玩了，但后来不知道为什么又一直在帮派里，大家只是看到她上线时间短了，每天只上一小会儿，跟她说话也是急匆匆的，说不了几句就下线了。

从来没人朝这上面想过，棉花居然真的把号卖了？这么说，棉花早已经不是原来的棉花了？

众人忽然想起来一件事，上次大家在一起谈论蜀国王后的时候，说了几句龌龊的话，当时棉花反应就很强烈。难道，这个棉花就是大家许久都没有抓住的内奸？！

艾亿立刻打开帮派面板。棉花此刻正在线，但是没在帮派里说一句话。如果是原来的棉花，看到黄毛不可能不出现的，此刻她连反应都没有，这就说明这个棉花，真的是换人了，至于换成了谁，谁也不知道。

艾亿曾经跟十三商量过，当初征战蜀国，对方通过内奸知道自己的部署，两人就觉得棉花和倾城一笑的嫌疑最大，但因为无法确定，他俩也不好随便踢人，便想观察观察再说。现在看来，这个棉花的嫌疑最大了。

【好友】十三月的风：我刚问过倾城一笑了，她说那次她没有跟任何人说咱们的部署。

【好友】亿月亿年：那就只有棉花了，直接踢。

【好友】十三月的风：嗯，踢了之后来一次征战，看看还有问题没。

【好友】亿月亿年：好。

十三很快就把棉花给踢了，黄毛知道这时候的棉花不是以前的棉花，看到系统信息，也没有说什么，跟大家又聊了几句后，看到大家要忙着做任务，便说了保重的话就下线了。

艾亿还是很感谢他的，毕竟找出一个内奸可不容易。

这天晚上的鸡毛，女王带着魏国国民又把蜀国人堵得上蹿下跳。末了，女王还非常嚣张地甩了个喇叭出来。

【喇叭】★魏国★女王 亿月亿年：蜀国，准备征战！

女王霸气外露，震慑了不少人。就连看热闹的吴国人，都颇有些忌惮。而蜀国人则是一片惶惶，夹杂在其中的梁山伯，也不得不承认，这魏国女王还真有些霸气。

他对亿月亿年的印象很深，又并不太深。他几乎没有跟这个人有过交流，也没见这个人跟别人有过交流，而且他也不会跟别人聊天来了解情况。他唯一对她了解的就是，他无数次挑衅，她无数次接招。从最开

始的虐杀再到她的逃亡，再到她身边形形色色的保护者，他看到那些熟悉的人名，才知道自己早就在她的圈套之内。这样的人，真是可怕。

就在席东梁回想亿月亿年的作风时，他的私聊频道上，出现了一条消息。

【私聊】殷火儿：在不在？

席东梁现在知道这个殷火儿是谁了，她是游戏里蜀国国王的老婆。据说是个很漂亮的女人，家里还挺有钱，刚开始那几天就有人把他和她联系在一起，后来每次他去杀亿月亿年，别人都要提起她一次。

【私聊】梁山伯：在。

【私聊】殷火儿：你也看到了，魏国马上要跟我们打仗了，你来国王帮帮我吧？

【私聊】梁山伯：怎么帮？

【私聊】殷火儿：只要你来，就是最大的帮助了。

梁山伯想了想，他的目的就是要杀亿月亿年，殷火儿的目的也是跟亿月亿年作对。俗话说，敌人的敌人就是朋友，他没有理由拒绝朋友的邀请。

不过，他得先询问一下卖钱的小号的意见。

【好友】梁山伯：钱号钱号，在吗？

【好友】卖钱的小号：在啊！

【好友】梁山伯：我们王后要我进国王帮，你说我进不进？

【好友】卖钱的小号：这个看你自己了，像你这种情况，进国王帮是给别人雪中送炭，其实对你自己没什么好处。

【好友】梁山伯：我知道，可是他们也是要去杀亿月亿年的，我跟他们的目的一样，所以我想去。

【好友】卖钱的小号：那你就去。

这边的艾亿气得狠狠剜了一眼屏幕上的名字，养不熟的白眼狼，老娘白教你那么多了……不过再想想，人家根本不知道卖钱的小号就是亿月亿年，还一心想杀亿月亿年，她这不是自找的嘛！

艾亿忽然觉得无趣，招呼也不打，便把小号下线了。

那头的梁山伯看到卖钱的小号下线了，有些莫名其妙，但他心宽啊，根本不知道人家这是在跟自己生气，就以为别人有事去忙了。于是他就依着卖钱的小号的说法，回了殷火儿。

蜀国国王帮得知梁山伯要进帮的消息，有惊讶的，有恍然大悟的，有唾弃的。

大部分人都认为，梁山伯是因为殷火儿的面子，才进的国王帮，所以有的人惊讶于梁山伯真敢来国王帮，也有人对梁山伯进帮的缘由自认为是明白了的，更有人觉得梁山伯跟殷火儿都不是什么好货色，竟然敢公开勾搭，便暗地里对他俩唾弃一番。

直到第二天下班，席东梁才知道魏国这次征战的是蜀国的白鹿地图。

席东梁没打过征战，所以也不知道怎么打，他想起卖钱的小号告诉过他，不知道的事情要多看，不要随便开口问，免得暴露自己的底细，所以席东梁就没有在众人忙碌的时候再添乱，而是安安静静地待着。

征战时间一到，席东梁便看见远远的城墙外，高高地竖起一堵人墙，慢慢地，那些人墙靠近，才发现，前面成千上万的人都是NPC，跟在NPC后面的，正是蜀国的国民们。

魏国NPC一上前就自动跟蜀国的NPC纠缠在一起，而魏国人则轰轰隆隆地往前压，直压向蜀国的布防。如果魏国人冲破蜀国人的布防，还得再打破他们身后的城门，这才算地图正式易主。

在这种情况下，蜀国人只要一直坚持，不让魏国人冲过去，或者将魏国人压回魏国布防，那么蜀国便保住了他们的地盘，如若不然，他们就得将自己的地盘拱手让人。

"都顶住了，都顶住了，千万不要放他们进去！"蜀国国王在指挥频道嘶声呐喊。

席东梁一边杀人一边在人群中寻找，他已经习惯了在任何时候都去搜索那个骑着高头大马穿着女王装的角色。不大一会儿，他终于发现了

她，她正在一群国王帮的玩家中间，不停地向外散发着技能。

亿月亿年的群攻技能相当厉害，很难被打死，再加上有一堆人围着她，这让蜀国人感到压力非常大。

席东梁赶紧跑过去，冲着亿月亿年就撞了一下，把她的技能吟唱给打断了，然后便不停地砍杀，各种单攻群攻技能不停地放。

而亿月亿年此时根本不想和他纠缠，看见是他，转身就跑。

席东梁很自然地就跟了上去，没想到这个时候跟平常有什么区别。

"别往外跑，别往外跑，在自己人堆里，抱成一团！跑什么跑，都跑别人堆里去了，你能不死吗？你当你的装备是石头做的啊？说的就是你，梁山伯！你干吗呢！现在是征战！不是你个人表演！你还跑，你还跑！"蜀国国王的嘶声呐喊并没有起到作用，他不知道梁山伯同志没有打过征战，只晓得见了亿月亿年就往前冲。直到蜀国国王看他已经扎进了魏国人堆里，才气急败坏地点了他的名。

席东梁这还是第一次被人训斥，从小到大他都是乖孩子，从来没有让家长、老师头疼的时候，没想到玩个游戏，还被人训斥了一顿。席东梁感觉自己的脸上火辣辣的，还没等他操纵着角色从敌人堆里跑回来，他就倒在了地上。

他想了想，便安全回程了。

这里的安全回程，是回到玩家布防处，他也免得再跑回去。这回，他再也不敢使劲儿追着亿月亿年打了，被人点名训斥的感觉可真不好啊！

蜀国的实力不如魏国，这是公认的。所以当魏国冲破蜀国的布防来到城门前时，所有人都认为这是情理之中。

"现在，所有人调转方向，使劲儿打，使劲儿打，都朝城门打！知道了不？"蜀国国王的呐喊里还有一丝不甘心，他没想到魏国女王这次是铁了心的逼迫蜀国。想想，若不是因为他那个王后，蜀国也不会落到现在这步田地啊！

蜀国国王跟亿月亿年打交道也一年多了，对她自然也有些了解，可对他新找的王后，也不能不维护，结果就被这个不知道天高地厚的王后弄得引火上身……只希望，这个城池能让亿月亿年消消火气，不再这么紧迫逼人，他也就心满意足了。

蜀国人都转了方向，朝城门涌过去，跟魏国人混战在一起。席东梁犹豫了一下，仍站在原处，没有跟去，他刚刚去敌人堆里，已经被点名了，他可不想再被点名……

"梁山伯！你在干吗！你是来打征战的吗！你是来浑水摸鱼的，是不是？叫你们朝城门打，你在朝哪里打？"

没想到，他的想法还没开始付诸实践，指挥频道便又传来了国王气急败坏的声音。

这回，就算席东梁再迟钝，他也知道，蜀国国王这是盯上自己了。他也不知道什么时候惹着了这蜀国国王，但他还是认认真真地跟着众人跑到城门前，对着魏国人一顿神砍。

一个半小时后，蜀国城门被攻破，蜀国白鹿地图正式归魏国所有。

魏国人欢欣鼓舞暂且不提，艾亿和十三都觉得这内奸除得漂亮。幸好是黄毛来了，不然他们还得观察很久。

而在蜀国这边，士气低落是必然的，蜀国国王帮内已经乱成了一团。

蜀国国王对梁山伯的两次呵斥，梁山伯自己都没说什么，却有人替他说话了。

【帮派】★副帮主★殷火儿：遗忘，你是什么意思？梁山伯又没得罪你，你干吗老三番五次找他的麻烦？

蜀国国王那个气啊，他不听指挥，我难道连说都不能说了？

【帮派】玉L自在：嫂子，你别气，老大是做指挥的，他也是逮着谁就说谁，没有针对谁的意思。

【帮派】★副帮主★殷火儿：还没有针对？他是我叫进来的，却老是让你找麻烦，你这样是不给我面子！

看到这句话，蜀国国王硬是给气乐了。

【帮派】★帮主★玉L遗忘：给你面子？那谁给我面子？谁不知道你跟他勾勾搭搭的，绿帽子都戴到我眼睛边上了，我说什么了？他不听指挥，我一个国王，还不能说他几句？他那么厉害，那他自己一个人玩去，别在我这儿丢人现眼！

【帮派】★副帮主★殷火儿：好你个遗忘，我以为你是个通情达理的人，你说，我跟他有什么不清白的？我好不容易把他请到帮派来，结果呢，结果你就是这么对待我们的？我告诉你，别以为就你能当国王，信不信我现在就让你下台？

【帮派】★帮主★玉L遗忘：好，好，好，让我下台？那我等着，我倒要看看，你怎么让我下台法！

别人吵架，还与他有关，席东梁不得不关注了一下。可没想到，这俩家伙，说翻脸就翻脸，不管是国王还是王后，都不是省油的灯。蜀国国王的话音刚落，席东梁就看到屏幕上弹出了一条信息。

【系统】你所在的帮派玉L一族副帮主殷火儿弹劾帮主玉L遗忘，你选择同意，还是不同意？

席东梁想了想，这事本来跟自己没关系的，但他自己不知道怎么征战，也怪不得别人责骂，所以这玉L遗忘还是有点冤枉的，再说这蜀国国王做得好好的，她没事干吗要把人弄下台呢？

于是，席东梁很慎重地选择了不同意。

【帮派】★帮主★玉L遗忘：哈哈，我还以为你有什么能耐，居然想弹劾我？你难道不知道，这里都是我的人？哼，女人就是头发长见识短，你以为就凭你长得漂亮，你就能为所欲为了？告诉你，要不是你这个草包，魏国那个女人怎么会一直盯着蜀国不放？你就是个罪人！你是蜀国的罪人！

席东梁皱了皱眉，不管怎么说，蜀国国王的话真是过分了点，特别是最后两句。至于那句头发长见识短的话，席东梁也是不苟同的……至少，魏国的那个女人，就绝对不适合这句话。

【帮派】★副帮主★殷火儿：是吗？那我们走着瞧。

也真奇怪，这帮派里边两大巨头吵架，竟然没有一个人出来劝架，就是弹劾的信息也没有人作出惊讶的反应。

就在席东梁疑虑的时候，时间已经流逝了不少。

然后，他得到了一个不可思议的结果：同意本次弹劾的有效投票人数超过80%，帮主玉L遗忘被罢免官职，由副帮主殷火儿接任。

【帮派】玉L遗忘：不！这不可能！

【系统】玉L遗忘被帮主殷火儿请出了帮派。

席东梁忽然觉得背后一阵冰凉。看来，游戏里的女人都不是好惹的啊！

【帮派】玉L自在：恭喜女王！

【帮派】虞姬：火儿姐姐，你终于把那个讨厌的家伙赶走了。

【帮派】人生总是一场戏：早看他不顺眼了，什么能力都没有，就知道整天叫，没钱还老装。

【帮派】*帮主*殷火儿：辛苦大家了，回头我给大家补点补偿费，以后还请大家多多关照。

【帮派】虞姬：火儿姐姐最好了。

【帮派】玉L自在：是啊，咱们也有女王了，等有空，把魏国那女人打下来，看她还嚣不嚣张。

【帮派】*帮主*殷火儿：呵呵，迟早的事。今天大家都累了，早点休息吧，我会尽快提升国力的。

一片和谐又友好的声音在响应。席东梁看了看时间，已经十点多了，他懒得再去理会这些背叛与不背叛，早早地下了线，休息去了。

另一边，魏国国王帮也是才知道这样的消息，把他们吓了一大跳。

【帮派】*副帮主*十三月的风：这个殷火儿倒是有点手段啊，但是我不明白，她要做女王，那指挥谁来做？

【帮派】恶魔哟：不会是她自己吧？

【帮派】老鼠啃白菜：难说，以她的疯狂劲儿，这不是不可能的。不过我觉得，她把遗忘赶下台，最有可能是给梁山伯腾位置。

【帮派】YW炉子：不是吧？那我们女王呢？我们女王咋办？

【帮派】恶魔哟：凉拌呗！咱们女王根本就不需要男人。

【帮派】允纹：唉，好不容易有一个对咱们女王有意思的男人，居然就这么被人抢跑了。

艾亿看得嘴角直抽，她真怀疑，论坛上那个似真似假的帖子是这群好事的家伙写的。不过想想这些家伙杀人打架是一把好手，让他们玩手段，那还真的差了许多，估计这些家伙也没那能力。

再说那梁山伯，魅力也真是大，刚刚进蜀国国王帮，就让蜀国国王换了个人，这实在出乎她的意料。不过这样挺好，好玩儿。

艾亿嘴角露出一丝笑意，想想下周该征战蜀国的哪个城池，如果不是系统规定一个星期只能抢一次，她恨不得一天就抢完了。对了，她还得给吴国透漏个消息：如果吴国不赶紧抢地盘，以后就是她一家独大了……

第二天，吴国得了消息，立马就开始行动了。当天晚上就对蜀国宣战了，只可惜要过一天才能开战。几乎所有人都观望着这场征战，谁也不知道，这蜀国新上任的女王，究竟会有什么样的能耐。

吴国和蜀国的征战城池，在长坂坡，吴国也是个狠角色，直接想把对方的高级练级地点给抢了，让对方的人连升级都困难。

魏国这边无法观战，只得由几个小号去吴国和蜀国等待消息。

不久，魏国这边就得到消息，吴国实力上仍然强于蜀国，可半路上，蜀国的NPC又来了一次迁移……意思就是说，吴国国王帮，也出现了内奸。

【帮派】恶魔哟：这女人还真是防不胜防啊！

【帮派】老鼠啃白菜：比小亿还阴险。小亿是阴险得可爱，她这是阴险得可怕。

【帮派】★副帮主★十三月的风：再漂亮的女人，变成这样也没人敢要啊！

【帮派】素素点点：你们在说谁呢？

艾亿一看到素素点点的名字，眼角就是一跳。

【帮派】允纹：素素姐回来啦！你去哪旅游了？阿姨还说你掉进大海了呢。

【帮派】素素点点：我去马来西亚了，别听她胡说，她那是嫉妒我。

【帮派】老鼠啃白菜：我们在说蜀国那个女王。对了，素素，你还不知道吧，蜀国那个王后，昨天把国王给踹了，自己当了女王。

【帮派】素素点点：不是吧？这女人这么狠？

【帮派】允纹：可不是？太狠了，现在我们都看着呢，想看看她到底还有没有其他底牌。素素姐，马来西亚是不是很漂亮呀？你有没有带什么纪念品回来，送我一个呗？

【帮派】素素点点：纪念品倒是有一个，但是不能送给你。

【帮派】恶魔哟：素素，你还是不是学生啊，整天看见你到处旅游？

【帮派】允纹：为什么呀？

【帮派】素素点点：因为那是我老公啊！

【帮派】MC桃姬：哈哈！

【帮派】倾城一笑：汗！

【帮派】★副帮主★十三月的风：不是吧？

国王帮的人全部被震晕了，素素点点是大学生的事实，是经过长期鉴定的。结果人家一次旅游，就找了个老公回来，能不让人犯晕吗？

艾亿抹着额头，对这个不靠谱的朋友，真不知道说什么好。

【帮派】素素点点：嘿嘿，我厉害吧！我老公可帅啦，他说了，有空就来陪我玩游戏。

【帮派】MC桃姬：小心别被人骗了哈！

【帮派】素素点点：不会，我们领证了的。

【帮派】MC桃姬：……

【帮派】恶魔哟：……

一群省略号出现在帮派频道里，素素点点似乎觉得这些还不够大家震撼似的，又抛了一条消息出来。

【帮派】素素点点：我跟老公刚搬了新家，大家有空去我家玩啊。哎呀对了，小亿呢，小亿小亿。

【帮派】亿月亿年：在。

艾亿回答得有气无力的，她实在不知道这个不靠谱的家伙背后，还有多少不靠谱的事在等着自己。

【帮派】素素点点：我老公说他有个朋友，也没结婚，绝对高富帅，你明儿收拾收拾，去老地方等我，我带你相亲去。

【帮派】★副帮主★十三月的风：这一定是我打开电脑的方式不对，我要去重启。

【帮派】老鼠啃白菜：这肯定是我没睡好，出现幻觉了，我得去睡一觉。

【帮派】允纹：素素姐真是女中豪杰啊！

允纹一句话正中众人心声，几乎所有认识她的人都有这样的感叹。

艾亿根本就不想去，但想想，素素还要带她去新家，还得去见她老公，不管怎么样，总得先替这孩子把把关才行。

艾亿忽然觉得，自己一夜之间老了好多，没有比她还操心的人了。

得知艾亿应了邀请要去相亲，艾爷爷激动得满脸通红，趴在门框上，探着脑袋说："打扮得漂亮点啊，晚上就不要回来吃饭了，我不等你啊！"

艾亿很无奈地点点头，郁闷啊，饭都不管了，爷爷这是有多不想让自己在家待着啊。难道，他是找了第二春，怕自己打扰他的二人世界？想着，艾亿瞅了瞅红光满面的艾老爷子，比试了一下手里的嫩绿色连衣裙，就听爷爷叫道："不行，不行，这颜色显得你黑，换一件。"

艾亿翻了个白眼："看样子肯定是找着第二春了。"

"什么？"艾老爷子听力好着呢，听到这话，立刻就跳了出来，叉着腰在门口说道，"你个死丫头，说什么话呢？我都快百岁的人了，我找什么第二春，你傻啊你！赶紧给我相亲去，不然，不然……"爷爷"不然"了半天，双眼在她的房间里巡视了半天，最后才将手往艾亿最宝贝的电脑上一指，"不然，我以后再也不让你碰这个玩意儿！"

艾老爷子可不是随便威胁人的，他绝对是来真的。

艾亿知道爷爷的脾气，赶紧挑了衣服，把爷爷推出房间："好了好了，我知道了，我正正经经相亲去，你赶紧出去休息吧，我要换衣服了。"

换好衣服的艾亿，被爷爷挑三拣四地说了一番，拎着包走出了家门。

艾亿无奈地对天长叹了一声，才慢悠悠赶到她跟素素点点俩人所说的老地方。

素素点点仍然没什么变化，只是穿的连衣裙把她的身材勾勒得更妖娆了，她的脸上化了淡淡的妆，头发烫了大卷，披在肩上。就是这样的打扮，她还毫无形象地趴在桌子上，对着喝了一半的冰水，右手拿着吸管，把冰水里的冰块戳得上下起浮，看样子她还挺自得其乐的。

艾亿慢慢走近她，轻声咳了一声。

素素点点嘭的一声就跳了起来，大笑道："小亿小亿，你来啦！"

艾亿闭了闭眼，深吸一口气，无视周围人的异样目光，低声道："你就不能小声点！"

素素点点一吐舌头："我忘了，我刚刚在想我老公呢，他刚刚出门还吻了我，我好想他，现在就想见到他，爱一个人的感觉，真的好美妙……"

艾亿在心里恨恨地想，这孩子能不能靠谱点？不要刺激她这个单身人士了。

"你的意思是我打扰到你俩的二人世界了，是不？"艾亿坐了下来，狠狠地瞪着对方，要是她敢说一个是字，她就打算出手暴打她一顿。

好在素素点点一向是个懂得看人眼色的家伙，见艾亿脸色不对，立

刻就笑笑，挽住了她的胳膊："哎呀，小亿，别吃醋嘛，人家也想你的，真的。不然，我也不会急着帮你相亲啊，对吧？"

"屁！"艾亿低低地吐了一个字，不太想谈相亲这个话题，每次跟这家伙一说相亲，她就会有种自己已经老到嫁不出去的感觉，而且现在这家伙还迫不及待把自己给嫁了，这让她的压力感油然而生。艾亿把脸转到一旁，硬生生改了话题："你老公怎么没陪你来？"

"他去买点东西，然后来接我们。"

"买什么？"

"买吃的啊，我不会做饭，他也不会，只能买了。"

"……"

艾亿忽然觉得，这孩子应该是在玩过家家吧？婚姻真是这么简单的将两个人凑在一起吗？

不过想想，也许简单才好，不像自己，考虑的事情太多了。结婚本来就是两个人的事情，不是两个家庭的事，是自己把事情想得太复杂了，所以才会一直抗拒相亲，不想那么早结婚。如果正如素素点点所说，爱一个人是那么美妙的事情，她为什么不能去尝试一下呢？

俩人聊了一会儿，艾亿终于打探清楚了把素素点点"拐卖"成功的男人的基本情况。曹赛宝，男性，现已婚，家有父母，略有家产，他本人白手起家成立一家网络公司，生活、工作均有保障，无明显不良嗜好，唯一的缺点是油嘴滑舌，最大的优点是会说好话……

艾亿想着就头大，素素点点的报告完全缺乏客观性，主观性太强，对于这位曹赛宝同志的秉性，估计还有待考察。

不大一会儿，一个身材高大的男子走进了咖啡厅，谢绝了服务员的招待后，径直朝她俩的桌子走来。男人身高约有一米八，身材修长，头发略长，还扎了个小辫子。

男子不一会儿便走到了艾亿的对面，也就是素素点点的身旁，冲艾亿笑了笑，便伸手揽住素素点点的肩膀，弯腰下去，另一只手变戏法似的拿出一枝玫瑰，放在素素点点的面前，温柔地说道："宝贝，我来了。"

"亲爱的，你终于来了。"素素点点惊喜地低声叫道，接过玫瑰，放在鼻子下闻了闻，扯了扯男子的衣角，挪开身旁的位置，示意对方坐下。

男子顺从地坐下，亲了亲素素点点的脸颊，这才握着她的手问道："赶紧给我介绍一下你的好姐妹。"

"嗯嗯，亲爱的，这是艾亿，就是我平常跟你说的小亿，她对我可好了。"素素点点赶紧把艾亿介绍给他，然后又向艾亿，"小亿，这是我老公，曹赛宝。"

"美丽的小姐，你好。"曹赛宝朝艾亿微微一笑，虽然他的语气轻佻，但是眉宇间却有着让人无法忽略的真诚。他伸出右手，悬在桌子上方。

艾亿在心里默默说了句"又是个不靠谱的"，然后也笑笑，与他轻轻握手："你好。"

"你们还要吃点什么吗？"曹赛宝扫了艾亿一眼，又低头去问自己的小妻子。

俩人都是摇头。

曹赛宝打了一个响指："那好，咱们回家！"

一路上，曹赛宝对艾亿说的话仅限于"小心车门""马上就到了"之类的客套话，对于素素点点，照顾的那叫个无微不至，又是系安全带又是拨头发又是递牛奶，倒还蛮是一个好男人的形象。

艾亿在一旁默默地观看，抚掉了一身的鸡皮疙瘩，她甚至有点哀怨。这个素素点点，肯定是故意让自己这个单身人士来看他们秀恩爱的。

曹赛宝与素素点点的小家在三环内，虽然不像大富大贵的人家，但一般人也买不起这里的房子。两人的小家并不大，只是三室一厅，室内的所有家具物品一律是新的，就连厨房都是一尘不染的状态。

艾亿看不得两人卿卿我我的样子，便让两人去厨房折腾去了，她坐

在客厅的沙发上对着电视发呆。她可很久没有看过电视了，对电视剧什么的根本提不起兴趣。也不知道这两人最后能折腾出一桌什么东西来。艾亿想着，便笑了。

"叮咚"门铃声很快就响了。

"小亿，去开下门。"素素点点从厨房里把头探出来，身上还挂着围裙，只是样子仍然有点狼狈，头发上还有零星的菜叶子。

艾亿应了一声，便起身去开门。

"咦？"刚打个照面，对面的男人就发出轻轻的疑惑声。

艾亿眨巴眨巴眼睛，她对这个男人的印象很深，主要是因为她宅在家里，长久不出门，很少与外人打交道，以至于两三个月内见过一面的人都会有印象。更别，这个男人曾经与她有过一番交谈，她还暗地里觉得，这个男人会是一个相当可靠的伴侣。

"真的是你？"

席东梁也想起来了，这个仙女一样的人，可不就是当初坐在自己身后与一个帅哥相亲的女生吗？他还记得当时她挖苦那个男人时的语气，平静淡然，就好像她真的已经远离尘世了一样。

"席先生，你好，请进。"艾亿微微一笑，将对方请进屋子。

席东梁愣了一下："你还记得我的姓啊？"

Chapter06  相处

艾亿只是微笑，并未回答，她心里有些惴惴，难道，素素点点给自己介绍的男人，就是这个姓席的？如果真是，素素点点倒是做了一件好

事。最起码，这个男人的品行值得信赖。

席东梁已经不记得艾亿当初跟自己说了什么，他只记得她临走时说那个男人的一番话。此刻对方一脸微笑不语的样子，席东梁也察觉自己有些失态，便清了清喉咙："曹赛宝呢？他去哪里了？你是他的……"不会是曹赛宝的那个小妻子吧？席东梁再次上上下下打量了一下艾亿。他觉得，这样的可能性是很高的，曹赛宝那小子是来者不拒，各种型号通吃的，而且这个女生的气质出众，被曹赛宝一眼看中也极有可能。

"他跟他老婆在厨房里面。"艾亿一眼就看穿了席东梁的想法，立刻澄清自己跟曹赛宝一点关系都没有。

席东梁又愣了一下，不是曹赛宝的老婆，那她是谁？不对不对，曹赛宝只说让他来看看他的合法妻子，让他帮曹赛宝跟曹家二老赶紧交代，可没有说还会有别人在这里。

就在席东梁愣神的时候，曹赛宝从厨房里钻出来了，他手里拎着一把菜刀，头发有些散乱，手上油腻腻的，也不知道在做什么。"嘿嘿，东哥，来啦！我正在切鸡呢，你跟这位美女先坐会儿，坐会儿，啊。"

说着，曹赛宝同志又缩回了厨房。

艾亿仿佛又看见了第二个素素点点，怪不得说不是一家人不进一家门，这曹赛宝同志跟素素点点的不靠谱架势真是一模一样。

"这小子，什么时候会做饭了？"席东梁愕然地看着空荡荡的厨房门口，只得弯下腰，换上拖鞋，跟在艾亿后面，坐在了沙发上。

两人一路沉默。

艾亿是懒得开口，而席东梁同志则是不知道怎么开口。

直到过了很久，素素点点的一声叫喊，才打破了二人的沉默："小亿，来，把我刚弄好的这个菜端出去。"

"唉，来了。"艾亿连忙起身，往厨房走去。

进了厨房，就看见厨房乱糟糟的，地上还有生菜叶子，砧板上还有各种碎肉，冰箱的门大开，锅里的鱼滋滋地响。曹赛宝同志一手拿着刀，一手按着一只刚买回来的烤鸡，对着烤鸡念念有词："阿弥陀佛，

阿弥陀佛……"说着，一刀下去，烤鸡的脑袋总算搬了家。

素素点点正蹲在抽屉前翻找调料，各种颜色的塑料袋东一个西一个，散落得满地都是。

艾亿看得眼睛发直，也不知道自己的脚该放在哪里，只好站在门口："不是要我端菜吗？"

"嗯嗯，来来，把这个端出去，小心点，烫啊。"素素点点拿着一包黑胡椒站起来，朝燃气灶上的一个白色石锅努了努嘴。

因为锅是盖着的，艾亿也不知道里面是什么，拿了块抹布，上上下下打量了一会儿，才终于抓住石锅的把手，把石锅端出了厨房。接着，她身后就传来了曹赛宝的声音："大哥，把电磁炉插上，这菜得热着。"

"知道了。"

俩主人忙乱得很，把两客人也指使得团团转。

等艾亿把石锅端到餐桌前，席东梁正好把电磁炉插上。

石锅的热度相当高，隔着抹布，艾亿都能感觉到阵阵的烫手，看到电磁炉插上了，艾亿赶紧一步跨过去，顾不得保持跟陌生人的距离就站在了席东梁的身前，快速地将石锅放下，然后用抹布抹着手，还好……

"歪了。"席东梁看那石锅没有放在正中间，一开口，就伸出双手捏住石锅的把手要把石锅重新放正。双手才接触到石锅，席东梁就低呼一声，双手反射性地缩了回来。

艾亿也低呼："小心，烫。"说着，手已经伸出去搭在对方的手上。还好，人家皮糙肉厚，手指没有烫伤，只是红了。"找牙膏抹一下。"艾亿看了之后，赶紧问素素点点："素素，牙膏在哪儿？浴室吗？"

"找牙膏做什么？在浴室呢。"

"他把手烫了。"

艾亿转身就往浴室走去，进门就抓了牙膏往回走，回头就看见席东梁有些呆呆地看着她，双手还呆呆地伸在面前，很有些傻气。艾亿正想笑，就听到砰的一声，紧接着曹赛宝同志捂着腰部就跑出来了，急匆匆地问道："哥，你咋回事，烫到了？烫哪了？我的火锅没事吧？"估计这哥们一时着急，跑出来的时候磕着腰了。

艾亿一阵无语，火锅？他弄了那么大一堆，结果这个锅里面还是火锅？他到底是想吃饭呢，还是想吃火锅啊？

席东梁也是对他的不靠谱非常无语，狠狠地瞪了他一眼后，没好气地说道："忙你的去，你的火锅没事。"

"那就好，那就好。"曹赛宝同志又乖乖地回厨房了。

艾亿几步走到了席东梁面前，这个时候，她才想起来，自己跟人家还不熟呢。离得这么近，对方身上大衣的味道，都闻得一清二楚。忽然，艾亿的脸就红了，她没敢抬头，怕对方看到自己的脸红，那太尴尬了，只是低声道："手伸出来。"

对方顺从地伸了手，她挤了点牙膏在席东梁的左右两手的食指和大拇指上，又用手抹匀，这才放下："你去休息会儿吧，现在还有点烧，一会儿就好了。"

"嗯。"席东梁低低地应了一声，听话地去到沙发上坐着。

艾亿回头把牙膏搁下，又顺便上了个厕所，再往镜子里看，自己的脸已经红的有点不像样了，于是只好用冷水泼了一下，再拍拍，感觉脸色没那么红了，才出来。一出门便对上了席东梁投过来的目光，艾亿眨了眨眼，故作镇定地微微一笑，走过去在离他远点的沙发上坐下，对着电视非常"认真"地看起来。

也许是分散了注意力，艾亿连续看了几个广告后，切入电视剧的时候，她才稍微回神，朝厨房望去，那里还是一片安静……也许是兵荒马乱也说不定。

俩人还是沉默。艾亿还是无话可说，她知道对方是自己的相亲对象，所以她得表现得矜持点，不然让人家觉得她太主动，那多不好啊，对吧？如果她知道某人的脑子里现在正旋转着各种搭讪的方法而无法开口的话，她一定会鄙视他的。

又过了半个小时，这种沉默才终于结束了，两个不靠谱的小夫妻终于从厨房出来了。

"吃饭咯，吃饭咯。"素素点点捧着一盘鸡肉，一边走一边笑道。

她身后是同样捧着盘子的曹赛宝，不过他手上的是鱼。

俩人放好菜后，又折回去继续端了一堆东西出来，生的生菜，熟的虾子，熟的肉丸等等。

艾亿对着一桌菜直撇嘴角，她真没见过这样的饮食搭配，熟的都是荤菜，生的都是素菜，真不知道怎么吃才好。算了，对这小两口来说，估计弄成这样已经很不错了，哪怕鸡肉都炖老了，鱼肉都烧焦了，排骨也炸黑了。

席东梁似乎早就料到是这样的结果，所以一点也不惊讶地盛饭、拿筷子。

"小亿，我俩就能做这种了，你将就着吃哈。"素素点点示意艾亿吃饭，总算讲了句羞赧的话。

曹赛宝也是附和："嗯，吃，吃啊，等你跟大哥成了，以后天天来我家吃，大哥的新房就在我家对面。"

艾亿正在扒饭的手顿了顿，反射性地朝席东梁看去，席东梁也正在看她。

曹赛宝这话透露的信息量太大了。

艾亿是惊讶，席东梁的家跟曹赛宝家居然不远，而席东梁惊讶的是"等你跟大哥成了"这句话。

素素点点马上用胳膊肘捅了一下曹赛宝。

曹赛宝恍然大悟般放下筷子，郑重地说道："哥，这位美女是艾亿，素素的朋友，素素说这位美女最近正在相亲，我想着席爸席妈也正在给你安排相亲，就让她介绍介绍，看你俩能不能……"

"啊，对，小亿啊，这个大哥是我老公的好兄弟，席东梁。"素素点点马上在一旁帮腔。

俩人的话把艾亿和席东梁都说得有些尴尬。

哪有都"正在相亲"的，相亲是件很光荣的事吗？这曹赛宝也太不会说话了。艾亿一边戳着碗里的米饭，一边愤愤地想。

"原来是这样，你不早告诉我。"席东梁总算是沉稳些，得知了缘由后，马上就反应了过来，狠狠地朝曹赛宝瞪了一眼。早点告诉他，他也作下准备啊！他这刚下班就跑来，头发没梳，衣服没换……希望没给对方留下不好的印象。席东梁想着，又想到刚刚对方给自己抹牙膏的场景，忽然福临心至：这姑娘对自己有好感吧？不然怎么会看到自己烫伤了就那么紧张？

其实，这是席东梁同志想得太多了。艾亿那纯粹是反射性的动作，无论是谁，她都会作出那样的反应，并不是针对席东梁一个人。但是席东梁不知道啊，只知道对方是自己的相亲对象，相亲对象对自己做出那么亲密的举动，那肯定是不反感自己了。

席东梁同志这么一想，他的底气也就足了一些，这人呢，底气一足，就会生出与以前完全不一样的勇气。比如说他之前连话都不敢跟艾亿说，但现在他有胆子说了，因为他知道对方不讨厌自己，甚至是对自己有好感。

不过，好在席东梁同志还没有失去理智，没在别人面前表现出一丝的不一样来。

四人吃的很快，主要是艾亿根本吃不下几口饭，而小夫妻俩忙活了大半天，也基本上吃不下了，唯独席东梁忙碌了一天，确实饿了，就多吃了一会儿。

等席东梁一离桌，曹赛宝就开始赶人："吃个饭都这么磨蹭，去去，回你自己家去，我跟素素还要洗碗。"

艾亿那个目瞪口呆啊，她还是第一次看见主人赶客人的。当然，她和席东梁都心知肚明，这小两口是想给他俩制造独处的机会，看到底能不能擦出爱情的火花来。

素素点点拍了拍艾亿的手臂，画蛇添足地解释道："你去跟席大哥坐坐，就在对门。等会儿我们收拾完了，你们再过来，你知道的，现在

我们家有点乱……"

艾亿看看一桌子的残羹剩饭，再望了望厨房，好吧，她得给人家小两口腾出位置搞卫生。

她乖乖地跟着席东梁出了门，再进了对门。还真是对门，房门对房门，一跨步就到了。

"这房子还没打算住，所以很多家具都没买，有点空。"席东梁一边开门，一边说道。

这边的房子格局跟素素点点家的是一模一样，只是装修风格迥异。

素素点点的是家以浪漫的粉色绿色系为主，而这房子以红木为主，比较沉稳。

"坐。"席东梁将艾亿请到沙发上坐下，自己去烧了壶开水，回来坐在她的旁边。

客厅里的家具只有一组沙发和电视柜，窗帘被拉上了，屋里显得有些暗。客厅的右手边是餐厅，餐桌餐椅齐全，餐桌上只有一个热水壶。餐桌的旁边是厨房，厨房门开了一扇，应该是留作通风用的。

"那个，我跟他们一样，叫你小亿可以吗？"席东梁有了底气后，总算敢开口说话了，他清咳了一声，便开始打算沟通感情。

艾亿点了点头，头扭向窗帘这边，装作是打量的样子。

"上次我们见过，我没想到，咱们这么快又见面了。"

"嗯，是啊。"说到上次见面，艾亿还是有些好奇的，他不是跟那个美女相亲了吗？难道没成？"你那次相亲怎么样了？"

说到这个，席东梁又咳嗽了一声，有些别扭地说道："她嫌我不会说话，跑了。"

艾亿回头看了他一眼，心里想着，看他现在说话很正常啊，怎么叫"不会说话"？"那真是可惜。"

"不可惜，不可惜。不然就遇不到你了。"席东梁不知不觉就把自己的心里话给说了出来，才说出口，席东梁又有些惴惴，但看看对方好像没反应，席东梁的胆子又大了些。"那个，我相亲是想结婚的。"

艾亿翻了个白眼，谁相亲不是想结婚啊？你这不是废话吗？"你年纪不小了吧？家里催了？"

"是啊，三十一了，家里催的急。你呢？我看你年纪不大。"

"二十三，爷爷身体不好，想让我早点结婚，他好放心。"

"原来是这样……"

一来二去的，席东梁总算是从相亲的话题上找到了突破口，俩人慢慢地聊了起来。

席东梁是个实诚人，才一开始谈，席东梁便把自己的所有事情都交代得一清二楚。

不到一个小时的时间，艾亿就了解清楚了。对方是临市人，31岁，某知名大学毕业，是朝九晚五的上班族，做有关航空器材的硬件设计，初中时谈过一次恋爱，无不良嗜好，不抽烟不喝酒不赌博。父母是生意人，父亲这边有两个叔叔一个姑姑，母亲这边有三个舅舅，甚至连二叔是什么性子三叔是什么性子姑姑是什么性子，席东梁同志都交代得很彻底。

艾亿一边有些好笑，一边又有些感动，这样实诚的人，真是很少见，怪不得有人说做技术的理工生就是踏实。因为对方的真诚，艾亿也稍微透露了一些自己的信息，比如说自己跟爷爷相依为命，爷爷的年纪已经很大，自己想找个自己顺眼的、能让爷爷满意的男人结婚过日子之类的。

说着说着，天便黑了。

春夏交替的季节，白天很热，晚上就凉了。艾亿说着说着，就感觉到脖子里凉飕飕的，她不经意地缩了缩脖子，捧着席东梁给她泡的热茶暖手。

"冷吗？"席东梁是个很细心的男人，看到她的动作，马上就知道是天凉了。他立刻脱下自己的外套，披在艾亿的肩膀上，然后起身就要去关阳台上的门窗。

"别关了，关了空气不好。"阳台上的门窗关了会有点闷，所以艾

亿马上阻止了对方的动作。

席东梁想了想，也是。"我去看看我还有没有衣服放在这里。"

"不用了不用了，一件够了。"说完，艾亿又开始觉得自己的脸在发烧了。这真不能怪她容易羞涩，任谁换到这样的场景，都会觉得不好意思——他把外套给自己披了，他也单着呢，他去找衣服，不一定是给自己穿啊！

好在席东梁还真没想说是给自己穿的，见艾亿觉得够暖了，这才回来坐着："那冷的话就说。"

"嗯。"艾亿这声音跟蚊子哼哼似的。

席东梁没发现她的这种反应是反常的，只觉得她可能是累了，便向门口张望："这小子怎么收个桌子用了这么久？"说着，他又朝门口走去。

他才把门打开，两人就听到对门里面"轰"的一声巨响。

艾亿赶紧跑过去，同席东梁一起拍门。

"曹赛宝，你在干吗呢？"席东梁大声地问道。

"没事，门被风吹关上了，我们忙着呢。"门内传来很微弱的男声。

席东梁与艾亿面面相觑，两人正要对这对小夫妻发表一些看法，忽然，身后也传来一声巨响……

席东梁家的门也被风吹得关上了。

"呃……钥匙在里面。"席东梁摸摸口袋，发现没带钥匙。

艾亿很无语："那叫下他们吧？"

两人又只好叫那对不靠谱的小夫妻。

"哎呀，你们随便玩去，大哥，你把人家送回家得了，我俩现在忙着呢，啊，去吧去吧。"

"……"

两人无语啊！

席东梁只好拍拍艾亿的肩膀："走吧，我送你回去。呃……钥匙锁家里了，开不了车……"

"那我去车站吧！"艾亿马上就回道。

"嗯，我送你去吧。"

艾亿也没有拒绝，反正俩人是相亲的，照目前的情况看来，俩人相处还算融洽，说不定能继续交流交流，多相处一会儿也多一份了解。而最重要的是，她有种直觉，如果她拒绝了，对方肯定就不送了。

这种直觉不是毫无来由的，之前席东梁去关窗，她说不关，对方就不关，他说找衣服，她说不用，对方就不去。所以这人实在是有点缺心眼，人家说什么，他就信什么，也不强求任何事。这样的人，你就不能跟他客气，否则气死的一定是自己。不过这个时候，艾亿还没有深刻体会到对方的这个脾性，只是直觉地想跟对方多相处一下，这与喜欢不喜欢对方是没有任何关系的。

"真没想到曹赛宝这么快就结婚了，两个月前他还在躲曹爸曹妈，生怕人家把他拉去相亲了。"俩人一路走着，席东梁想起曹赛宝跟他报告自己闪婚时的反应。他实在是始料未及，曹赛宝一直都是风流潇洒，根本没人想到他出去玩几天，就带了个老婆回来。

艾亿也深以为然，素素点点这家伙真是让她无语，出去旅旅游，就把自己给嫁了，而且还是闪婚。想到素素点点一向不太靠谱，艾亿也觉得正常。"素素是这么个性子，他俩能合得来就好。"

"曹赛宝我了解，他虽然表面花，人还是很不错的，既然结了婚，也肯定是想过日子的。婚姻嘛，不就是两个人凑在一起过日子，一辈子平平淡淡就挺好。"席东梁是典型的务实主义者，所以他的话里，包含着他对以后生活的向往。对于已经进入30岁的他来说，婚姻不是恋爱，平平淡淡建立一个小家庭，日子过得幸福美满，就足够了。

艾亿对于婚姻其实并没有过多地去参透，她的年纪只有23岁，因此还没有想过怎么去了解婚姻，所以她对席东梁的话只是一知半解。"一辈子不离不弃就对了。"

这句话倒是说到了席东梁的心里，他认为婚姻就是两个人携手共进，风雨同舟。他接触的女孩子不多，但相亲也见了几个，大多数都会对爱情抱着太高的希望，期望有着浪漫而美丽的恋爱旅程，至于结婚，自然也是浪漫而又温馨的。可是席东梁明白，自己对于浪漫这个词语，实在是把握不够，否则，他也不会单身至今，成为大龄青年。"是啊，不离不弃。"他深深地看了艾亿一眼，越发觉得她美丽又温柔，定然会是一个合格的好妻子。

两个人说着，已经走到了站台边。这边的小区来往的人还是很多的，站台上还蛮多人。席东梁问了艾亿要搭乘的目的地后，便挤进去站牌看了车次，再挤出来笑道："145路、26路车都能到。"

"嗯，行，那你先回去吧，我自己等就行了。"艾亿把他的衣服拿下来递给他，她不太喜欢分别的场面，反正目的地已经到了，俩人眼看着也说不了多少话了，她想自己等车。

"我陪你吧，反正我也要坐车回去，钥匙锁新家了……哎呀！"席东梁接了外套，说着说着，脑袋突然一拍，他想起一件重要的事情。"我钱包跟钥匙一起锁新家了！"

艾亿撇了撇嘴角，这哥们儿也够背的。"你坐几路车？"

"不知道，我还没看，刚打算等你走了再看的。"席东梁老老实实回答。

"那我借你点零钱坐车吧？"艾亿一边拿包一边说道，希望零钱足够俩人回家的，公交车嘛，都是一块两块的，有时候零钱不够就挺郁闷。

"嗯好，那麻烦你了……啊，对了，还得借我点钱，明天的早餐……"席东梁越说越低声了，他只觉得自己丢人啊，跟人第一次相亲，居然厚着脸皮向人家女孩子借钱。但是他钥匙和钱包一起锁在新家了，回去后周围又没有同事朋友，唯一一个可以指使的曹赛宝又着实不靠谱，所以想来想去，还是开了这个口。

"嗯，行。你钥匙丢了，回去能进得去不？"艾亿倒没多想，拿了一张一百的，再找了五个一块的，还好包里另有几个一块的硬币，估计能凑上俩人的路费。

"能，我单身公寓在物业那里有备用钥匙，这边新房的备用钥匙放在单身公寓了。"

"那就好，给。"艾亿把钱递给席东梁，而后一瞥，就看到一辆145路公交车驶过来。"快，车来了，我上车了啊！"也没等对方接钱，艾亿就一把塞进了对方的手里，赶紧朝车走过去。

席东梁看着手里的五块钱零钱，正想说用不了这么多，但车来了，他就一把塞进了兜里，跟着艾亿走到了公交车门口，眼看艾亿上了车，席东梁挥了挥手。

艾亿正好朝他看，便也挥了挥手，公交车便慢慢开走了。

俩人连分别的客套话都没说，等公交车走了一会儿，艾亿才想起来，自己刚刚塞给他钱的时候，正是左手抓着他的手，然后把钱放在他手心里。这时候，艾亿后知后觉地摸了摸自己的左手，脸又情不自禁地发起烧来。他不会觉得自己很孟浪吧？呸呸，自己这是因为车来了，太着急，他应该不会在意的……

一路胡思乱想的艾亿终于回到了家里，爷爷正好不在，艾亿爬进自己的房间，愣是在电脑前发了半小时的呆，想着跟席东梁从见面到分手的过程，等醒过神来，咦，电脑怎么还没开机呢？

原来自己根本就没按开机键。

艾亿上线的第一件事情，是找十三商量攻打蜀国的具体攻略。现在吴国有蜀国的奸细已经毋庸置疑，但是魏国国王帮的奸细已经被艾亿他们拔除了，不知道这新上任的蜀国女王又会有什么样的新动作。

【好友】十三月的风：那三八现在动作很大，国王帮里里外外都换了一次血，按照等级装备进行排名后贡献越多的每个星期都有奖励，我觉得她应该有两下子。

【好友】亿月亿年：打她是迟早的事，我们不打，吴国就更不敢打，到时候让这女人发展起来，就更麻烦了。

【好友】十三月的风：我也是这样想，可是投鼠忌器啊！

103

【好友】亿月亿年：哟，你还会用成语啊？

【好友】十三月的风：你正经点。

两人商量了半天后，终于决定还是要打一下蜀国女王，不管她有什么倚仗，魏国跟蜀国的冲突迟早都要解决。更何况，以游戏玩家的想法来说就是，如果魏国女王迟迟按兵不动，那是不是怕了蜀国女王？谁叫她魏国女王处处不如蜀国女王呢？当然，这是很偏激的一个想法，真正认识艾亿的人都不会说这话，但阻挡不住流言的发生。这种流言伤害的不是她艾亿，而是整个魏国。

所以，要把危险的萌芽扼杀在摇篮里。

【好友】十三月的风：我找人多打探一下她的动静，你想想看要怎么打，什么时候宣战。

【好友】亿月亿年：盯紧她，一有动静就马上通知我。

【好友】十三月的风：没问题。

两人正聊着，喇叭上就甩了一堆信息出来，正是两人所谈论的对象甩的，所以两人便都没说话，仔细看了一下人家的喇叭内容。

【喇叭】★蜀国★女王 殷火儿：RMB收购大量游戏币，游戏币老板速与我联系，价钱好说，只要量大。

殷火儿一连发了十几个喇叭，跟不要钱似的。内容都是同一个，那就是要收购游戏币。想也知道，她上任后，就对蜀国国王帮进行了调整，如今正是缺钱的时候，所以要收购游戏币，也很正常。

艾亿跟十三沟通后，都认为殷火儿的此举并非空穴来风。

【好友】亿月亿年：赶紧把钱都卖给她。

【好友】十三月的风：我傻啊，把钱卖给她，让她来打我？

【好友】亿月亿年：傻子的钱不赚白不赚。

【好友】十三月的风：得了吧，我还是不凑这个热闹了，万一被她知道小号是我怎么办？

艾亿还没问为什么殷火儿会知道他的小号，蜀国国王帮这边就已经在议论纷纷了。

实际上，每个游戏里，真正的商人是有迹可循的，他们一般会有固定的联系方式，也有自己的特点，有的贪财，有的仗义，有的平和，有的大方，这些特点都会为他们留住一些老客户。

十三这个家伙说起来是个全才，当然除了指挥他不会，其他的他都很擅长，特别擅长的是跟别人打交道。他就跟交际花一样，无论是谁跟他来往，他都会让人家感觉到热情和舒服。因此，十三也是一个成功的商人。

作为成功的商人，他的名字就会被别人所熟悉，他的联系方式就不可避免地被人知道。

【帮派】虞姬：火儿姐姐，你收游戏币干吗呀？

【帮派】★帮主★殷火儿：帮派的开销啊，再说我还想弄下装备，九星套太低了。

【帮派】玉L自在：啊，那得花很多钱呢。

【帮派】玉L爱琴海：得收很多游戏币才是真的，不过要收大量的游戏币，就只能找商人了。

【帮派】虞姬：商人是专门卖游戏币的？

【帮派】玉L自在：有的是，有的不是，你们知道魏国太师吧？他就是个专门卖游戏币的商人。

【帮派】人生总是一场戏：我们国家的商人好少，魏国的多。

【帮派】虞姬：魏国太师也卖游戏币啊？

【帮派】玉L自在：嗯，我在他手上买过一次，他还有个小号在我们国家呢，叫卖钱的小号。

卖钱的小号？已经回到单身公寓的席东梁一早就开了电脑，去换了衣服再回来，正好看见这个熟悉的名字。他把聊天记录往前一拉，顿时愣了。

卖钱的小号是魏国太师的小号？貌似，这个游戏是不允许重名的吧？

席东梁早在建立角色的时候，就选了很多游戏名都不成功，原因就是老重名，所以他对游戏里不允许重名的概念认识非常深刻。

他居然是魏国的太师？他还说会帮自己杀魏国的女王？那他为什么要骗自己？

人的思维一旦走入误区的时候，整个人就会钻牛角尖。席东梁此刻便正在钻牛角尖，他根本没想起卖钱的小号怎么教他与亿月亿年单挑的技巧，也没有想起卖钱的小号教过他所有游戏里的常识，他只知道，对方竟然是敌人，而敌人竟然隐瞒身份接近自己。

【好友】梁山伯：你到底是谁？

艾亿切换到小号的时候，看到的正是这句话，她本来对这小子弃明投暗心里不满，但是人是很奇怪的一种动物，一旦她对某个人上了心，她就会一直关注他。这不是说艾亿喜欢上这个虚拟的人物，而是说，艾亿教了他这么久，已经习惯性地想知道他有没有什么难题，需不需要帮助。

可没想到的是，艾亿还没有作好身份曝光的准备，就被对方的这一句质问弄得愣住了。

他已经知道自己是谁了？是谁告诉他的？

这是艾亿的第一反应。按理说，人在遇到这种隐瞒事情真相接近别人却被揭穿的时候，会直觉性地想用另外一个谎言来圆这个谎，比如说她可以不承认自己的身份，她可以说自己盗的别人的号，她就是魏国一个小小的游戏玩家，但是艾亿是什么人？她是堂堂魏国女王，她根本不需要用谎言来掩饰自己。

从这个角度来说，艾亿的骨子里是高傲的，只是她不知道而已。她只知道，既然别人都知道了，那自己就大大方方承认好了。

【好友】卖钱的小号：谁告诉你我是亿月亿年的？

看到对方回复的这条信息，席东梁傻眼了。

如果对方是十三，他可以很愤怒，愤怒对方隐瞒身份接近自己，有不良企图。可是对方竟然说自己是魏国女王。席东梁对亿月亿年原本只有仇恨，这种仇恨带着一点让他自己都羞于出口的可笑，就连对曹赛宝他都不能直接说出口。可是在游戏里，他几次三番找亿月亿年报仇，去杀亿月亿年反而被亿月亿年虐杀，他没有愤怒，因为那是他自找的在卖钱的小号的讲解下，他知道自己离亿月亿年的距离有多远，因此他渐渐地对亿月亿年产生了一种奇怪的情绪。

这种情绪包含仇恨，还有佩服，以及不甘心。

最初的仇恨渐渐地淡化，他必须承认亿月亿年的操作水平处于顶尖级，而他又不甘心臣服于一个女人，特别是处在自己对立位置的女人。

这种复杂的情绪，使得席东梁一直坚持要去杀亿月亿年，却从来不为自己反被虐杀而愤怒。

但是现在，他得知一直在支持自己鼓励自己并且给自己帮助的，正是这个自己有着奇怪感觉的敌人，他的心里更多的是郁闷，而不是愤怒。

他郁闷的是，明明对方知道自己要杀她，为什么还要教自己那么多？

席东梁这一傻眼，就迟迟没有回应，他的脑子里很乱。他对亿月亿年的仇恨，已经淡化得只剩一份执着，他想要杀她，已经没有为什么，仅此而已。

而艾亿这边，见自己的答案久久得不到回应，便认为对方是在生气。无论谁被自己要捕杀的对象玩弄，心里都会不爽，这很正常。

艾亿想了想，自己应该放弃再上这个小号了。原本找十三要这个小号，就是为了拉梁山伯进魏国，可是她跟对方打了这么久的交道，明白对方的一些性格，执拗，单纯，因此她的最初目的是绝对不能实现的。要不是因为自己习惯性地想知道对方还需要自己帮助，她是不会再上这个小号的。现在对方既然已经对自己产生了厌恶，那自己就应该离开才对。

【好友】卖钱的小号：我自问没有做什么对不起你的事情。刚开始，我是想拉你进魏国的，后来看你对我有意见，我就没提这话。再后来，我教你那么多，想想你也明白，我也耗费了不少脑细胞。不管你现

在生不生气，这都不重要，我想，以后你也不需要我的帮助了，我是该功成身退了，88。

发完这段话，艾亿很干脆地不管对方的反应，便径直下了游戏，自己忙活魏国的事情去了。要知道，她现在正要率领魏国攻打蜀国，忙着呢。

席东梁看完这段话后，愧疚难当。对方当初杀自己十多次，那都是人家不注意，后来自己多次找她的麻烦，她非但没有生气，反而还教自己那么多，现在还把人家给气得跟自己断绝来往了。

若是别人的话，说不定会赶紧跟亿月亿年的大号联系，说明自己并没有生气，只是刚刚不知道要说什么。可这是席东梁，他没有勇气，他怕被亿月亿年把他骂个狗血淋头，哪怕他知道对方并不是个抓着一点错误就不放的人，可是他仍然缺乏足够的勇气。

席东梁踌躇了半天，仍是没有采取任何的行动。

正在这时候，他的私聊里又出现了信息，他的注意力才被转移。

【私聊】殷火儿：梁山伯，我们组队去做粮草任务吧？

Chapter07　买床垫

粮草任务是从自己国家悄悄跑到敌国的粮仓，采摘三十次粮草，然后回国交任务。

任务地点比较偏僻，一般很少有敌人阻截，这个任务只要凑齐一队人就可以进行。只是席东梁一直没有做过任何任务，他有些担心自己会拖后腿。

【私聊】梁山伯：我没做过。

【私聊】殷火儿：没事，很简单的。

这个任务得的经验不多，奖励也不多，唯一的好处就是会得不少的帮贡。殷火儿现在得了蜀国的国王帮，正是建设帮派的重要时期，所以她也是刚刚开始做这个任务。

见殷火儿这么说，梁山伯也不好拂了对方的面子，就答应她进了队伍。

队伍里的人梁山伯并不熟，大多是帮派里的人，而且实力都不弱。一队人冲过吴国边境，进入吴国的华容道，不大一会儿便到了任务地点。

一进去，大家就看见有几个红名。显然，这个地点被人捷足先登了。

这队人算是蜀国国王帮最精锐的部队，因此他们根本不怕和敌人直接碰上，更何况有梁山伯这个超级大神在，他们更是肆无忌惮。一看到红名，几人就迫不及待追了上去。

殷火儿和梁山伯也没有说话，纷纷上去帮忙，不过一分钟，对方五个人就被杀得不敢再起来。

【附近】雪夜SUM：竟然遇到三八王后了。

对方五人除了这一句，其他人都没说话，见实力不敌蜀国，便陆续死亡安全回国。

回国后，魏国国王帮这边就热闹了。

【帮派】素素点点：啊，我怎么看到有十五星套啊，我错过了什么啊？

【帮派】雪夜SUM：你才知道啊，都冒出来好久了，正好是你旅行那段时间冒出来的。

【帮派】猴哥我是虎哥：怎么了你们？

【帮派】YW炉子：吴国做任务碰上三八王后和那个十五星套了，队伍全灭了。

【帮派】老鼠啃白菜：找死啊，小亿，赶紧杀过去。

艾亿正为怎么攻打对方而头疼呢，看到帮派里的话，也是很无语，自己教出来的人，竟然成了屠杀自己人的刽子手。不过就算让她重新选择，她仍然会教的，这跟立场无关，主要是她认为对方有这个潜力。

就像武侠小说里，武功高强的老头遇到根骨奇佳的男主角后便抓着不放手，艾亿正是这种奇怪的老头心理。

【帮派】★帮主★亿月亿年：正要打了，这样吧，大家今天晚上准备偷袭，怎么样？

【帮派】老鼠啃白菜：你不会又要来贱招吧？

【帮派】★帮主★亿月亿年：嘿嘿。

艾亿的贱招，就是很早以前她用过的，下午三四点宣战，凌晨三四点进行比赛。

魏国国王帮的人倒是很久没有在凌晨活动了，这会儿见艾亿有这个倾向，便立刻附和起来。好主意啊，不愧是阴损的魏国女王啊。

魏国国王帮的人都兴奋地在作着打敌人的准备，而艾亿的好友栏里，又冒出了几个让她头疼的信息。

【好友】素素点点：亲爱的小亿，这次相亲怎么样啊？

【好友】素素点点：我看人家对你很有意思啊，你呢？

【好友】素素点点：我老公说了，人家可是老实人，你不能欺负人家啊！

【好友】素素点点：小亿小亿，你在干吗呢，我跟你说话呢！

艾亿无语，这孩子不知道自己正忙着吗？一下子发那么多信息，谁知道要回她哪条才好？

【好友】亿月亿年：知道了。

【好友】素素点点：什么叫知道了？你就这么给我回复的啊？你到底什么反应啊？人家那边还等着信儿呢。

【好友】亿月亿年：等什么信儿？

【好友】素素点点：刚刚我老公给他打电话，他说对你印象很好，就是不知道你对他印象怎么样，要不要发展发展啊？

【好友】亿月亿年：试试看吧。

【好友】素素点点：瞧你这小样儿，觉得合适就大胆点，别畏畏缩缩的，跟个乌龟似的，哪里像你平常的样子。

【好友】亿月亿年：只见一面有什么大胆不大胆的，相处看看再说。

【好友】素素点点：那行，我把你电话给他了啊！

【好友】亿月亿年：嗯，好。

素素点点在得了艾亿的同意后，又磨着艾亿问俩人一路相处的情况。

艾亿想起这个不靠谱的，把自己带过去结果她却躲一边去了，艾亿就觉得头顶都是烟。不过人家素素点点的脸皮厚啊，不管艾亿怎么无视她，她都能找着不同的角度看不同的问题。

【好友】素素点点：他还把自己衣服给你披了啊？真细心，我老公可做不来。对了，你没注意你俩上街的时候他是在马路外边还是在马路里边啊？我听说，如果遇到跟你一块走的男人，老是走在你外边保护你，那你就嫁了，这样的男人有责任心。

【好友】亿月亿年：是不是啊？

艾亿抱着疑问的态度，她真没注意这个。等下次上街的时候看看，不知道这个席东梁会有什么样的反应？

艾亿一边想着，又敷衍地回答了几个素素点点的问题后，对方才终于放弃了爱情顾问师这个职业，转向游戏的话题。

【好友】素素点点：蜀国那女的挺厉害啊，都混成女王了。

【好友】亿月亿年：嗯，都被她吓了一跳。

【好友】素素点点：我也好想像她那样啊，直接找个男的，然后把男的一端，自己就是女王了。谁像你，拼死拼活的，才捞了个女王。

艾亿那个无奈啊！敢情素素点点还挺佩服人家不劳而获的手段。

【好友】素素点点：哦对了，小亿，我听说咱们要打跨服战了，不

知道你收到消息没，如果没有的话，赶紧作准备啊！

【好友】亿月亿年：不是吧？谁说的？

【好友】素素点点：我老公说的。

【好友】亿月亿年：他怎么会知道啊？

【好友】素素点点：这个我没问，我只说我在玩这个游戏，他说他最近忙，等有空就陪我玩，到时候正好试下跨服战好不好玩。

【好友】亿月亿年：你倒是挺相信他的。

【好友】素素点点：那当然，他是我老公嘛！

素素点点的话里有浓浓的依赖。

艾亿被她的话堵了一下，转念一想，或许正是因为她这么信赖对方，所以两人才能在这么短的时间内走向婚姻的坟墓。要知道，换了一个女孩子，肯定没有这么容易相信一个男人，也肯定不会屁颠屁颠就跟着别人跑了。

不知道这算不算傻人有傻福呢？

艾亿无语地想到。

晚上10点的时候，艾亿的手机来了一条信息。

陌生人：你好，我是席东梁，我现在要去睡觉了，你也早点休息，晚安。

艾亿握着手机也很无语，你睡觉就睡觉吧，给我发信息报告干吗？

不过，10点睡觉，跟那个梁山伯的作息倒是挺相近的。

艾亿也没有多想，现在的人，要么10点睡觉，要么12点，要么就是凌晨三四点了，所以艾亿一点也不奇怪能遇到两个都是10点睡觉的人。

不过想想，今天晚上也没有什么事，早点睡觉也好。

因了这条信息，艾亿收拾了一下，便洗个澡睡了。

第二天一早爬起床，就被爷爷堵了个正着。

"死丫头，你昨天那么早睡觉干吗？做什么亏心事了？"爷爷叉着腰，气呼呼地瞪着艾亿。

"我哪儿做亏心事了？您别没事找茬啊！"

"哎呀，臭丫头，还教训起我来了！"爷爷听她这么一顶嘴，登时就要用手来拍艾亿，被艾亿一闪身给躲了过去。爷爷悻悻地收回手，翻了老大的白眼，"说说，昨天什么情况？"

"什么什么情况？"艾亿装傻。

"嘿，我不信我还治不了你了，今天你要不交代清楚，我就关电闸一整天。"艾爷爷气急反笑，眼珠子一转，就拿了艾亿的软处。

"……"艾亿郁闷啊，不带这么欺负人的。"人还好啦，我说先相处试试。"

"怎么个好法？"

"善良，忠厚，以后也平顺。"艾亿老老实实交代。

"哦？这还不错。"艾爷爷揪着胡子点点头，他相信孙女儿的眼光。"那什么时候带回家，让我瞅瞅。"

艾亿只好点头。

艾爷爷见她不情愿的样子，正要扬手拍她，忽然一阵悦耳的铃声响起。艾亿的电话又响了。

"我接电话，接电话。"艾亿一手指指手机，一手挡着爷爷的巴掌，快步走到桌前拿了手机，一看，竟然是席东梁。"你好，这么早打电话有什么事？"

"啊？"那头的反应似乎很惊讶。惊讶过后，对方才咳嗽了一声，稳定稳定情绪："你知道我是谁啊？"

"你昨天不是发信息了吗？"艾亿疑惑地眨眨眼。

席东梁这才恍然大悟："对哦，你看到啦？我看你没回复，以为你没收到。"

艾亿双眼一翻，敢情对方是在质问自己为啥不回信息啊？

还没等艾亿再说什么，席东梁又接着说道："也没什么事，就是刚刚上班，想起你了，给你打个电话问问。"

喂喂，你这是"我想你"的翻版吗？艾亿立刻就联想到了其他方向，这样一来，又把自己给闹了个大红脸。"哦哦。"

"什么时候有空啊？我还欠你钱没还呢！"

"我没上班，一直很闲。"艾亿老老实实回答。

旁边的艾爷爷双眼一亮，哎呀，要约会了呀！

"那行，晚上我去那边取车，咱们吃顿饭吧？要不要我去接你？"

艾亿想了想，三四点发起宣战，晚上空闲，出门倒是不影响。"嗯，可以，接就不用了，你还得坐车回去。"

"那好，我在昨天那个车站那里等你。"

"嗯，行。"

挂了电话，艾亿便看见旁边一直注视她的艾爷爷，顿时脸又烧了起来。艾亿很郁闷啊，她本来就是个薄脸皮，没想到这么容易就脸红，这会儿爷爷肯定看出不同了。

"去吧去吧，晚点回来啊。"艾爷爷也没说啥，反正迟早他能见着那人的，不是吗？艾爷爷说着，就往回走，走了一半，忽然又回头，"晚上穿的漂亮点。"

艾亿僵硬地点点头，目送爷爷离去。

直到下午六点多，艾亿终于接到席东梁的电话，说他已经下班了，大约一个小时后到达昨日的车站。艾亿算了一下时间，她过去大概10多分钟，所以半个小时后出门应该没有问题。

半个小时后，艾亿终于踏出了家门，可让她没想到的是，今天的车似乎都绝迹了，迟迟不来。大约等了十四五分后，一辆26路车才来，并且人超多。

这车一路颠簸，人上上下下，终于到站，竟然比她预想到达的时间迟了十分钟。

"不好意思，我来迟了。"艾亿有些羞愧，她当然知道约会迟到是大忌，她不是故意的，只是她估算错误而已。

好在对方并没有放在心上。"没事，我们走吧，你知道附近有什么吃饭的地方吗？"席东梁一边说着，一边递了个手提袋过来。

艾亿疑惑地接过来："这是什么？"

"昨天看你脖子后面的颈椎有点突，我想你的颈椎可能有点问题，就买了个颈椎枕。"席东梁一边回答一边东张西望地找方向。这边他实在不熟，想着艾亿是本地人，应该有什么好主意才对，不过对方没有回答，估计也是个半桶水，指望不上。

艾亿不自觉地摸了摸脖子后头，果然有点突的感觉。但是他是什么时候看到的呢？艾亿想了想，把这个问题放下，她也不好开口问。拎着手提袋，艾亿一边跟着走，一边想周围的环境："我也好多年没来过这边了，变化很大，不知道有什么好吃的。不过，我印象里有一家湘菜馆，味道不错，不知道还在不在……"

"那赶紧去吧。"席东梁完全没有考虑艾亿的顾虑，很爽快地决定前去。

两人走着走着，艾亿想起昨天素素点点说的话，"如果遇到跟你一块过马路的男人，老是走在你外边保护你，那你就嫁了"。她故意落后半步，悄悄地打量正在一旁仔细找饭馆的男人。他的额头很宽，眼角有些细纹，他认真时候的样子，带着让人沉醉的魅力。

而让艾亿宽心的是，几乎是下意识地，对方很自然就走在了自己的外边，并且时不时地留意着自行车或者摩托车。

果然是个负责任的男人。艾亿很庆幸，如果他今天没有走在外边，她或许就要留一根刺在心里。

"是这家吗？叫玉湘的。"突然，席东梁停了下来。

艾亿赶紧回神，朝那饭馆看去，果然还是原来的位置，只是店面偏小，牌子倒是崭新的。"就是这儿。"

两人找了个靠窗的位置坐下，因为刚好是吃饭的时间，所以人也特别多，看得出来这家店生意还是不错的，至少比两人第一次见面时的地方要热闹许多。

席东梁把菜单递给艾亿，自己沏了茶，默默地把俩人的碗筷都用茶水滤过一遍，才整整齐齐摆放在艾亿面前。等艾亿纠结地点完第一个菜后，看到面前的碗筷，心下又是一动，这男人真是细心啊！

艾亿点了一个菜，席东梁又点了一个，然后加了个汤："三个，够吗？"

两个人三个菜，肯定是吃不完的了，艾亿赶忙点头："够了，吃不完还得打包。"

这话引的席东梁一阵笑："那也行。"说着，他又给艾亿和自己的杯子加了茶水。"想不想喝点什么？"

"不用，我喝茶就好，其实我最喜欢白开水。"艾亿说的是真话，她喜欢没有味道的水。

可人家不这么想啊，现在的女孩子，哪个不喜欢甜甜的饮料，不过席东梁一向都是人家说什么他就信什么的性子，所以他也没有勉强。

俩人喝着茶水，等菜上桌。

好在这家店的菜上得很快，没等席东梁酝酿怎么开口找话题，菜就上来了。

"怪不得这家的生意这么好，上菜这么快，真是难得。"席东梁感慨了一句。

艾亿点了点头："开了十几年了，是家老店。我最喜欢这家的味道，非常好。"

席东梁尝了一口："确实不错，比我那边的湘菜馆强多了。"

"所以做什么事都是本质最重要，饭店当然是菜色好，旅店当然是环境好，做生意不光是快就能解决的。"艾亿耸了耸肩，说了这么一段话。

席东梁点点头："还是你通透，我脑子笨，不是做生意的料。"

"哈哈。"艾亿被逗得笑出了声。"还是第一次听见有人这么说自己的。"

"真的，人家都这么说，我也这么认为。你看看我，30多岁了，一事无成，年薪才30万，养家都难，怪不得没人肯嫁我。"席东梁一边吃一边很认真地回答。

艾亿听他说话就觉得很好笑，自爆家底不算，还有些自卑？要真说起来，她才算一事无成，除了玩个网游，她现在可是无事一身轻。哦，对了，她还有个小小的小金库。"你是技术出身，越到以后越有作为。各人有各人的长处，小学课本都教我们不要拿别人的长处和自己的短处比，你这不是自找没趣吗？至于钱这个东西，我个人觉得啊，有钱过有钱人的日子，没钱过没钱人的日子。"

艾亿这段话算是非常中听的了，这主要是源自她本人对金钱的追求度不高。不然，她直接跟那姓丁的一拍即合多好，哪怕别人在外边胡搞乱搞，至少衣食无忧啊，还有大把的钞票给她花。也可能是因为从小跟爷爷四处跑惯了，有钱人家的生生死死大起大落看多了，也就不太在意金钱这个东西。

"嘿，借你吉言啊。"席东梁嘿嘿一笑，不再说这个话题。

他以前也跟别的相亲对象提过这个问题，每次一谈起，别人就变了脸色。他隐约知道，自己习惯性谈起的这个话题属于敏感话题，可是他是习惯性想要感叹一下，并没有特别要试探别人的意思。那些女人都没有跟他认真地讨论过，所以她们并不知道，他是真担心自己无法给心爱的人最好的物质生活，而并不是别人认为的，他有意在逼迫女人承担起养家的责任。

吃饱喝足后，席东梁提议逛逛。

艾亿当然不会拒绝啊，饭后走一走，活到九十九嘛！

逛着逛着，席东梁就看到步行街上有好几家家纺店。"去帮我看看床垫吧，新家还空着呢。"

"行啊。"

顺着导购员的指引，席东梁问了好几种床垫的区别，还有价位。

"这种床垫好像比较硬啊。"席东梁坐在床垫上试了试。

导购员连忙噼里啪啦就是一长串："是啊，现在很多老年人喜欢硬床垫，硬床垫睡起来对身体发育有好处……"

"那这种软的呢？"

"软床垫的弹簧比较有伸缩性，睡起来很舒服的，不信你躺下试

117

试……"

　　两人一来一去谈了足足有半小时，艾亿在一旁听得头都晕了，只好坐在床垫上休息休息。她总算看明白了，这席东梁哪里是心细啊，他根本就是个事儿妈，怪不得眼角有皱纹，肯定是想事情想的。

　　不过艾亿自己算是个粗枝大叶的人，对细心的人一向都抱有敬意，并不反感。

　　"我觉得还是硬床垫比较好吧，听说女人怀孕睡软床不好。"席东梁比较了半天后，蹦出这么一句话，然后他就招呼艾亿，"小亿，过来试试，看看舒服不？"

　　艾亿眨巴眨巴眼睛，听话地走过去坐在床垫上。

　　"躺下试试，不舒服要说啊，你以后要睡的。"

　　"……"艾亿顿时蒙了，这是个什么状况？听他这意思是自己以后怀孕了好睡？这也太远了吧？看着席东梁一脸诚恳地望着她，艾亿又不好反驳，只好顺势在床垫上倒了一下，然后马上爬起来。

　　"怎么样，怎么样？"

　　能怎么样啊，床垫啊，都这样呗。不过艾亿没有说出口，她被对方的那句"你以后要睡的"给惊住了，整个人还处于待机状态。见他一直问，艾亿最终胡乱地呜呜几声算是应答给敷衍了过去。

　　而席东梁则认为她的呜呜声是点头，表示肯定，于是大手一挥："那就这个吧，什么时候能送货？"

　　出了家纺店，艾亿被风一吹，终于清醒了，她这算不算被占了便宜？

　　"是不是冷了？"席东梁赶紧脱下自己的外套，给她披上。

　　艾亿正要说不用，却看见他里面的衣服竟然是羊毛衫，顿时把自己到口的话又给吞了下去。这哥儿们到底是怎么想的，他就不怕热吗？好吧，人家白天是可以不穿外套的，有可能人家穿了外套出来是专门给自己准备的。

　　如果是之前，艾亿肯定不会觉得这样的可能性很高，但现在她几乎能百分百确定。

这个男人想的事情比较多，比较长远，因此他通常会准备齐全，怪不得面相显示他一辈子都会顺风顺水。像他这样每天要考虑那么多细枝末节，想出问题也难啊！

"这个周末有时间吗？"席东梁回新房拿了钥匙，开车送艾亿回家。

"嗯，怎么了？"

席东梁嘿嘿一笑："你看看，我新房还乱着呢，周末过来帮我搞卫生啊！"

艾亿很无语，她看起来像是很勤快的人吗？不过，人家开口了，她也不好拒绝，便想了想："没有特殊情况的话，应该有空的。"

"那行，到时候联系你啊。"

一路上，艾亿指了路，还没到家门口，她就提出要下车。席东梁也没有追问，只是拿了一百零五块："还你的。"

一分不多一分不少，多了她不好意思要，少了她心里有疙瘩，他这样做倒是正好。

艾亿顺手接了钱："嗯，那我回去了，拜拜。"

"嗯，拜拜，早点休息。"

艾亿在心里说了声：别想了，今晚忙呢。不过她也没那么傻啊，才见几次就跟对方说自己要通宵，那不是自爆短处吗？"好的。"

回到家，爷爷还是不在，最近这些天他回来的都很晚，也不知道他在做什么。艾亿无奈地摇摇头，爬上楼去开电脑。

魏国国王帮的同志正忙得团团转，十三一向会指使人，这个做什么，那个做什么，反正没落下一个人。不过还有一批人已经早早去睡了，等待凌晨三点钟时闹钟的召唤。

晚上10点钟，席东梁又发了一条信息，大意还是他去睡了，跟艾亿道晚安。

艾亿仍然没回，直到11点多，爷爷回来了，看见她的房间灯还亮着，就跑过来问情况："臭丫头，今天怎么样？"

"还能怎么样，吃个饭，逛个街，然后回家呗。"

"没拉拉小手、亲亲小嘴？"

"……"爷爷！你太开放了，好不好！"我跟人家才见几次啊？"

"好吧，那有没有说什么时候再见面啊？"

"周末啦！"

等爷爷问的都差不多了，这才心满意足地去休息了，临走之前还千叮万嘱，趁人家没反悔，赶紧趁热打铁啊！

艾亿郁闷得想撞墙了，她没这么"滞销"，好不好？

凌晨三点钟，魏国国王帮的同志都一个个上线了，就连新婚燕尔的素素点点同志也不例外。

【好友】素素点点：听说你俩今天约会了？什么情况啊，汇报一下。

【好友】亿月亿年：没什么情况，吃了个饭，逛了个街，然后各自回家。

【好友】素素点点：他没送你啊？

【好友】亿月亿年：送了。你现在上线，你老公不说你吗？

【好友】素素点点：他最近几天公司很忙，一直没回家。

【好友】亿月亿年：你也不回学校吗？不怕他有外遇？

【好友】素素点点：他才没那个胆子呢！不回，我们晚上又不上课，回学校干吗？

俩人聊了一会儿，就到三点半了。这回，魏国攻打的是蜀国的白鹿地图。

【帮派】YW炉子：听说现在蜀国的指挥就是那个三八王后呢。

【帮派】*副帮主*十三月的风：我正在听，听她说话软绵绵的我就想吐。

【帮派】老鼠啃白菜：小三，你真毒。

【帮派】恶魔哟：你真毒。

【帮派】雪夜SUM：恶魔，你以为你是复读机呢？上次他们跟吴国打时我就听到过了，三八王后一看就是新手，喊个麦都喊不起来，说话抑扬顿挫地还以为她在朗诵，确实没什么好听的。

【帮派】YW炉子：蜀国人不这么认为啊，他们都说三八王后很厉害呢。

【帮派】*副帮主*十三月的风：那是他们嫉妒，他们以为女人都是一个样。

自从蜀国殷火儿上位后，就不免被别人拿来跟魏国女王进行比较。

魏国说魏国女王好，蜀国说蜀国女王好，两者大有一较高下的势头。可是无论怎么说，魏国女王在这个区已经有一年多的时间，蜀国女王是怎么都赶不上的，经验和能力都有待考察。

所以，这次的城池战便是她们的第一次较量。

蜀国期望他们的女王能像魏国女王一样无往不利，寄予了很高的期望，魏国人的把握则大一些，他们几乎是信心满满，就连吴国，对蜀国女王也同样不看好。

事实证明，群众的眼睛是雪亮的。

魏国女王有丰富的指挥经验，魏国的国民素质良好，人心所向，因此战斗才开始半个小时，蜀国已经被逼得节节后退，没有半分招架之力。

【帮派】恶魔哟：嘿嘿，我还以为她有多厉害呢，原来也是个绣花枕头。

【帮派】老鼠啃白菜：说不定别人还觉得是咱们欺负人呢。

可不是？艾亿特地选在半夜三更打城池战，愣是把对方最强的战斗力，也就是十五星套大侠都给忽悠不见了。艾亿知道他晚上十点是要睡觉的，所以把时间安排在凌晨，也确实是有避开他的心思。别人不知道，但别看得到啊，凌晨三四点是上班族的软肋，这魏国女王不是明摆着欺负人吗？

与此同时，蜀国国王帮已经乱成了一锅粥。自从蜀国女王上位后，

先是对国王帮进行了大幅度的整改，后又打赢了吴国，蜀国人都对她充满了信心。可是当事实摆在面前的时候，他们迷茫了，他们愤怒了，这样的迷茫和愤怒当然不会朝着他们的女王攻击，而是直接指向他们的敌人——魏国女王！

【帮派】虞姬：那女人太奸诈了，凌晨三四点打什么城池战，不是故意让人不得安生吗？

【帮派】玉L自在：就是就是，女王大人，千万不要灰心，这个贱女人就是这样猥琐，我们都习惯了。

【帮派】玉L幸福：唉，真的就没人治得了她吗？看她嚣张的样子，我真想锤死她。

艾亿看见这话一定会很无辜，因为她真没嚣张，每次指挥完，她都安安分分挂机，从来不参与任何骂战任何挑衅，她这是属于典型的躺着也中枪。

【喇叭】★蜀国★女王 殷火儿：亿月亿年，这次算你赢了！你狠！有本事，我们就打国战！

打国战？

国战可不是这么好打的。

如果说城池战是抢城池的话，那么国战就是抢国家了。国战输的一方将成为赢的一方的附属国，没有绝对的经济支配权，也没有绝对的政治自主权。

也就是说，国战输了，不仅要付出整个国家收益的百分之五十，还要听从赢方的所有政治安排和统筹，比如说国家任务开启的时间，输方国王开启的是六点，但赢方非得要你八点开启，那你都得听从。

国战输了的后果是一般国家承受不起的，如果想要恢复权力，就必须再次打赢国战，当然，后面的国战对附属国是有利的，可也只能帮助其恢复自主权，无法夺回之前的损失。

【帮派】恶魔哟：哎呀，把她逼狠了，连国战都敢打。

【帮派】老鼠啃白菜：是个狠人啊！

【帮派】YW炉子：那我们怎么办，接吧，万一输了呢，不接吧，全区人都要耻笑我们。

【帮派】雪夜SUM：她还真是毒啊！

魏国国王帮的同志都有些担心，因为自从这游戏开始以来，就很少有国家敢打国战，这个游戏的国战后果一般人承受不了，不像其他游戏里，国战输了就输了，没有什么可以担心的。

而蜀国那边，则对他们的女王产生了浓浓的佩服之情，真是艺高人胆大啊，连国战都敢打，他们怕什么？

至于吴国那边，自然是看好戏了，反正谁输谁赢都与他们无关，谁输谁赢都能让他们得到好处，正所谓是鹬蚌相争渔翁得利。

不过，大多数人都在等魏国女王的反应。

魏国女王很少被这么挑衅，她到底是接受挑战，还是保存实力呢？

【喇叭】★魏国★女王 亿月亿年：时间？

两个字，全区哗然。

【帮派】恶魔哟：我怎么觉得咱们的女王霸气外露了呢？

【帮派】YW炉子：我突然开始崇拜女王大人了。

【帮派】素素点点：啊，小亿，你太帅了！

魏国女王的态度实在是太过霸道，相比之下，蜀国女王简直成了上不了台面的跳脚鼠。这恐怕是蜀国女王没有料到的，她原本也是想将上这魏国女王一军，没想到对方两个字就让她难堪至极。

【喇叭】★蜀国★女王 殷火儿：一个星期后。

【喇叭】★魏国★女王 亿月亿年：等你宣战。

就这样，一场国战的约定就这么开始了。

Chapter08  老伴儿

大区里的三个国家成员都兴致高昂，魏国国民信心满怀，蜀国国民激动不已——反正天天被抢城池，国战要是赢了还能翻下身呢！而吴国国民则是窃喜，如果蜀国赢了，他们的地位就坐稳第二；如果魏国赢了，他们就可以痛打落水狗，反正怎么都不吃亏。

就在大区玩家们天天的猜测下，日子一天一天过去。

周末到了，大清早艾亿就接到了席东梁的电话，说他过来接她。

艾亿在探照灯一般的老爷子的注视下，离开了家。两人吃完早餐，又去席东梁的新家。

"曹赛宝前几年说要创业，曹爸曹妈不敢给他钱怕他胡来，我就借给他30万，后来他说他挣钱了，要把钱还我，我说我一时用不上，他拿着也好周转周转。没想到前段时间，他说他看中了两套房子，正好一人一套，已经花了30万给我付了首付。"席东梁给曹赛宝打了电话，得知他家没人，便跟艾亿直接回了家。席东梁关上门后，便把自己这新房的来历仔细地说了一遍。

艾亿点点头，她对曹赛宝和席东梁的关系其实并不是很清楚，听了席东梁的这番话，总算对两个人的关系有了初步的了解。如果两人的关系不是好到一定程度，那么席东梁也不会在曹赛宝父母都不管的情况下，还能拿出几十万元借给他，而反过来说，曹赛宝也不会接受席东梁的好意，把那30万一直拿在手里，直到买房的时候才还。

当然，以艾亿对这个小区的了解，首付30万是远远不够的。一套房子以150万起价，首付至少要60万。

艾亿有些疑惑，难道席东梁并不知道他借出去的钱，别人翻了番还给他？"那你不是占便宜了？"

"是啊，谁让我运气好呢！"席东梁哈哈一笑，并不以为意。也就是说，席东梁也清楚这套房子的首付价值，但是他并不在意占了这么一个便宜，因为他知道，这是曹赛宝的一番心意。

这不是能用"同穿一条裤子的兄弟"这句话就可以形容他们的了。艾亿心下了然，对席东梁和曹赛宝俩人的关系，又有了进一步的了解。

"先坐，只有白开水了，我去买点果汁回来吧。"席东梁打开冰箱看了看，一片空白。

艾亿耸耸肩："就白开水吧！"

席东梁也没勉强："那行。"

艾亿坐在沙发上，一边喝着白开水，一边看席东梁忙进忙出，她也不知道他在忙什么，只看到他进进出出的。过了一会儿，她终于看出了点名堂，席东梁弄了洗洁精强威什么的，泡了水，打算擦阳台上的纱窗门。

"有什么需要帮忙的吗？"艾亿放下杯子，起身问道，他本来就是要自己来帮忙搞卫生的嘛，所以她已经有心理准备了。

席东梁把外套脱了，往她旁边一扔："你坐会儿吧，我先把纱窗门擦了。"

艾亿也做不出来非要抢抹布的举动，想了想，又坐下，继续喝水。

好不容易等他把纱窗门擦完了，艾亿想，这下总有自己的事了吧，于是又起身问："要做什么？"

"你坐着，我擦下浴室。"席东梁头也不回地说道。

艾亿郁闷了，敢情这哥们喊自己来，是为了让她看自己瞎忙活的呀？

反复几次后，艾亿打了个哈欠，往沙发上一躺，居然迷迷糊糊就睡了过去，要知道，最近她忙着跟帮派的人研究蜀国的动静，天天大半夜还要去骚扰敌人，睡眠一直不足。反正他让自己待着，那就睡会儿吧！

艾亿迷迷糊糊睡着，只觉得身上一暖，一件外套盖在了身上，然后又迷迷糊糊睡了过去。

等她醒来，已经到了下午五六点，外面的天色已暗，只听到里面的卧室地板上来来回回的脚步声。他居然还在忙！

好吧，他是自己见过的最勤快的男人。

刚睡醒，艾亿还有点愣神，眨巴着眼睛望着窗外，半天一动不动，不大一会儿，席东梁终于走了出来。

"醒啦！饿了没，咱们去吃饭吧？"

"哦，还好。"艾亿打了个哈欠，愣愣地说道。

席东梁扑哧一笑："怎么，还没睡醒啊？要不要再睡会儿？让你过来看我打扫卫生，把你无聊坏了吧？"

你也知道啊？艾亿在心里翻个白眼，但这话不能说呀，仍是呆呆地答道："没有。"

"我自己一个人搞卫生无聊啊，叫你来陪陪我。"席东梁一边说，一边走过来坐在她旁边，"为了奖励你，我请你吃大餐？"

我又不是吃货！艾亿继续翻白眼。"吃什么？"

"你想吃什么？"

"我想吃……"我不想吃什么！艾亿正要说这句话，但是话到嘴边，愣是转了个弯，她忽然有些狡黠地笑道，"你做的饭怎么样？"

"我做的？"席东梁一愣，随即道，"可新家还没开火呢！"

难不成他真会做？艾亿瞪了瞪眼睛。他跟曹赛宝不是哥们儿吗？以曹赛宝那么差的做饭水平，他的水平也高不到哪里去！怎么他好像还一副真要找厨房的架势？

"我去看看曹赛宝他们回来了没有，把他们厨房借用一下。"席东梁一边说，一边往外走，艾亿还没来得及阻止，他已经拉开了房门。

艾亿便闭了嘴。

没想到，这会儿曹赛宝家还真有人，不过是素素点点。

素素点点开门看见席东梁，也是一愣，她是知道曹赛宝跟席东梁的关系很好，但她跟席东梁没太多来往。"席大哥，有什么事吗？"

"曹赛宝回来了吗？"席东梁向她点点头，向她身后望了望，没看见人，估计还没回来。

"他晚上不回来了，说是公司忙。"素素点点回答完他的话，一眼瞄到了席东梁身后的艾亿，顿时瞪大了眼睛，"小亿！你怎么在这儿……"说着，又识趣地把嘴闭上，来来回回看了看俩人，然后干干地笑，"来来，小亿，进来坐，席大哥也进来坐，我还以为小亿在家休息呢！"

还好，她没说出艾亿晚上很晚睡觉的事实，否则，艾亿能用眼神杀死她。

艾亿和席东梁一前一后走进素素点点的家里，屋里还是蛮整齐的，就是乱七八糟的小公仔到处都是，让人看得眼晕。

"素素，你买这么多娃娃干吗？"

"可爱啊！"素素点点拿出果汁，抓过一个海绵宝宝就揉捏起来。

"那你吃饭了没？"艾亿想到席东梁的目的，便顺口问了句。

"没有。正想泡面呢！"

"……"艾亿无语，这孩子。

席东梁咳嗽两声，打断俩人的对话："那，素素，借一下你家的厨房。"

"啊？"素素点点张大了嘴巴，半天没反应过来。艾亿正要掐醒她，她却闭了嘴，抛了个媚眼给艾亿，却对着席东梁说道："行，行，请便哈！"

席东梁起身去了厨房。

素素点点看他的身影消失在厨房门口，才挤啊挤啊，挤到艾亿旁边抱着她的手臂摇晃："小亿啊，好男人啊，绝世好男人啊，居然还会做饭！天啊！你这是什么狗屎运啊！"

艾亿无语地推下她的手臂："我也不知道啊，刚刚随口一提，他就说要找厨房，就找你这儿来了。谁知道味道怎么样，不会毒死人吧？"

"得得得，得了便宜还卖乖，人家敢出手，还怕毒死你？"素素点

点推了她一把,扯了一桶薯条塞给她,"先垫下肚子,等下吃大餐。对了,国战有把握不?"

艾亿塞了一口,白她一眼:"现在谁说得准?据说那个三八,重金聘请了一个金牌指挥回来,说起名头都吓死人的那种。"

"你好像很讨厌她啊?"素素点点一边吃,一边好奇地问道。艾亿做魏国女王这么久,还真很少讨厌一个人。按她的话说,游戏里的东西都是虚幻的,爱恨什么的都是浮云。

"你还记得我曾经被一辆宝马碰倒的事吗?"

"就扔给你五百块的那次?"素素点点把手指舔干净,然后瞪大眼睛看向艾亿,她不明白艾亿突然提这个做什么。

艾亿淡定地继续塞了一口薯片:"这个殷火儿,就是那个宝马女。"

"不是吧?这么巧!"素素点点惊叫起来,叫完又赶紧捂着嘴,朝厨房看了看,见里面的人没反应,她才放下手,凑近艾亿道,"怪不得你这几个月都抓着蜀国不放啊,原来是这样。"

"要不然你以为呢?"艾亿斜了她一眼。

素素点点嘿嘿一笑,她当然不会觉得别人说的艾亿对蜀国女王羡慕嫉妒恨是真的。在她看来,蜀国女王的照片美是美,但怎么也比不上艾亿的脱俗啊!再说了,艾亿的指挥能力是出名的厉害,是实打实的王位,而这蜀国女王靠着男人上位,着实不是什么光彩的事。当然,她素素点点想要当女王,还真就只能走蜀国女王这条路,谁让她自个儿没那个实力呢!素素点点可有自知之明。

俩人又聊了一会儿,便闻到了菜香味。素素点点用鼻子嗅了嗅,陶醉地抹嘴:"真香啊,光这香味都能吃饱了。"

"你狗鼻子吧?"艾亿堵了她一句。

又过了一会儿,席东梁同志便从厨房出来了。

一盘辣椒炒肉,一盘土豆丝,一个黄瓜豆腐汤。

"看你冰箱没什么菜了,三个人估计不太够。"席东梁搓了搓手,不太好意思地说道。

素素点点冲上去找了个位置坐下，对着三个菜流口水："够了够了，我吃不了多少，席大哥，你太厉害了，我一定要让曹赛宝向你学习。"

席东梁一边盛饭，一边失笑："他呀，他会赚钱就行了，让他学做菜，还不得闷死他。"

"那不行，他不学做饭我不得饿死啊。"素素点点拿了筷子就下手，一筷子土豆丝到了嘴里，说话都含糊不清了。

席东梁便没再接口，把饭递给了艾亿："尝尝，好多年没做饭了，手艺生疏了，别笑话我。"

艾亿摇摇头，接过碗筷："有的吃就不错了，我不挑。"

"你挑什么啊，这么好吃，你还有的挑吗？"素素点点也端了碗筷，飞快地扒起饭来。说着，她还朝席东梁讨好地笑笑，"席大哥你太厉害了，你以后要做饭了，一定要通知我，吃了你的菜，我吃别人的菜肯定食不知味。"

"哈哈，素素，你说话真让人高兴。"席东梁哈哈大笑。

艾亿夹了菜尝尝，味道还真是不错，便附和道："确实不错。"

"喜欢就好，多吃点，多吃点。"席东梁得了艾亿的好评，更高兴了，用手中的筷子不停地给艾亿夹菜。

不大一会儿，三人就把两盘菜一个汤瓜分得干干净净。

吃完饭，素素点点就挤眉弄眼地把两个人请走了，借口是自己要洗碗，没空招待他俩，实际上是不想做那个2500瓦的大灯泡。

"明天买点菜过来吧？今天做的太少了，你好像都没吃饱。"席东梁把艾亿送到路口，艾亿就不让他送了，她怕爷爷半路杀出来，给他俩一个"惊喜"。席东梁看着她开车门，酝酿了许久的话才说出口。

想想，他找借口跟人约会都是不露痕迹的，先是说要还钱请吃饭，再是说要搞卫生让艾亿帮忙，现在艾亿知道搞卫生基本没她的份儿了，他便又找到这个新的借口。也着实难为他了。

艾亿心里透儿亮，知道对方不过是找个借口使得俩人能单独在一起，好在这几次见面，俩人虽然进展缓慢，但是相处还算愉快，顺便也对对方都有了大致的了解，所以像这样继续约会下去，双方迟早是要进入下一个环节的。想着，艾亿也不是很抗拒，她甚至很期待跟他在一起平静而淡然的相处时间。

"嗯，行，管接管送管饭就一定来。"艾亿回头看了他一眼，笑道。

席东梁被她的笑晃了一下神，他对这个女孩的第一印象就是仙女的样子，而她的笑容更是具有无懈可击的魔力，这让他在瞬间把她的笑藏在了心底。

他已经30多岁了，很难说真正对一个女孩一见钟情，但是不可否认，他第一次见面时就对这个女孩有着不小的好感，再加上后来的接触，她的豁达、知性和小幽默更是让他深感愉快，这让他一有空闲的时间就想见她，甚至在看到她睡觉时候的样子，都觉得很温暖。

"一定，一定。"席东梁连连点头，笑着目送她走进岔道，愣了一会儿神，才微笑着倒车打道回府。

第二天上午10点，席东梁就赶到艾亿家附近等着了。

艾亿一上车，就觉得他的脸色不对，明显有些苍白和憔悴，她只当是自己错觉，便开玩笑道："昨晚干吗去了？这么憔悴？"

席东梁刚一开口，就是一阵咳嗽，他捂了捂鼻子，有些郁闷地看了一眼艾亿："昨晚洗澡洗到一半没煤气了，早上一起来就有点不舒服，估计感冒了。"

"啊？那你还过来干吗？不去看医生？"艾亿顿时正襟危坐。

"没事，过会儿就好了。"席东梁摇摇头，好不容易到了周末，不跟女孩交流交流感情，他这时间不是又白费了吗？

艾亿没想到这点，只觉得对方生病了还跑来跟自己见面，那自己的责任是不小的。"你打个电话说生病了不就行了？还跑来干吗？自己的身体要自己保重。"

艾亿苦口婆心的话惹得席东梁一笑："听你这口气，真像管家婆。"

艾亿白了他一眼，扭头恨恨道："狗咬吕洞宾！"

"哈哈，知道了知道了，我知道你是好心。放心吧，真没事。再说了，好不容易有时间跟你见面，我哪里舍得在家躺着。"席东梁被她的小女生样逗笑了，说话也大胆起来。

艾亿被他直白的话闹了个大红脸，闭嘴不敢再接话。

俩人跑去超市买菜，席东梁推车，艾亿一边拿菜一边询问他，配合得跟老夫老妻似的，别人根本看不出来这两人认识才没多长时间。

"我说，你感冒了，还能做饭吗？要不我来吧？"俩人一块进屋，艾亿还是很怀疑地上下打量席东梁，生怕他一个不小心就倒在地上。

席东梁笑笑："你还会做饭？没事，小感冒而已。"

"做饭谁不会啊？"艾亿说完，看见席东梁猛向自己使眼色，顿时就笑了。对了，隔壁的俩人都不会做饭，她这话可有鄙视人家两口子的嫌疑。"那我帮你打打下手吧，顺便学习学习下，昨天的两个小炒比我炒的好吃。"

"我巴不得呢！"席东梁拎着东西进了厨房，艾亿便把买来的东西分类放好，他一边递手一边又笑了，"有你在，我说不定还会超水平发挥呢！"

艾亿无语地朝他翻了个白眼，好像他今天病了一下，说话倒是油了许多。

艾亿洗菜，席东梁切菜，等菜准备好后，艾亿便搬了个小凳坐在厨房门口看他忙碌。"等下叫下素素他们吧？"

"嗯，你去叫吧，现在去吧，正好让他俩过来端盘子。"

艾亿起身走到素素点点的房门口，敲了老半天，对方根本没开门，再打电话一问，素素点点这姑娘说她跑到市中心逛街了，至于她老公，她说自己都快一个星期没见了。

艾亿回来把话一说，俩人便只好自己吃饭。

俩人做的菜不多，一个辣子鸡，一个小炒黄瓜，再一个冬瓜豆腐汤，都是辣的。

艾亿本身喜欢吃辣，只是很少跟人提起，这会儿看到辣子鸡，眼睛愣是黏着都挪不开了。她又尝了一口小炒黄瓜，也是放了辣椒的，不知道怎么做的，味道挺符合她的口味。

俩人吃了一碗饭后，艾亿这才发现对方基本在扒饭，没有吃什么菜，"怎么了？胃口不太好？"

"不是，你吃，赶紧吃。"席东梁愣了一下，知道自己的举动落了她的眼，马上夹了块辣子鸡放在碗里。

艾亿狐疑地看看他，看他神色自若地吃了口鸡块，忽然灵光一闪："你不会不能吃辣吧？"

席东梁笑了，倒拿筷子在她头上敲了下："别瞎想了，吃吧，我正在吃呢。"

艾亿看了看他，再看了看自己的碗，忽然脑子一抽，也倒拿筷子往自己头上一敲。

"唉唉，你干吗呢？"席东梁赶忙拉开她的手。

艾亿愣了，随即无语："我刚干吗了？"

"你敲自己头。"

"废话，我没事敲自己头干吗？我傻了啊？"艾亿颇有些哀怨，"都是你，没事敲我头干吗，都把我敲傻了。"

"……"席东梁也一阵无语，然后就是一阵大笑。"傻丫头啊！"

艾亿撇了撇嘴，对自己刚刚的举动感到万分不解，她为什么要敲自己的脑袋呢？想了半天也没想出个原因来，只好再次肯定刚刚自己是脑子抽了。再一想到刚刚的事，艾亿又继续盯着席东梁："那你为什么不吃菜？"

席东梁没想到她还想着这个问题，还想继续忽悠过去。

艾亿马上就打断他："你都不跟我说实话。"

这句话比较严重了。这上升到人格问题了，更何况，女人最讨厌男人欺骗她。席东梁不太擅长说话，但女人的心思，他还是明白的，于是马上纠正自己的错误："我是怕你介意。我胃不太好，不太能吃辣，但是我真的蛮喜欢吃辣椒的，真的。"说着，席东梁又狠狠地点下头表示自己的诚意。

啊，你不能吃辣那放这么多辣椒做什么？"那你做这么辣干吗，你怎么不爱惜自己的身体啊？"因为对爷爷的身体很担心，连带着，艾亿对身体健康这方面就有了另外一个认识。一个人无论贫穷还是富有，身体健康才是关键。

"我……我，我这不是看你喜欢吃嘛！"

艾亿一愣，她喜欢吃辣这种事从没跟他提过，没想到他连这个都发觉了。艾亿再次感到对方的细心，这种细心带着淡淡的关心和温暖，让她心里有种小小的感动。

"行了，以后不要放辣椒了，胃不好还吃什么辣椒啊！"说着，艾亿筷子一伸，把对方吃了一口的鸡块给夹回到自己碗里，大大地咬了一口，"今天就便宜我了。"

席东梁被她这一举动弄得措手不及，等反应过来，他脸色都变了："傻丫头，我感冒了啊！"

他是怕她被传染啊？艾亿愣了一下，随即耸耸肩："我才不像你呢，感冒一下跟个老头儿似的。"

席东梁的脸顿时黑了。

他三十一，人家才二十三，相差八岁，他原本就有点惴惴，觉得年纪相差得大了，对方会不会觉得自己太老。这会儿听到她说自己是个老头儿，席东梁就有点郁闷。他是真老了啊，还不能反驳。

见席东梁郁闷地直扒饭，艾亿又笑了："怎么样，老头儿，以后我就这么叫你吧？"

"怎么不叫老伴儿？"席东梁正郁闷着，听了这话，嘴里的话顺口就冒了出来。等说出口，席东梁的脸色就乌云转晴了，对呀，老头儿老头儿，不就是老伴儿嘛！

艾忆本来是要调戏一下对方的，没想到反被调戏，闹了个大红脸，丢了句"你想得美"便匆匆扒饭。

席东梁嘿嘿笑了几声，也不追击，慢慢地吃饭，给她夹菜、盛汤。

两人吃完了，席东梁又收了碗筷进厨房洗碗。

这可是个居家型的男人啊，基本的家务活都能做，真不知道什么样的家庭能养出这样的孩子。艾忆想去帮忙，被席东梁一句"洗碗伤手"给挡回来了。

等他忙完，艾忆已经在沙发上消食消得差不多了。

席东梁走过来，重重地往沙发上一躺，眼睛闭着，双手直揉太阳穴。

"头疼了？"艾忆问道。

"有点儿疼。"

他说的有点儿疼，估计是已经疼到忍不住的时候了。艾忆暗自想着，便有点抱怨："都说我来洗，你非得自己来，看看，累着了吧？生病了还逞什么强啊？"

"我没事，洗碗伤手嘛。"

"有什么好伤的，难道你以后也不让我洗啊？"艾忆最看不惯别人逞强，而且自己说的话别人不听，她就觉得气不打一处来。听他来这么一句，虽然心里是很感动的，但是嘴上却不饶他，不知道为什么就蹦了这么一句出来。

席东梁听到这句，停了手，看她笑道："我不介意啊！一辈子都不让你洗。"

"你……"艾忆语塞。

如果这是情话，也应该属于最没情调的情话。

艾忆被他看得有些心慌，赶紧坐直了身子，去拿桌子上的水杯喝水转移注意力。

"小忆，过来。"

"啊？"艾忆端着水杯，愣神地望去。

席东梁还是躺着："你不过来我就过去了啊！我正头疼着呢！"

艾亿翻了下白眼，这人还会拿软肋了。不过他正感冒，又给自己做了饭，还洗了碗，累了个半天，让他起身也是不好，就是不知道他要自己过去干吗？帮他拿东西？

艾亿想着，便站了起来，走到他面前，居高临下地看他："要拿什么？"

席东梁抬头冲她笑笑，伸手一拉，将她拉倒在沙发上。

"你干吗！"艾亿惊叫一声，等回过神，人已经躺在了沙发上，俩人之间，只有一个指头的距离。她一转脸，便能看见他的脸在旁边。

艾亿想爬起来，被他用手按住。

"别动，躺会儿。"

席东梁说着，又咳嗽起来。

艾亿只好僵直地躺着，好在他并没有伸手动来动去，只是并排躺着而已，应该没事吧？艾亿看看他，这才慢慢放松身体。因为是素素点点和曹赛宝牵的线，所以艾亿对席东梁的人品还是信任的，再加上这些日子的相处，她基本上也知道他的性格。他绝对不是个会乱来的人，生活作息都有着很严格的规律，这样的人做不出出格的事情。

她才放松，就感觉肩膀上多了一样重物。

"头有点儿疼，肩膀借我靠下。"席东梁有些虚弱地说道。

艾亿转头，便能闻到他头上的洗发水味道。她本想推开他，但是手碰到了他的脸庞，转而放到了他的头上，她轻轻地摩挲着他的头发，没有说话。

席东梁被她抚摸得很舒服，眯了一会儿。

空气里净是温暖的味道。

"小亿，做我女朋友吧？"过了好久，席东梁忽然开口说道。

他今天借着生病，开口试探了好几回，对方的反应无一不是羞涩，也就是说她并没有反感自己，现在提出这个要求来，应该不会遭到拒绝才是。

不是所有的男人都是厚脸皮，像席东梁这样总是跟数据打交道的，原本跟人的关系就比较淡薄，心里也不会有很多的计较。在男女感情方面，他也会害怕被拒绝，直到俩人相处了一段时间，他才觉得，时机或许成熟了。

艾亿沉默了一会儿，才问道："为什么？"

"什么为什么？"

"为什么要我做你女朋友？因为你缺一个妻子？急需要找个女孩谈恋爱结婚？"艾亿的思想走进了一个误区，她认为对方不是真的喜欢自己才要跟自己交往，而是因为对方的年纪大了，家里在催，正好遇到自己这个也要找人结婚的，才会提出交往。

其实无论怎么说，俩人相亲，自然是因为都对对方有好感才会继续见面，喜欢自然也是有的，只是多和少的差别而已。

席东梁也沉默了，艾亿的手还在他的头发上摩挲，这让他的脑子渐渐地梳理开。"小亿，还记得我们第一次见面吗？"

"迎风阁？"

"嗯，当时你朝我走过来，我还以为我看见仙女了。我当时就在想，要是你是我相亲对象，那我就赚大了。可是没想到，那次我们俩刚好错过。"席东梁一边回忆，一边慢慢地说，他正在组织语句，像他一个工科生，要把话说得漂亮，得费好多脑细胞了。但是现在是追求的关键时刻，他一点儿都不敢掉链子。

艾亿一边听，一边摩挲他的头发，她没有告诉他，她对他的印象也很深，只是那时候还远远不到一见倾心的地步。

"后来，我以为再也见不到你了，可是曹赛宝竟然给我介绍了你。你不知道当天晚上回去，我在床上乐得失眠，凌晨三点才睡着。那天我就觉得，我们真的有缘。"

有缘千里来相会，无缘对面不相逢。

席东梁慢慢地说着，他的声音很低，带着感冒后的嘶哑，听起来还有沙沙的响声，非常迷人。

艾亿听着听着，就入了迷。她当然也有这样的感觉，两个人若是没有缘分，不会因为素素点点和曹赛宝而结识，要知道，他们原本就不属于同一个人际圈，或许是一辈子都无法遇到的两个人。

"每次跟你见面，我都得在头一天挑好自己要穿的衣服，见完面后，我又总是睡不着，老想着下一次和你见面该说什么，该做什么。你是一个美丽、温柔、豁达又可爱的女孩子，我很喜欢很喜欢，很想让你做我的女朋友，天天看着你。"

这是席东梁的第一次表白，他也不知道自己该说什么，挑来挑去还是说了一些她不知道的东西。

艾亿也没想到对方的心思细腻到这个程度，她自己也很期待每次的短暂相处，但是她还没有细心到每次见面的细节，她甚至都没有注意到对方的衣着打扮是不是有过改变。

艾亿再次从头到脚打量了一下席东梁。

他不是很高，也不是很瘦，鞋子是黄色马靴，裤子是蓝色牛仔裤，上衣是一件V领针织衫，外面套着黑色毛呢西装。他的打扮并不青春，甚至很成熟，但是正因为这种成熟，会让人觉得他像一坛陈年老酒，散发着浓郁的香味，引诱别人前往。

有人说，男人越老越有味道。

艾亿以前并不承认，但她不得不承认，席东梁是个很有味道的男人。这种味道需要别人仔细去琢磨和体会，你甚至能从他的眉角细纹里看出他的深度。

"那，我以后叫你老头儿行不？"艾亿忽然说道。

席东梁等了半天没有反应，心里正有些惴惴，耳朵里灌进来这句话，他正要反驳说自己不老，紧接着反应过来，便是一阵欣喜，欣喜过后，又是小心翼翼地求证："这么说，你答应了？"

"那你答不答应嘛？"

听她不自觉撒娇的语气，席东梁顿时心软了一半："行，你叫什么都行。那你答应我了吧？"

"嗯。"艾亿的声音小得跟蚊子有得一拼。

但席东梁还是听到了，傻呵呵地乐了半天，又有些别扭道："那个，咱们改成老伴儿行吗？"

艾亿狠狠地翻了个大白眼，把他的头一推："想得美。"

"嘿嘿，嘿嘿，不改，那不改，那你叫我老头儿，我叫你老伴儿总成了吧？"席东梁赶紧握住她的手，不让她跑开。

艾亿被他的手握住，想挣开，又挣脱不了，不由得满面通红："放开啦！"

"那你说行不行嘛！"席东梁趁热打铁，坚决不放弃。

"我又不老，不行！你放开啦！"艾亿被他握得脸色通红，她都能感觉到自己的脸能烫熟一个鸡蛋。

席东梁郁闷啊，没想到自己想叫对方老伴儿的小算盘不奏效，看她因挣扎而羞涩的模样，越看越喜欢，干脆手一张，五个手指嵌入到她的手指缝里："就不放，你现在是我女朋友啦！"

"你……"艾亿又急又气，见他实在厚脸皮，便只好放弃挣脱，脸一扭，看向窗帘。

"小亿……"

"小亿……"

席东梁喊了几声，艾亿就是不理他。他眼珠子一转，便又叫道："老伴儿……"

喊了好几声，艾亿才扭头过来，很不情愿的样子："干吗？"

席东梁心下一喜，她还是承认这个称呼了嘛！"我头疼。"席东梁故意做出眨眼睛扮无辜的样子。

但他毕竟不属于萌系男生，艾亿看他瞪着双眼瘪着嘴，很努力地卖萌，顿时扑哧一笑："你还卖萌啊？都皱成一朵菊花了。"

席东梁赶紧笑道："没事没事，菊花就菊花吧，只要你笑了就好。"

艾亿被他这么一闹，心里的别扭也消失了，想着他还在感冒，不禁又伸了另外一只手，在他的头皮上按摩："还疼啊？那要不要去看医生？吃点儿药吧？"

"不用，晚上回去洗个澡，睡一觉，明天就好了。"

"真的？"

"真的，我保证。"

俩人你一句我一句地，聊了一些没什么实质内容的话，时间便悄悄地溜走了。

席东梁把艾亿送回了家，艾亿一再交代他要吃药，回家就赶紧休息，席东梁都一一答应。

到晚上十点的时候，席东梁又给她发了个信息：老伴儿，我睡觉了，好想见你。

艾亿看了后，傻乐了一阵，怕拖着他睡觉，依旧没有回复短信，直到第二天一早起床，艾亿便立刻给他打了电话。

打电话的时候对方压低了声音。

"老伴儿，怎么给我打电话了？"

艾亿眨巴眨巴眼，声音压那么低干吗呢？"你在干吗啊？"

"部门开会呢！"

"哦，那你开会吧，我就想问问你感冒好点了没有。"

"好多了，你先去玩会儿，晚点我再跟你联系。"

"嗯，好的。"

俩人快速通话，用了48秒。

因为他说了晚点再联系，所以艾亿开了机，便一直挂着，等待对方的来电。这一等就等到了下午一点，可把艾亿给气坏了。

"你不说晚点就联系吗，怎么现在才打电话来？"艾亿本来想生闷气的，但不知道为什么，席东梁一听她说话，就知道她的情绪有问题，艾亿被他问得烦了，这才略微抱怨地说道。

席东梁也是无辜啊，他工作很忙，一般情况下除了吃饭时间，上班时间都忙得团团转，他哪里想到自己新上任的女友会突然在意起这个

来。"我错了，对不起，你别生气啊。"

"我没生气。"

"你生气了。"

"我说没生气就没生气。"艾亿被他的话气得一蹦三尺高，自己都说没生气了，他还非说自己生气，自己能不生气吗？

咳，她被自己绕晕了。

席东梁见她恢复活力，便笑了："好好好，没生气。老伴儿啊，我上班很忙，一直没空给你打电话，现在吃饭了，才有时间给你打电话，我没忘记，真的。"

艾亿原本就是觉得对方说话不算话，说给自己打电话，结果让自己等那么久。刚刚他说他错了，让她不要生气的时候，她就已经不气了。这会儿，他说他工作很忙，到吃饭时间才有空打电话，艾亿顿时就觉得自己有些无理取闹了。

好在艾亿也不是个矫情的人，有错就马上承认错误："对不起，我不知道你上班那么忙。"

"没事没事，老伴儿给我打电话，我高兴还来不及呢！"

"那你现在吃饭了吗？"

"嗯，在吃了。"

"那赶紧去吃，晚上有空了再打电话吧！"

"没事，先聊聊呗！"

艾亿想着不能耽误他的时间，他又觉得艾亿好不容易给自己打次电话，不想轻易挂断。两人僵持了一会儿，艾亿找了个借口："我上网玩会儿游戏，你吃饭，好不？"

见她要玩游戏，席东梁便不好再坚持了。两人这才挂了电话，艾亿对着手机发呆，刚刚解决一个误会的感觉，让她有从悬崖拉回平原的舒畅，还有淡淡的甜蜜。

到了晚上，艾亿连游戏都放下了，跟席东梁一直聊了两小时，最后依依不舍地放下。

一连好几天，俩人都是白天不联系，晚上通话好几个小时，闹得她三四天没有带国民去做任务，都是由别人代替。很快，周末到了。

　　【喇叭】★蜀国★女王 殷火儿：亿月亿年，周日国战，接起！

Chapter09  国战

　　蜀国女王的一条喇叭打破了近日的平静，蜀国女王与魏国女王有约，这些天都没什么人闹事，再加上魏国女王最近不知道在忙什么，很少在游戏露面，整个游戏大区都显得很平静。

　　殷火儿的这条信息让艾亿很恼火，啊，周日国战，不就意味着她周六周日都不能出门了？

　　她不知道，在她纠结的这个时间段里，蜀国女王可是信心百倍。

　　【私聊】殷火儿：梁山伯，后天一定要在哦！

　　席东梁最近也很少上游戏，每次跟艾亿通完电话后，就到了八九点，他也没惦记着游戏，但手上没事，想一个人的滋味又太难熬，他便上游戏打打发时间。每次上线最多不过一个小时，他每次上来都会被殷火儿拉去做任务。

　　他当然不知道，这是一个女人在借机接近自己，他只觉得玩游戏是要有那么一两个朋友，因此也就去了。

　　一来二去的，他也认识了帮派的几个名字，可是没有结交，一般都是别人说话，他在旁边默默地看着。

　　收到这条信息，席东梁毫不犹豫就拒绝了，他还得跟自己的小女友约会呢，现实的事可比游戏重要多了。

【私聊】梁山伯：对不起，那天没空。

【私聊】殷火儿：怎么了？你有事吗？

【私聊】梁山伯：有事。

殷火儿那个恨啊，她的倚仗也没有多少，梁山伯这个大头在蜀国的知名度虽然不高，但一个十五星套无疑是别人的一颗定心丸，现在人家死活不肯参加国战，她恨不得把这家伙剁了。

殷火儿再恨，也无法阻挡梁山伯的决心。

不一会儿便到了十点，席东梁迅速关机睡觉，临睡前，给小女友发了个信息，表达一下自己的思念之情。他入睡很快，躺着不过两分钟，就已经迷迷糊糊。迷迷糊糊间，他听到手机的短信声，迷迷糊糊一看，居然是小女友的信息。

可真是奇事，她从来没给自己回过短信。

艾亿：嗯，早点休息。对了，我明后天有事，不能跟你见面了，对不起啊！

席东梁嗖的一下，被这条信息泼得清醒了。他才拒绝了游戏里的邀约，现在他的小女友就拒绝了他的约会，实在是一报还一报。

想也不想，他立刻打电话过去。

"老伴儿，睡了没？"

"还没呢，你怎么还没睡？"艾亿正忙着游戏里的事情，对于这个决定，她也很无奈，如果她是一个小小的魏国玩家，她可以撇下一次国战去跟男友甜蜜约会，但她身负几千人的希望，她不能这么临阵逃脱，所以她只能选择游戏。

这不能说艾亿被游戏迷昏了头脑，只能说，这是一种责任感的体现。有时候虚拟和现实往往只有一线之隔，游戏里的人都是现实里的人，任何人在游戏里都是以一个全新的自我或者自我的延伸而生活着。在这个时候她选择游戏，只是因为她有责任。

"明后天有什么事吗？要我帮忙不？"

艾亿没有听出责问，反而以为是担心，心里又是一阵感动，甚至有些难受。"没事，有事要处理，真是对不起啊！"

"不要跟我说对不起，没关系。"席东梁诚恳的声音从电话的那头传来，带着电流声。"那你有空了再跟我说，我很想你。"

艾亿沉默了一下，这个时候她应该说"我也想你"，对吗？但是她说不出口。她是个感情内敛的人，即使再想念，她也不会挂在嘴边上。"嗯，我知道了，你早点睡吧，晚安。"

"晚安。"席东梁最终也没能说什么，等她挂了电话，才轻轻地吻了一下手机屏幕。

一晃，一天就过了，自从殷火儿知道梁山伯周末又有空了之后，对梁山伯表现得更热情了，几乎所有蜀国国王帮的人都知道，自家女王对这个十五星套大神有着不一样的动机。

【帮派】YW炉子：那三八王后估计很快就要换男人了。

【帮派】老鼠啃白菜：跟那个十五星套？

【帮派】YW五角：除了他还能有谁？人家是强强联合，有钱的跟有钱的。

【帮派】老鼠啃白菜：这倒是，一个十五星套不知道得花多少钱啊！

【帮派】恶魔哟：十万RMB吧，最少。

【帮派】雪夜SUM：咱们就只能看着，玩个游戏花那么多钱，疯了啊！

艾亿扫了一眼帮派聊天，有一段时间魏国国王帮的人都调笑她跟这梁山伯，后来卖钱的小号跟梁山伯断绝来往后，他们便慢慢熄了这样的调笑，大约都感觉到俩人之间发生了什么，也没人来问，都装作不知道。对于梁山伯和殷火儿的配对，艾亿只当是看戏，反正游戏里的这种配对很正常，强强联合嘛！

帮派里热火朝天地唾弃了梁山伯的败家行为后，便慢慢转到这次的国战上来。大多数人对艾亿还是有信心的，毕竟她带他们一年多了，大家都有了底气，不过担心仍然是有，只是比小部分人显得更加沉着一

点。

对方是蜀国女王重金聘请的金牌指挥，说起来这位金牌指挥的名头在这个游戏算是相当响亮的，三大官方指挥之一，一般指挥在听到这个名头的时候都得吓一跳。而这次国战魏国是不能输的，否则，艾亿与魏国都将陷入不复之地。

一旦输了，其后果不只是失去大区第一的头衔，而是极大地打击他们的士气，造成大幅度的人员流失，造成不可挽回的损失。

【帮派】恶魔哟：真担心啊，输了可怎么办啊？

【帮派】老鼠啃白菜：凉拌。

【帮派】★副帮主★十三月的风：我相信小亿，她不会让我们失望的。

【帮派】雪夜SUM：对，我也相信她。

【帮派】YW五角：女王大人是无敌的！

【帮派】素素点点：就是就是，小亿最厉害了！啊，三哥，咱俩商量个事，好不？

【帮派】恶魔哟：不是不相信小亿啦，是觉得这次的对手有点棘手。

【帮派】★副帮主★十三月的风：干吗？

【帮派】素素点点：能不能加下我老公进帮啊，我保证他不是内奸。

【帮派】★副帮主★十三月的风：可以，什么名字，多少级？

【帮派】素素点点：素素老公，31级。

【帮派】恶魔哟：……

魏国国王帮的一群人无语，所谓国王帮，那自然是等级高、装备强的骨灰级玩家的集中营，这会儿素素点点说要加她31级的老公进帮派，大家都不知道说什么好了。

十三这会儿也是后悔，觉得自己嘴快，哪里想到这素素点点提这么不靠谱的要求，但是他既然已经答应了，就不能反悔。

【帮派】★副帮主★十三月的风：那让他快点升级啊！

【帮派】素素点点：嗯嗯，一定。

不大一会儿，素素老公就进了国王帮。平常加人管人这事，都是十三的事，素素老公一进帮，十三就带人表示了热烈的欢迎。

【帮派】素素老公：大家好，我是素素的老公，多谢大家一直以来对素素的照顾。

【帮派】允纹：素素姐，这是你新找的，还是你现实中的老公啊？

【帮派】素素点点：废话，当然是真老公啦！

【帮派】允纹：哦，我还以为你不甘寂寞另外找的游戏老公呢！

【帮派】素素点点：呸呸，说什么话呢，小破孩，来，单挑。

【帮派】恶魔哟：居然把现实老公都拉来玩游戏了，素素你可真强。

【帮派】老鼠啃白菜：新来的快快报上，身高、体重、年龄、性别、三围，通通报上来。

【帮派】★帮主★亿月亿年：素素，这是你家赛宝？

【帮派】素素老公：咦，莫非你是小亿？

艾亿干咳一下，这素素点点还真是强大，居然真的把老公给拉进游戏了。

【帮派】★帮主★亿月亿年：嗯，是我，怎么跑来跟素素瞎混了？

【帮派】素素老公：哈哈！她说你们帮要打国战了，我说想来看看大场面，没想到你居然是女王啊，那国战的指挥也是你？

【帮派】恶魔哟：呀，女王大人居然跟素素老公认识。

【帮派】★帮主★亿月亿年：是我。

【帮派】素素老公：哇，太厉害了，国战加油哦！

【帮派】★帮主★亿月亿年：嗯，认识。好的，我不会让大家失望的。

星期天下午两点，国战进入三十分钟倒计时。

这个大区没有国家打过国战，不代表其他大区没有。艾亿花了一天

一夜的时间，找了许多其他国家的国战视频以及解析进行参考，花费的精力也是很大的。

国战地图是独立的，这个地图内只有一座城和一个湖。首先，双方要在城里抢夺药品，然后进攻湖泊。到达最终的比赛地点，比赛地点上会有一个大BOSS，打完BOSS的一方会有一个人随机得到一个令牌，令牌代表一千个人头数。若被敌方杀死便落入另外一方，哪方剩下的人数加上令牌人头数最多者，哪方就获得胜利。

值得一提的是，湖泊以外的地点都是可原地复活的，湖泊地图是无法原地复活，只能安全复活到城里，然后再跑到目的地。

更让魏国人郁闷的是，据说蜀国女王重金聘请的是一位多次带领自己国家人员跟别人进行国战的金牌指挥。

下午两点半，所有参赛人员准时传送进地图。

"所有人门柱集合，门柱集合。"艾亿一进入地图，就沉着地发出了号令。

魏国人通过长期的磨合，对他们的女王几乎是言听计从。此刻更是不例外，只要是网络不卡的，都迅速跑到了门柱边上，浩浩荡荡的一大片，一眼望过去，都是魏国人的身影。

要知道，这个大区本来就是魏国强大，魏国人数因此也比蜀国和吴国多了一半。

真要去判断魏国和蜀国哪个国家会赢，谁都不好下这个结论，没错，蜀国的指挥是强悍一些，但魏国人多啊，未必没有胜利的可能。在国战游戏里，人多就能咬死象。

艾亿在看了那么多的视频和解析后，觉得自己还是要走传统路线，先夺得药品，再进攻湖泊。这个地图里的药品是有限制的，一方拿完了，那另外一方就只能拿到一半。前段时间的纠缠还好说，一旦到打BOSS的地儿，没了药品那就只能看着别人玩。

"很好，集合时间两分钟。兄弟们好样的，现在听我口令，10秒内压向药店，三，二，一！"

魏国人立刻压向药店，不知道方向的，跟着别人跑就是，才走了没几步，就看到蜀国人已经围到了药店NPC处。很明显，蜀国的指挥根本就没有进行第一次的集合，而是直接将第一次集合地点定在了药店。

如此一来，魏国就落了下风，哪怕只有两分钟，也足够对方的人员抢一些药品的了。

艾亿微微皱眉，她这是吃了没经验的亏。

"杀！"

艾亿的杀字一出，整个地图上便呈现一种混乱状态。不过，两国人的纠缠没有持续多久，魏国人能力强，很快就将一直以来都弱势的蜀国压到外围。

蜀国人死的死，跑的跑，还真有些凄凉。

大概是察觉到这种情况不利于蜀国，所以蜀国人很快便撤离了，至于撤离到哪里，魏国人还真不知道，因为艾亿下了命令，穷寇莫追，敌人已经撤退了，正是他们抢药的机会。

魏国人想想也是，便开始大把大把地搬药。而他们没想到，这个时候艾亿的眉头已经皱得死紧了。她已经察觉到，对方的指挥是个很厉害的角色，若是一般的指挥，在第一回合得了上风，肯定不会轻易放弃，都会缠着对手多浪费一点时间，以争取最后的胜利。这样的做法，对于兵力不够的蜀国来说，的确是不适合的，对方指挥竟然能在短短一个照面便发现了这个事实。

他会再次卷土重来，打自己一个措手不及吗？

艾亿一直提心吊胆，可是直到大家的背包都已经放满了，时间也过去了将近二十分钟，对方却一直没动静。

【帮派】★帮主★亿月亿年：小三，老鼠，恶魔，允纹，桃花，你们五个现在脱离大部队，到各处打探地形，顺便把对方找出来。

【帮派】老鼠啃白菜：没问题。

【帮派】MC桃姬：明白。

【帮派】恶魔哟：是！

【帮派】允纹：好的。

【帮派】★副帮主★十三月的风：没问题。

魏国人没有发现，在大部队里，有几个人影悄悄地脱离，往各个方向疾射而去。

"现在所有人听令，全力进入湖泊，湖门口集合，不要进去，不要进去！"

艾亿带着人一路狂奔到湖门口，都没有发现对方的影子。

【国家】YW影子：他们人呢？

【国家】YW树枝：不是怕了我们，躲起来了吧？

【国家】喜从天降：他们在搞什么鬼啊？

艾亿越来越不安，她已经闻到了一股阴谋的味道，她看了看湖门口，湖门口的传送口闪着光，很漂亮，可在她看来，这里正有着一张血盆大口等着她。

可是不管怎么样，她得进！至少要知道到底是什么事。

"全体听令，三、二、一，进湖！"

艾亿带头冲了进去，让她郁闷的是，传送时间比她想象的要长得多。过了大概有半分钟的时间，她的电脑屏幕才转为正常。而不出意料，电脑上的角色已经倒在了地上。

【帮派】雪夜SUM：我死了。

【帮派】YW炉子：我也死了。

【帮派】YW五角：我也死了，他们太奸诈了，现在怎么办？

帮派的人都议论纷纷，大多数人都觉得没有办法，现在对方占了有利地形，自己根本没办法找到突破口。

艾亿此刻也明白了对方的用意，对方只要在这个位置将自己堵死，他们就将不战而胜。

该怎么办呢？

艾亿在思索的同时，快速地下达命令："所有人立刻回城，马上回城！"

回城，即是返回复活点。这个命令也是告诉还在湖外的魏国人，不要再进湖，避免无谓的伤亡。

回城后，艾亿发现一个很严重的问题，在湖内死亡会掉落物品，也就是说，她带领大部队进湖后，给对方带去了大量的药品。那么，她占领药店抢药的举动，就显得多此一举了！

还是吃了没经验的亏。艾亿总结后，又带领众人飞奔向湖泊，在湖门口停住，她不能带着大家进去送死。系统延迟使得进入湖泊的瞬间会有半分钟左右的盲点，所以在对方之后进湖，是必死的。

就是不知道能不能让网速快的，进去冲上一把。

想着，艾亿便问道："谁的网速比较快，电脑配置也好的？"

【国家】YW窗帘：我光纤。

【国家】YW太阳公公：我100M的网速，电脑配置也不错。

魏国人纷纷在国家频道上响应。

"那好，现在所有人听着，听我口令进湖，进湖后，能跑的迅速跑开，不能跑的原地死亡回城。听懂了吗？"

【国家】YW树枝：明白！

【国家】哈哈哈哈：明白！

无数人在国家频道上刷屏，表示他们明白了女王的意思。

"三，二，一！进！"

一瞬间，无数魏国人再次冲进湖口。哪怕是去送死，大家都没有任何犹豫，因为他们不能输。

艾亿回城的时候，看着身边慢慢多起来的魏国国人，心里一片感动。

"有没有谁闯过去的？"

国家频道上一片沉寂，帮派频道里也没有人出声。难道没有一个人进去？

就在全魏国人都慢慢沮丧的时候，终于有人传来了好消息.

【国家】YW头发丝儿：啊，我进来了，我进来了！我进来了！好多怪，到处都是怪，他们也不敢追，我找了个角落躲着，不敢动。

顿时，魏国人几乎看到天边的一丝光亮。

艾亿看的视频里面，确实到处都是有怪物的，可是具体怎么分布，发布视频的人一般都没有说明，也就是说，他们现在魏国跟蜀国所发生的情况，在所有的国战历史上，都是第一次。

"好，很好，那么头发丝儿，你慢慢挪动一下，尽量保持不死，如果有什么信息，就告诉我。"

【国家】YW头发丝儿：是！

"那么现在，所有兄弟，身上的药品存在仓库，全力奔向湖泊，湖口处集合，湖口处集合。"

艾亿现在没办法取得突破性的进展，只能采取最笨的法子，以一次又一次的死亡，来换取一到两个人的生存。还别说，艾亿的法子也奏效了，经过十多次的冲击，魏国在湖泊安全存在的人，已经超过了十人。

【帮派】猴哥我是虎哥：他们在我们国家有内奸，我听到那个指挥说，不怕，我们送进去人，十几个人翻不起什么浪来。

【帮派】老鼠啃白菜：虎哥你也在做内奸啊！

【帮派】素素点点：太欺负人了！

【帮派】猴哥我是虎哥：那必须的。

帮派的人看到虎哥的话，都憋着一口气。他们从没被打的这么惨过，这跟他们的实力无关，也跟指挥的能力无关，原因是他们对国战不熟悉。这种情况让他们有种无可奈何的感觉，非常非常无奈。

"大家不要灰心，还有一个多小时，他们堵在门口，也只能说明他们比我们早一步，他们迟早还是得去任务地点的。"艾亿心平气和地安慰大家，这个时候，她不能倒，她要倒了，那么全魏国都会倒的。

魏国人也只能乐观地在各个频道上安慰其他人，也安慰自己，一定会有转机的，一定会有的。而另一方面，他们所有人都在进行着一次又一次地飞蛾扑火，没有半分犹豫。

这是一场壮烈的战斗，哪怕没有半分希望，他们都还在进行着最后的努力。

就连在湖口一直堵截的蜀国众人，都看到了对方的韧性，他们渐渐开始麻木，哪怕是屠杀让他们痛恨的敌人，他们也开始麻木了。为什么敌人会一次又一次地席卷而来？他们明知道没有希望，为什么还要来送死？

席东梁一面击杀着敌人，一面暗暗敬佩。亿月亿年，你是个值得尊敬的对手。

他不由得想起对方明明知道自己是敌人，却还是一次又一次教导自己，让自己不再是一个一无所知的小白。她这样的品质，让他有些自惭形秽。就像现在，对手明明知道自己没有希望，却还是一次又一次做着最后的努力。

席东梁忽然很期盼，期盼对方找到突破口，正儿八经地跟自己来一场战斗。

【私聊】殷火儿：小梁，在吗？

【私聊】梁山伯：在。

至于殷火儿什么时候把对自己的称呼改掉的事实，席东梁一点儿都没有在意，在他的心底，这个殷火儿不过就是个游戏里的人而已，没有好，也没有坏。

【私聊】殷火儿：小梁，我们视频吧？

【私聊】梁山伯：什么？

【私聊】殷火儿：这些日子天天在一起，你难道不知道我喜欢你吗？

席东梁那个惊讶啊！女王同志，貌似现在是在打国战啊，你还有心情谈情说爱啊？

再说了，他现在是有主的人，要是被自己的小女友知道自己在游戏里跟别人眉来眼去，她生气了怎么办？

席东梁这点自觉性还是有的，他想也不想，就拒绝了。不过，席东梁这个人虽然老实，但他还有个优点就是懂得给别人留余地，特别是一

个说喜欢自己的女孩，他也不能伤着人家，对不对？

【私聊】梁山伯：现在国战，我不想说这些。

梁山伯的意思是，现在国战呢，你该干吗干吗去，我也很忙。当然，若是聪明的人，自然知道这是委婉的拒绝了，可问题是，他现在面对的不仅是个聪明的人，更是个聪明过头的女人。

【私聊】殷火儿：那行，若是这次国战赢了，我们就结婚。

梁山伯那个无奈啊，这国战赢不赢跟他有什么关系啊？

【私聊】梁山伯：这不好。

按理说，梁山伯同志拒绝得这么彻底，对方应该明白了才对，可问题是，对方是个聪明过头的女人啊！

【私聊】殷火儿：放心，不会输的。你别担心哈！我去接个电话。

她怎么就能理解成他担心国战输了俩人结不了婚呢？

梁山伯同志都抓狂了，但对方都说了要去接电话，他再说也没用了，于是梁山伯同志现在便有了一个愿望，亿月亿年，你赶紧赢吧！事关我的清誉啊！

当然，席东梁再傻，也不会和殷火儿结婚的，哪怕是国战赢了，他不结就不结，对方能把他吃了不成？更何况，席东梁是不相信虚拟世界的，他这种人对虚拟世界有着不同一般的警戒心，在他看来，殷火儿对他表白，就好比动画片里的玩过家家。鉴于这种心理，席东梁很快就把殷火儿抛到了脑后，继续迎战魏国人的入侵。

不过，这回的等待时间有点长。

就连蜀国的指挥都觉得对方可能要放弃了。

而让他们没想到的是，大约十分钟后，魏国人忽然像神人一般，从他们的背后狠狠戳了进来。

【国家】玉L自在：这是怎么回事，他们怎么出现在我们后面了？

【国家】玉L幸福：天啊，这是什么情况？

蜀国人一片震惊，就连席东梁都不禁摸了摸脑袋，难道亿月亿年听到了他的祷告？不会这么神奇吧？

蜀国人与魏国人正面交锋上时，魏国的兵力几乎为零，才一个照面，蜀国人就少了一半，又过了不到五分钟，蜀国人便将魏国人杀了个精光，彻底占领了湖口。

这到底是怎么回事呢？

说起来，还得从艾亿分派十三等五人出发说起。这五人脱离大队伍后，一个人一个方向，愣是将整个国战地图翻了个遍，他们当然没法找到敌人的行踪，因为湖泊是一个独立的地图。

可是就在这五人打算回来的时候，老鼠同志走到了整个国战地图的边缘，他好奇地想要试一试地图边缘的景色会不会更美，于是一个纵跃想要跃上山壁，结果从山壁上滑落，被传送到了另外一个地图。

老鼠同志艺高人胆大，他的装备是魏国第二个十二星套，也是全大区排名前三的，所以他在进入新地图后，更加好奇，便一路斩杀怪物，慢慢地，竟然与之前被艾亿送进湖泊的十余个人相遇了，这时候，老鼠终于确定，他找了湖泊的另外一个入口！

老鼠立刻向艾亿汇报，并派人沿着他前来的方向去迎接艾亿，而他带着剩下的人，慢慢地清理湖里面的怪物，经过几个回转，他们便发现了堵在湖口的蜀国人。

于是，艾亿带着大部队冲进湖后，又毫不停留地带人冲击了蜀国大部队，终于一雪前耻，对魏国人好好地演绎了一回兵从天降的神话。

【帮派】★副帮主★十三月的风：行啊，老鼠，你这回可立了大功了！

【帮派】老鼠啃白菜：立功的是所有人。

老鼠的一句话让众人沉默了一会儿，今天的魏国人，第一次被压制得这么厉害，但让他们都感到自豪的是，没有一个人退缩，哪怕是在一次又一次地送死后，他们仍然坚持了下来。

艾亿没有多说，只是很镇定地提醒大家，这不是终点。

"兄弟们，你们是好样的，不过，大家要明白，我们还没有取得最后的胜利！现在，让我们共同努力，一举拿下最后的胜利！"

　　艾亿的鼓励激起了魏国人的血性，他们没有放弃，她也没有放弃，坚持到这里，更应该坚持到最后。所有人一鼓作气，将一路上的怪物纷纷斩杀，直奔任务地点的BOSS。

　　BOSS是一条黄龙，高大而威猛。

　　它的技能是制冰、法术攻击反射以及迟缓、致盲等。

　　这些信息，艾亿从别人的总结中已经看到过，所以艾亿很快就确定好了方案。法术攻击者围在最外围，迎接即将到来的敌人，物理攻击者进入BOSS的攻击范围，进行全力攻击。

　　原本，蜀国人还以为魏国人会堵在湖门口，等时间一到就飞奔向目的地，这是一般国战的打法。可是让他们意外的是，等他们小心翼翼一步又一步地打探对方的情况时，已经有不少被BOSS击杀的魏国人呼啦啦地从他们身边飞奔而过，直接赶向目的地。

　　最后，蜀国人也冲到了目的地，很快便与魏国的法术攻击者纠缠到一起。无论蜀国人怎么挑衅，魏国的物理攻击者愣是没有一个反击，他们的攻击目标都是那唯一的BOSS，哪怕是被人杀死，他们也只是很快就飞奔向最后的目的地。

　　双方纠缠了有20多分钟，最后，BOSS在蜀国人的眼皮子下，轰然倒下，落下无数的物品，而一瞬间这些物品便落到了魏国人的口袋里。

　　"杀！使劲杀！"蜀国指挥有些气急败坏地吼道。

　　很快，他就得知了一个让他崩溃的消息，他最想要的令牌居然随机进入了一个人的口袋——魏国女王亿月亿年的口袋！

　　哪怕是有梁山伯在场，想要亿月亿年死，那也是不太可能的事。

　　要知道，亿月亿年的微操在整个大区都是出了名的，即使跟梁山伯单挑，亿月亿年因为装备的原因没法打得过，可是群殴，没人能抓得着她的尾巴。

　　蜀国指挥当然知道知己知彼百战不殆的道理，所以他一早就打听过亿月亿年其人。由于这是个女王，又没有打过国战，因此他还是认为自己的这场战斗是有70%的把握的，可是没想到，对方竟然能在自己的严密防范下，找到了目前为止其他国家都没发现的湖泊另一个入口。就算这样，他认为只要把令牌抢到手，他这场国战也不一定输的了——他完全排除了令牌会被亿月亿年得到的这个事实。

虽然蜀国女王很不愿意承认，但在他问到的时候，她还是说了实话。魏国女王以微操出名，以厉害出名，以不达目的不罢休的性子出名。

在他知道令牌被亿月亿年得到的时候，蜀国指挥立刻就知道了这次国战的结果。

蜀国输了！

蜀国输了！魏国人在比赛目的地击掌相庆。这场国战，他们赢的可真艰难啊！要知道，开始他们几乎是被完全压制住了，他们根本没想过还能赢！

蜀国输了！蜀国人面对这样的结果，都默默地回到自己的国家，该干吗干吗去了。他们一直鄙视魏国女王，一直唾弃魏国女王，因为她是那么嚣张——实际上她真没嚣张过，她是那么高高在上——这纯粹是他们的幻觉。可是这场战斗，蜀国人看到了魏国人勃发的生机，以及永不放弃的精神，这是他们的女王带给他们的。反观自己，有什么呢？蜀国人终于想起来，他们的女王，是将他们的前任国王赶走后才做的女王，她的手段阴险，却没有相应的能力打败敌人。

几乎是一瞬间，蜀国人都开始怨恨他们的女王。这是一个不知羞耻的女人，这是一个成事不足败事有余的女人。以前国王在的时候，蜀国人虽然受到魏国的骚扰，但从来没被打压得这么狠过。所以，越美的女人越有毒，这道理真是没错。

至于席东梁此刻的心情，是非常复杂的。他不得不承认，魏国女王亿月亿年是他想要打败的目标，但是当他看到对方展示出来的强大人格魅力后，他开始纠结，还要找她复仇吗？这是一个错误的决定，不是吗？可是如果不找她复仇，他还玩什么游戏呢？

席东梁开始迷茫了，他在复仇和不复仇的纠结中，早已经忘记了还有殷火儿这号人物——国战输了，殷火儿也没来找过他，估计也觉得没面子。

【帮派】素素点点：啊，赢了！哈哈，小亿，我太崇拜你了！

【帮派】恶魔哟：嘿嘿，还是咱们女王大人厉害。

【帮派】允纹：阿姨还是很厉害的。

【帮派】素素老公：真没想到，这个区还卧虎藏龙啊！小亿，我很期待你的跨服战表现啊！

素素老公的一句话，在沸腾的魏国国王帮里，显得异常突兀。在他之后，几乎有一分钟的断层。直到大家都消化了这句话之后，终于有人想起提问。

【帮派】恶魔哟：素素老公，你怎么知道会有跨服战啊？

【帮派】素素老公：嘿嘿。

无论大家怎么问，素素老公总是笑而不答。

直到第二天，也就是星期一，这个游戏的官网发出了一则让众人沸腾的消息：从这个星期开始，每个周末开放跨服通道，周日的时候获得跨服积分最多的大区将获得大量宝物和奖励。

具体的奖励有星石，有钱，有装备，还有马匹，双倍经验等，奖励之丰厚，简直就是这个游戏开放以来之最。

让蜀国和吴国泄气的是，这个跨服战竟然是以大区的名义参加，也就是说，他们两个国家根本沾不到边。不过，如果亿月亿年能带着大家获得胜利，他们自然也是开心的，白得的奖励，谁不想要啊？

【帮派】★帮主★亿月亿年：老子不干了！

谁也不会想到，在看到这个让人振奋的消息后，亿月亿年这个最受瞩目的候选人，竟然在帮派叫着要撂挑子。

【帮派】★副帮主★十三月的风：怎么了？你这是发的什么邪火？

【帮派】★帮主★亿月亿年：没事干吗要安排在周末啊，老子有事啊！

【帮派】老鼠啃白菜：能有什么事？难道是约会？

【帮派】恶魔哟：不会吧？可是你不来的话，我们区就没人了。

【帮派】允纹：阿姨，你别不干啊，你不干了我们怎么办啊，你不能抛弃我们啊！

【帮派】★帮主★亿月亿年：……

面对他们女王的无语，一伙人也很纳闷，她这是怎么了？

【帮派】老鼠啃白菜：不是吧，我说对了？

老鼠，你刚说了什么？

众人回头一看，啥？约会？！

于是，众人沸腾了，他们的女王什么时候有对象了？她居然要去约会！

【帮派】恶魔哟：女王大人，你见色忘义！

【帮派】猴哥我是虎哥：对象是谁？我们认识不？

【帮派】允纹：阿姨都嫁出去了，我居然还单着！

【帮派】MC公子：你男人多大啊，长得帅不帅，有没有钱？

众人的一番追问没能得到他们女王大人的回答，等他们一拉帮派栏，才发现女王竟然早就下线了，只留了一个灰色的头像。

Chapter10 跨服战

下了线的艾亿一边郁闷地在房间里走来走去，一边摩挲着手机。她该怎么跟对方说，她以后都没时间约会了，他们还是就这么打打电话发发短信别见面了吧？

一想到那只握着自己的手，她的脸又烫了起来。她，好像还蛮想他

的。

正在忙碌的席东梁埋头在电脑上工作，他的手机忽然振动了起来。等他忙完再去看，发现竟然是小女友的短信：老头儿，我想你了。

席东梁忍不住咧开嘴笑了起来，他恨不得马上就找到她，告诉她，他也想她。但是他还有工作呢！想着，席东梁幽怨地朝窗外看了一眼，这就是身为上班族的悲哀啊！

因为等他的信息等了很久，艾亿都睡着了，隐约中被手机短信的响铃吵醒，看完短信，心情竟然飞扬起来。"老伴儿，要乖乖的，多吃点，多睡点，天气凉，小心点身体，别感冒了，我也想你。"

他这是有多啰唆啊！

艾亿一边感叹，一边再次上了游戏，仔细阅读了周末的比赛流程。

实际上，跨服战的时间都安排在晚上，因此只要她认真规划，还是能挤出时间跟席东梁约会的。这样一想，艾亿的心情总算是阴转晴、拨开云雾见太阳了。

又这样过了五天，游戏玩家们都在期盼着跨服赛的到来，只有席东梁同志在等待着跟小女友约会，他对什么比赛一点儿兴趣都没有，甚至对游戏也是觉得越来越乏味。

虽然殷火儿没有再厚脸皮地硬要跟他结婚，可也架不住她三番五次地在帮派里幽怨地说自己诸事不顺不想玩游戏了，别人一问，什么事儿不顺啊？一是国战不顺，二是感情不顺。于是，梁山伯同志的好日子是越来越不好过了，谁都知道殷火儿对梁山伯情意深重啊——当然，很多人也知道，这种感情只是建立在梁山伯是个大神的基础上。

席东梁这几日上线较少，工作忙不说，回家后要吃饭洗澡打电话，最多就一个小时的空闲时间。他越来越不喜欢蜀国国王帮里的氛围，于是有两天根本就没上线，宁愿多一个小时出来思念自己的小女友。

一到星期六，席东梁一早就爬起来，把自己打扮妥当，便拎着礼盒出门了。

八点出门，十点半才到艾亿这边。

艾亿接了他的电话后，下来一看，副驾驶位上还放着一个礼盒。

"这个是什么？"她有些好奇地拎起来，不知道该放在哪里。

席东梁微微一笑："给爷爷的，你先拿回去放好，我等你。"

"你给他买东西做什么，不要不要。"艾亿马上就把礼盒扔到座位上，自己掰着车门进也不是退也不是。

"好了，被人看见还以为我欺负你呢！这是给爷爷的，又不是给你的，你做什么主啊？快拿回去，我等你啊！要不是咱俩认识时间不长，我真想现在就去拜访他老人家。"这话说的倒是真的，席东梁就是冲结婚来的。他基本是把艾亿当未来妻子对待的，一想到结婚还要跟对方的家长打交道，席东梁就恨不得现在通通去拜访了。

艾亿不知道对方这种心理，她只觉得他这心思细腻得有些过分了，谁谈恋爱没几天就谈到长辈上去了？好吧，他俩是相亲认识的，俩人都是奔结婚去的，所以认识家长也是应该的。

艾亿这样一想后，咬了咬嘴唇，便说："那先放着吧，晚上回来的时候我再带回来，我爷爷现在正在家，我送回去他要看见了，非得出来跟你见面不可。"

席东梁有点轻微的难受，难道他现在还没有资格跟她的家长见面吗？再想想，俩人交往时间确实不长，虽然天天在打电话，但从确定关系到现在，俩人还是第二次见面。真是个尴尬的事实啊！什么时候俩人才能天天待在一块啊？

直到这时候，席东梁开始认真考虑正式搬入新家的决定，要是搬到新家，艾亿去自己家也方便，这样只要他下了班，就可以跟她见面了。问题就是，他上班来回的路程比较长……开车要两个小时。不过算了，为了未来老婆，他得努力。

要是艾亿知道他现在的想法，那肯定会惊着，他想的还真是长远。他怎么就觉得两人在一起一定能结婚呢？虽然现在两人都在朝结婚的目标前进，但双方来往的实在是太少，再说俩人都是成年人，根本没有那么什么爱情的火花，最多就是好感而已。她自己都还不确定是否能跟他携

手到老，他为什么会有这样的信心？

一路上，席东梁有点儿难受。

这种难受虽然被他极力压抑，但他不知道，他表现出来的样子其实很明显。这主要还是跟他的性格有关，他不善于掩盖自己的情绪，也在人际交往中缺乏一定的圆滑度。

"你怎么了？"艾亿看他的脸色有点儿不好，就好奇地问道。"工作有问题？"

"没有，没事。"席东梁一口否认自己有问题，然后还附送了一个微笑。

但艾亿就是觉得他有问题。"说啊，你不告诉我，我怎么知道你在想什么？"

"真没事。"

"那你不告诉我，我就会乱猜，我会猜，你是不是遇到一个漂亮女孩子，然后跟对方一见钟情，但是又怕跟我说了我会伤心，就一直在想怎么开口。是吧？"艾亿当然知道自己是瞎掰的不是事实，不过她很入戏，说着说着，脸色就沉了下来，做出一副马上就要被抛弃的样子。

席东梁那个着急啊，"你怎么能这么想呢？我真没事啊！"

"你就是有事，你肯定是想跟我说这个事，对不对？"

"我真没有，绝对没有，你别瞎想。"席东梁很郁闷，他哪可能跟别人一见钟情？他明明对她一见钟情，哦，错了，是二见钟情。

艾亿见他还不肯说实话，便继续演戏。艾亿从小跟爷爷混迹，若是说她真没有学到一点儿手段，是艾大师的失职。再说了，她从小的经历也不是白混的啊！起码，她知道怎么对付别人，也知道用什么手段去得到自己想要的结果。

这也是为什么亿月亿年会一直在游戏大区里称霸的原因，她几乎能够猜透别人的心思。这样的人，在别人眼里是相当可怕的。

经过席东梁的几番保证，说自己绝对没有二心，并且还不经意透露出自己"真的就喜欢你一个"的真心话后，他还是被迫交代了自己心情：“你要相信我，我不是那么随便的人，我找女朋友是要结婚过日子的，不会随随便便就喜欢一个人。我刚刚是有点儿心情不好，原因是我听到你说怕爷爷看到我。”

艾亿听了他说的原因后，顿时有点儿哭笑不得。“你觉得我是不想让你见我家长？”

“那是为什么？”席东梁说了之后，本来想说不管艾亿现在是什么态度，自己都会好好努力，以争取获得见家长的资格。可是听艾亿的口气，她根本不是这个意思。

“我爷爷是个很古怪的老头，我怕你招架不住，不是你想的那样。”艾亿说着，又赧然起来，她这么说，意思不就是说，她其实是怕他被爷爷欺负吗？自己这还没嫁呢，居然胳膊肘就往外拐了。

“没事，没事，我不怕的。”听懂了艾亿的意思，席东梁愣了一会儿，满脸得意，竟然词不达意地胡说一通。

艾亿听了，狠狠瞪他一眼，什么叫他不怕？爷爷又不是老虎又不会吃人，他怕什么啊？

女人啊！真是矛盾。刚刚不是你自己说怕爷爷欺负人家吗，现在人家说不怕，你又觉得对方嫌弃你爷爷了？

席东梁也觉得自己说错了话，但又不知道该怎么表达自己的心思，便只好闷闷地开车。

俩人一路沉默地到了他家，直到说吃饭的时候，俩人才算聊起来。

一天的时间很快过去了，到晚上六点的时候，艾亿提出要回家：“晚上我还有点儿事，该走了。”

“这么快啊！”席东梁看看天色，确实已经不早了，但是他怎么觉得这时间被偷走了一样，过的那么快？

“嗯，送我回去吧！晚上再联系。”

说着，艾亿便起身了。席东梁没办法，也只好起身。俩人一同进了电梯，正好电梯里有俩工人拎着不少东西，铁桶、刷子、梯子等等。

席东梁把艾亿保护在角落里，生怕她被磕着碰着，没想到出电梯的

时候，艾亿却正好碰上还没来得及搬出去的梯子，虽然是铝制品，但不小心碰到了脚踝，还真是有点儿疼。

"唉，没事吧？"席东梁一边扶着艾亿，一边心疼地问道。

"对啊，没事吧？对不起，对不起啊。"其中有个工人不停地道歉。

艾亿只好摆摆手，没说话就跟着席东梁出了大楼。"没什么事，只是碰了一下。"

"太不小心了，我去买点药。"说着，席东梁就张望着哪里有药店。

小区里他也不熟，他想了想小区外面，貌似哪里有一家药店来着？

"行了，我没什么事，过一会儿就好。"艾亿扯着他的袖子，不让他离开。这家伙说风就是雨，碰一下算什么，小题大做。

席东梁无奈地继续扶着她："真没事？"

"没事。"

见艾亿说得那么肯定，席东梁也只好相信。两人上了车，回到以往他送艾亿的目的地，看了看她："我送你进去吧？"

艾亿摇摇头："不用。"

"你脚刚受伤，我得送你进去。"席东梁这回可怎么都不干了，他都够担心了，她又不让送又不让买药，这不是彻底让他不安心吗？

艾亿见他少有的强势态度，哭笑不得的同时也有点淡淡的感动，至少有一个人对你的身体很关心，这表示自己做人还不算很失败。"那行，送到我家门口，你就不用下车了。"

"嗯，好。"

席东梁按照她的指示，把她送到了她家门口。

艾亿跟爷爷住的老房子，是那种20世纪七八十年代的小院，独门独户，看起来荒凉，实际上以现在寸土寸金的市场价，这栋房子价值也有300万以上，至少，人家占的地儿大啊。

看艾亿愣是不让自己送进门，席东梁只能眼巴巴地看着小女友拎着礼盒一瘸一拐地进入小院，直到看不到人影子了，席东梁才倒车离开。

而在家门口，艾亿就被爷爷拦住了："你这是怎么了？"

"出电梯的时候被碰了下。"艾亿简单回了一句，顺便把礼盒塞进爷爷怀里，"我男朋友送的。"

"唉唉，啥啊？我还有礼物了？刚刚这个就是你男朋友？"爷爷好奇地看了看手里的盒子，好像是一盒蛋糕？蛋糕不重要，男朋友才重要。"真成了？什么时候带回来给我看看？"

艾亿本来正在往里走，听了爷爷的话，不由得停下来翻白眼："有什么好看的，不就一张嘴巴两只眼睛？再说了，结婚的事还在后头，谁知道能不能成。"

"不是这样说，我帮你看看人长得什么样啊！"

"你是觉得我看人不准啊？"

"这倒没有。"艾爷爷停下来想了想，艾亿的能力他了解，所以这看人一事，绝对没有问题，可他好奇啊！艾亿有了男朋友，他居然没见过，这当然不能算个事。"反正，我要看看。"

"行行，有空让他过来给你看看。"艾亿敷衍地打了个哈欠，晚上还有事情做呢，不能跟爷爷这么磨蹭了。

"啊，不对。"爷爷本来很满意地点头，正要放过艾亿，可他突然想起一件事，惊叫起来，"臭丫头，你得准备准备，你爸妈要回来了，他们也要见见你男朋友。"

"什么？"艾亿被吓得困意全无，哈欠打了一半，手还伸在半空中。

这不能怪她惊讶，就连爷爷也是极其惊讶的。艾亿与爷爷相依为命已经二十余年，对于父母，她似乎早就忘记了。有时候她甚至想，自己的父母是不是早就双亡，爷爷只是怕自己伤心才告诉自己父母去了很远很远的地方。要知道，电视里大人欺骗孤儿的话常常就是：你爸爸或妈妈去了很远很远的地方……这跟爷爷的话简直就是如出一辙啊！

这会儿，爷爷说，她爸妈要回来了？不是吧？她真的有爸妈？

"他们为什么回来？"

"路过，待不了多久就走。"爷爷淡淡地吐出一句话。

艾亿抽了抽嘴角，原来不是特地回来看她和爷爷的，只是路过而已。"他们到底在做什么？怎么搞的跟FBI似的，还神出鬼没呢？"

"我说他俩是大英雄，跟超人一样的，你信不信？"艾爷爷忽然玩心大起，开起这样的玩笑来。

艾亿很无奈地说道："是是，他们是超人，我信。"

"傻丫头。"爷爷很无趣，她现在都不受他骗了，真没劲。小时候的艾亿多可爱啊，他说什么她就信什么，哪怕他说天上的星星是他放上去的，艾亿都会说"哇，爷爷好棒啊"！

"去去去，玩你的游戏去，我睡觉去了。"

"……"艾亿翻了个白眼，对爷爷的这种以蒙骗自己为乐的恶趣味很是无奈。

艾亿父母即将要回家的消息，让艾亿有些忐忑。她虽然淡漠，可多年未见自己的父母，多少有些期盼。而且可以跟父母说话，这也是艾亿小时候的一个美好愿望。现在她长大了，愿望成了过去，但并不影响她渴望见到父母跟父母沟通的心情。

晚七点，跨服战正式开始。

跨服战并不是所有人都可以参与的，参赛人员是大区指挥确认的，官方的说法是，装备排行榜和等级排行榜的前1000名都可以参加，但最多只允许1000人。

本区的排行榜上，魏国的人数最多，不过也不能一手遮天，蜀国和吴国的人数占了三成，这让蜀国和吴国的那些所在排行榜上的玩家都翘首以待，想知道亿月亿年会不会带他们去玩第一场跨服战。

让吴国人高兴的是，头一天晚上，魏国太师十三月的风就已经跟吴国的国王下了通知，给了他一份吴国的参赛名单。

让蜀国人不高兴的是，蜀国女王至今没有收到这份参赛名单。也就是说，离跨服战越来越近的时间里，蜀国人根本不知道自己国家有没有人员能够进入跨服战。

席东梁同志是不知道这些弯弯绕绕的，他每天上游戏就是做做任务，看别人聊聊天，偶尔发个呆。今天的跨服战他是知道的，他虽然好奇，但还没有想到要去一探究竟。只是临到跨服战倒计时的准备时间，他的电脑屏幕上弹出了一个选择按钮：恭喜你获得跨服战的比赛资格，现在是否进行传送？

席东梁眨眨眼，他当然不知道这个比赛资格有什么用，可他很想去看看跨服战到底是怎么玩的，再加上他本身老好人的性格，极少对别人说拒绝，因此他点了确定。

确定的瞬间，画面被铺开，屏幕上的小人很快被传送到一个NPC面前。与此同时，他听到一个女声："已经传送到NPC面前的，迅速与NPC对话，进入主战场，进入前先检查好自己的包裹和装备，务必修理好装备，准备好药品。"这声音有点耳熟。蛮像自己小女友的声音嘛！席东梁想起自己的小女友，微微一笑，他无法想象出自己仙风道骨的小女友趴在电脑前面整天冲啊杀啊的场景。

席东梁先入为主就觉得艾亿根本不会玩游戏，所以只当是这亿月亿年与自己的小女友声音很像而已。这世上，声音像的人多了去了，不是吗？

他看了看自己的包裹和装备，补充了一些红和蓝后，便进入了主战场。

跨服战的主战场是独立的地图，这块地图有些阴霾，阴暗的天空，灰白色的树木，看起来相当沉重。与此同时，地图上的音乐也改换成了低沉的战鼓声。

"进入主战场的兄弟，各自组队，五人组满。魏国和吴国兄弟都尽量组自己国家的兄弟，梁山伯进十三的组。都明白没有？"

一片片的"1"字在附近频道疯狂刷新，席东梁知道，这是代表知道的意思。但他很纳闷，为什么要单独提到自己？进十三的组？十三是谁？哦，对了，是亿月亿年的情人，十三月的风，可自己去哪里找十三

呢？

就在席东梁彷徨的时候，一个组队信息出现在了他的面前：十三月的风邀请你进入他的队伍。

席东梁不假思索地点了确定。

队伍里静悄悄的，只有五个人，一个十三月的风，一个老鼠啃白菜，一个恶魔哟，一个猴我是虎哥，一个亿月亿年。

与此同时，在魏国的帮派频道上，大伙正在讨论一个问题，一个有关他们女王八卦的问题。

【帮派】恶魔哟：我觉得咱们女王是真跟这家伙有情况啊！

【帮派】老鼠啃白菜：我也觉得，蜀国一个人都没来，就他一个人来了。

【帮派】★副帮主★十三月的风：那是因为小亿妹子只带了他一个。

【帮派】MC桃姬：不是吧？蜀国就十五星套一个人？

【帮派】恶魔哟：太狠了，女王大人对蜀国是有多恨啊！

【帮派】老鼠啃白菜：整整一个国家，她就叫了一个人，这不是说明更有问题？

众人哑口无言，也对，蜀国除了梁山伯一个人，其他人都没叫，这不更说明了他们的女王大人对十五星套青睐有加吗？

艾亿瞟了一眼帮派频道，淡淡地说了一句。

【帮派】★帮主★亿月亿年：你们要是有十五星套，我就不必叫他了。

众人缩了缩脖子。

十五星套哪里是那么好弄的，他们女王大人和老鼠的两套十二星套，都是出自十三之手。用十三的话说，这两套十二星套，把他这辈子的狗屎运都用光了，想要十五星套？做梦去吧！

由此可见，十五星套确实是至高无上的。

所以在跨服战里，这十五星套即使不出手，光站在那里，都能给敌人狠狠的一击。没办法，心理压力大啊！

否则，艾亿同志也不会叫上他啊，要知道，这个梁山伯同志可是厌恶自己许久了呢！

半个小时的集结时间过后，人员全部到齐。一共1000人，魏国将近700人，吴国300人。都是精挑细选的良将，也是素质比较好的玩家，他们都是老玩家了，沉着冷静自不必说，服从命令也是相当可靠的。

"我给大家简略地说明一下比赛规则。大家打开地图，可以看见东、西两个阵营，我们在西边，阵营往下，各有三座矿山。我们的任务之一是将矿山的矿石采回来，修补阵营的主炮和防炮；任务之二是占领对方的矿山，令对方无法修补炮台；任务三，也是最重要的任务，是攻打对方的炮台，直到对方主炮被歼灭，我们就算胜利。大家听明白了没有？"

所有人打"1"。

艾亿说得简单，只有三个任务，实际上可分配的任务可不只这些。第一，对方也会占领矿山，因此还要防守已经占领的矿山；第二，占领对方的矿山后，对方仍可抢回去，所以要派人驻守；第三，攻打对方炮台的同时，对方也会攻打己方的炮台，也要进行防守。

"从现在起，我将进行全方面的调度，不存在偏心问题，请各国兄弟们尽力配合，以大局为重。"艾亿这话是说给吴国人听的，魏国人不可能不听她的指挥，蜀国人只有一个梁山伯，听不听都对大局没有影响，但是吴国人毕竟占了三成，因此先打个预防针是有必要的。

"首先，吴国九星套以下的兄弟，立刻前往一号矿山，进行开采和维护。"

吴国人第一个被点名，进行跑腿的任务，他们的装备不好，被派去采矿他们也没有怨言，很快就乖乖去了。

"然后，魏国九星套以下的兄弟，立刻前往二号、三号矿山，进行开采和维护。一号矿山负责人黑狼，二号矿山负责人桃姬，三号矿山负责人允纹。负责人负责勘察矿山情况，所有采矿兄弟一旦发现敌人入侵，立刻上报。主炮台是重点中的重点，大家最先修复主炮台，随后修

复防炮。都明白了没有？"

　　根据艾亿的命令，阵营处等待指挥的人员一下子散去了一大半，剩下的便是精英中的精英了。

　　"现在，剩下的所有兄弟，跟我去抢矿山！"

　　艾亿没有把任务变得更复杂，也没有把人员分散得太厉害。她的想法是，采矿的也可以杀人，后方防御交给采矿人，前方冲锋交给前锋，这样的安排既简单又具有灵活性，随时可以更改。

　　跨服战让人最无法把握的是，跨服战没办法间谍。平日大区打个征战做个任务，那都是要放间谍的，知己知彼百战不殆的战略被众指挥发挥得淋漓尽致。而跨服战的随机性让指挥们都愁眉不展，无法得知对方指挥的命令，无法窥得先机，就得落后。这个时候，对指挥者的要求也就更高，要求指挥者能从对方的动向中推测出对方的目的，也要求指挥者能在各种情况下灵活机动地调整自己部队的部署。

　　艾亿一边想着各种可能发生的情况，一边带着众人朝东边跑去，三座矿山中，一号矿山矿藏量最为丰富，二号矿山其次，最差的是三号矿山，也离敌方的阵营最远。为了不打草惊蛇，艾亿首先盯住了三号矿山。按照常理，人们都不会舍近求远。

　　一伙人冲进三号矿山，艾亿一眼就瞧见了站在矿山里面的两个红名，她咬了一下牙。看来，对方指挥也不是无能之辈，懂得要在偏僻的地方放上眼线。自己遇到对手了，艾亿想着，下达了命令："杀！"

　　红名被杀后，大家要攻打被对方攻打下来的NPC。每座矿山都有一个，谁打死它，谁就获得了矿山的采矿权，然后得到一个己方守卫NPC和一队巡逻NPC。

　　守卫身材高大，武力值相当高，比矿山的原始NPC要强很多，而巡逻NPC最让人烦闷，他们各个伤害值极高，只是血皮稍微薄点，但让人郁闷的是，守卫NPC不死，巡逻NPC就无限刷新，当然，刷新时间是有间隔的，但不长，只有五秒。

　　既然来了，那肯定就要打，哪怕对方很快就要攻击。艾亿一边沉稳地敦促众人打下守卫NPC，一边询问矿山和炮台修复情况，好在己方阵营没有什么意外情况发生，艾亿便放心地与众人打起守卫来。

【帮派】玉L幸福：这个女人太过分了，吴国都去了，居然没叫我们！

【帮派】玉L自在：是啊，太过分了，摆明着就是不把我们当人看。

【帮派】书本：谁让她有这个权力呢！

【帮派】★帮主★殷火儿：哼，有什么了不起，这次他们得的奖励，我照原样给你们一人一份，别以为就她厉害。

【帮派】玉L自在：真的？太好了，还是咱们女王最厉害了。

【帮派】玉L幸福：火儿姐姐真厉害。

【帮派】虞姬：嘿嘿，我也要，我也要。对了，我怎么看到梁山伯在跨服战地图里啊？

蜀国国王帮成员被提醒后都纷纷去看帮派信息。帮派的成员信息里面，会显示帮派成员的昵称、等级、战斗力、帮贡以及所在地图。就连好友，都是无法显示对象的所在地图的，所以从这个角度来说，这个游戏鼓励的是群体作战，而不是个人。

蜀国国王帮的人看到梁山伯的信息上写着：跨服战地图。由此，各种心思的人都有，有愤慨的，全蜀国上下都没人去，就你一个人去了，你这不是抛弃大伙吗？有嫉妒的，那魏国女王对蜀国恨之入骨，却仍然叫了他梁山伯，还不是看在他是十五星套的面子上，自己要是有十五星套，那该有多好。有看好戏的，蜀国女王对梁山伯一往情深，又偏偏数次在魏国女王手上吃亏，而这会儿梁山伯竟然跑去跟魏国女王混了，这蜀国女王不得气得跳脚？

网游世界里，强者为尊，就算这殷火儿有钱，有容貌，可屡次在魏国女王手里讨不到好，令蜀国人大失面子，也让很多蜀国人对殷火儿失去了信心，并且对她非常不满。于是，想要看蜀国女王笑话的人也大有人在。

正是因为如此，殷火儿对梁山伯就更不满了，心想，"有了我对你的青睐还不够，还想博得魏国女王的好感。你这样是吃着碗里的看着锅里的，也不是个好东西！"

【私聊】殷火儿：你在干吗？

席东梁看到这条信息的时候，正跟亿月亿年带领的小部队冲往西方的二号矿山，让众人疑惑的是，这路竟然如此安静，没有任何哨所。席东梁虽然不懂指挥，但他也敏感地觉得不该如此，可是让他真说出个所以然来，他又没那本事，所以他便在队伍里一声不吭，认真执行命令。

殷火儿经常找席东梁去做任务，每次开头都会习惯性地问他有没有空。这回，席东梁也以为她是要邀自己去做任务，便回了一句"在忙"。

【私聊】殷火儿：在忙什么？

席东梁皱眉，他知道殷火儿曾多次明里暗里挑明对自己有意思，可那是虚拟的东西，他从不曾放在心上，此时殷火儿的问话已经超越了一般朋友的范畴，这让他感觉不太舒服。不过席东梁从来就不是个尖刻的人。

【私聊】梁山伯：有什么事？

席东梁的平和并没有让殷火儿觉得好过，他三番五次的语焉不详，让殷火儿火冒三丈。你一声不吭跑去跟别人打跨服战，你可有把我放在心上，你让我的面子往哪里搁？

【私聊】殷火儿：你在跨服战？

【私聊】梁山伯：是的。

见他居然没有半分悔改的意思，殷火儿更是气恼，她已经顾不得平日里对他的讨好，说话也尖酸刻薄起来。

【私聊】殷火儿：全国上下就你一个人去参加她的跨服战，你是不是觉得很荣幸？我真是看错你了，没想到你居然是一个背信弃义的小人！

席东梁很无辜，参加跨服战就是背信弃义？

瞪着这句话看了两秒，席东梁就被指挥频道的女声打断了。

"速度回防，速度回防。死亡10次后会被传送出战场，对方现在是想消耗我们的兵力，所有三星套停止挖矿，立刻回到炮台处集合，不要做无谓的牺牲。"

席东梁立刻跟随大部队往回跑，他终于明白敌方的二号矿山为什么会静悄悄的没有一个人了，原来对方竟然已经摸到了自家后院。

为什么对方会选择击杀弱势玩家，而放弃本该属于他们的矿山，席东梁有些想不透。不过他不是指挥，也不需要他来考虑这样的问题，于是他一边跑一边查看了一下自己的包裹，还好，至少血蓝在半小时内都很充足，暂时不需要补给。

而他已经完全忽略了在私聊频道还有个人在喋喋不休地指责他、咒骂他。

【私聊】殷火儿：赶紧出来，听到没，赶紧给我出来，梁山伯我不是在求你，而是在命令你，以蜀国女王的身份命令你。不要以为我说过喜欢你，你就可以这么为所欲为，把我的自尊踩在脚下。

要是席东梁看了，肯定会很纳闷，他怎么就为所欲为踩了她的自尊了？但是他没看见留言，所以蜀国女王也就没有得到任何消息。

【私聊】殷火儿：梁山伯，你是非要跟那个女人在一起是不？你就这么喜欢捧着别人的臭脚不放？我真是看错你了！告诉你，如果你在10分钟内没有出来，你就滚去魏国吧，去舔别人的臭脚去吧！

蜀国女王的气急败坏没有得到任何回应，她在不停地咒骂十分钟后，终于清醒地认识到，这个男人不在她的掌控范围内，她也无法指使他做任何事情。这样的现状让一向高高在上的蜀国女王有种不可遏制的怒火，她终于忍无可忍，将梁山伯从帮派踢了出去，并且发出了声明。

【喇叭】*蜀国*女王 殷火儿：梁山伯是魏国内奸，我被他骗得很惨，请大家小心骗子。

魏国和吴国的大部分玩家都在跨服战，而跨服战是独立地图，自然看不到这样的喇叭，剩下那些不明真相的玩家则在私下交流。

"这梁山伯是谁啊？""这你都不知道，全服第一个十五星套啊！""啊，他居然是内奸？""是啊，是啊，没想到他居然是内奸。"……

而蜀国玩家们则更加气愤，原本以为这首屈一指的十五星套是他们国家的救星，可没想到居然是魏国的内奸。最烦内奸了！

而很大一部分人则对女王被骗一事很好奇，于是就有胆大的人问："那个梁山伯怎么把你骗惨了？"

殷火儿便脱口而出。

【喇叭】★蜀国★女王 殷火儿：我一个女生，能被他骗什么？要不是我太气愤了，真是不想说这么丢人的事，求大家还我一个公道，我实在是被气得不行了。要钱要东西都行，我不在乎，干吗还要骗人感情？骗子！不得好死！

这话一出，很多人觉得，这梁山伯不是个东西啊！居然骗钱骗色？敢情他那十五星套都是骗来的啊！

只是，很多人都忘了，在梁山伯出现的那一天，他就已经是十五星套了，而那时候，梁山伯根本就不认识殷火儿。

知道真相的人不多，就算知道真相，他们也被蒙蔽了双眼。蜀国女王是个美女，而且是个白富美，她有长相、有身材、有才气、有能力，还有钱，她这样的美女是应该被宠的，而不是被欺骗的。所以一时间，全区上下都在议论纷纷，他们将自己的想象和刻薄加进了对席东梁的指责中。

Chapter11 十五星套的消失

　　而在某个房间内，一男一女正在津津有味地啃着西瓜，对着两台电脑屏幕看热闹。

　　"老公，现在什么情况啊？我们会不会赢啊？"女孩将长长的头发盘起，露出细长的脖颈。她啃着嘴里的西瓜，顾不得嘴边流下的淡红色西瓜汁，斜着身子凑到男人的身前。

　　男人长长的头发被一根橡皮筋束起，原本应该是风流倜傥的面容，此刻正贪婪地啃着手里的西瓜。

　　这两个人正是艾亿和席东梁共同的好友——素素点点和曹赛宝。

　　曹赛宝啃完半边西瓜后，朝屏幕瞄了一眼。若是艾亿看到他的屏幕显示，必然会惊讶，他明明不是参赛人员，怎么会有整个赛场的记录？

　　然而，曹赛宝是谁？说他是游戏的创始人也不为过，他想要看个跨服赛比赛过程，难道还有难度不成？只是这小子原本应当是在公司看的，可是周末了，正好要回来陪陪亲爱的小老婆，便把电脑打开，一边看比赛一边跟老婆交流感情。

　　"逐鹿大区的指挥不简单啊！想赢他没那么简单。"

　　素素点点睁大眼睛咽下一口西瓜，有点着急地看着老公："那是不是咱们会输？"

　　曹赛宝被老婆的小眼神一勾，大手忍不住就捏了一下她的鼻头："小笨蛋，你家女王是什么人你还不清楚？她有那么差劲吗？"

　　"那是，咱家小亿最厉害了。老公，你的意思是咱们会赢啊？"

　　曹赛宝虽然还想卖卖关子，但是考虑到自家老婆的糊涂秉性，要是绕到最后把她绕不出来了，她恼羞成怒了，不还是自己吃亏么？于是曹赛宝也就熄了逗逗她的心思，指着屏幕道："你看，这逐鹿大区的指挥原来是想要杀掉咱们大区比较差的人，减少我们的战斗力。因为光有装备好的人是不行的，人数一多，也会占上风。"

"原来是这样，那小亿看出来了没啊？"素素点点眨巴眨巴眼睛，继续问道。

"早就看出来了，她把所有三星套集合在一起，然后用九星套保护，其他人员集体冲上逐鹿大区的炮台，对方的炮台不是还没建成吗，威力不大，根本阻挡不住他们。等他们把对方杀个落花流水之后，就堵着复活点不让人出门了，不过对方也不差，人家杀不了人，跑去把咱们的一号、二号、三号矿山全给抢了，双方现在正僵着呢。"

听完，素素点点苦着脸郁闷了："这么说起来，我们这边还是输了一截啊！"

"他们采不了矿，我们也采不了，只能说暂时平局，哪里输了？"

素素点点撇了撇嘴，向他屏幕看了一眼，便慢吞吞将视线放回到自己的电脑上。"算了，小亿肯定会有办法的，我还是看看热闹吧。"

"有啥热闹？"曹赛宝啃了一口西瓜，也探过头来看素素点点的屏幕。屏幕上只有个小人穿着新手装在新手村呆呆地站着，周围人很少，自己老婆开着小号到别的国家去玩，这有什么热闹可以看的？曹赛宝正欲转回自己的地盘，突然瞥见一个关键词：十五星套。

"蜀国闹起来了，那个女的说被人骗财骗色了，哈哈，活该。"素素点点可是知道殷火儿傲慢对待艾亿的事情，所以她对殷火儿的印象差到了极点。

"被谁？"曹赛宝怔愣一下，反射性地问道。

"十五星套啊！"素素点点不经意地回答，又啃起西瓜来。

两个不擅长做饭的人，为了填饱可怜的肚子，就只有啃西瓜了，想来沦落到用西瓜填饱肚子的新婚夫妇，也只有这一对国宝了。

曹赛宝突然茅塞顿开，十五星套这么厉害的装备，不可能会被埋没啊，而向来游戏里的强强世界，圈子都是很小的，也就是说……亿月亿年跟梁山伯……极有可能是认识的……

"我说，老婆，你认识这个十五星套？"

"不认识，不过小亿跟他打过交道。"

果然，曹赛宝很好奇啊，他们俩知道对方的身份吗？"怎么认识的？"

"好像这个家伙跟小亿有仇，有段时间老是用喇叭喊着找小亿的坐标要杀小亿，不过每次都被小亿耍了，后来俩人莫名其妙相爱相杀了。"

好家伙！自己老婆果然是目光如炬啊！这样的情况都知道是相爱相杀。曹赛宝联想到席东梁那个时候说要报仇的事，马上就把事情猜了个八九不离十。肯定是席东梁被艾亿杀了之后，去找艾亿报仇，但艾亿也不是吃素的啊，于是他去一次，她打一次，搞到最后，席东梁就被折服了呗！

"嘿嘿，老婆，你知道这个十五星套是谁不？"曹赛宝猜了一下过程，然后贱兮兮地冲素素点点笑着问道。

素素点点一愣："我怎么会知道这十五星套是谁……"说到一半，素素点点被曹赛宝的表情给吓得说不出话来。难道真是自己认识的？

"嘿嘿！这个十五星套是我打出来的啊！"

"是你？！"素素点点大叫一声，正要批判他，忽然想到，不可能啊，如果自己老公是这个十五星套，那为什么老公现在没上号，还会被蜀国那个女人咒骂呢？突然，素素点点懂了，能指使自己老公的，就只有一个人啊！那个人……"不是吧？"素素点点喃喃地说道。

可是她明明看到了老公在点头。

"真的是东哥？"

曹赛宝继续点头。

"啊……"素素点点尖叫一声，立刻爬起来冲自己的手机奔去，不行不行，她得立刻跟小亿说这个消息。

曹赛宝连忙把她抱住："干吗啊？"

"打电话啊！小亿肯定不知道呢！"

"你傻啊，人家现在在跨服战呢！"曹赛宝服了自家小娘子顾前不顾后的秉性。

素素点点这才安静下来，对哦，小亿还在做指挥呢，要是指挥失误了，可不是小事。"那，那这么办？等他们打完我再告诉她？"

"嗯，也行。"

俩人正说着，突然一阵音乐声响起。俩人面面相觑，谁会打来电话呢？

"老婆，你电话。"

素素点点挠了挠脸，好奇地拿起手机，接听后立马脸色就变了。

曹赛宝预感到事情有点不妙，等她挂了电话，连忙跑过去问道："怎么了，怎么了？"

"我爸进了重症监护室。"素素点点双眼呆滞地回道，整个人木木的。

曹赛宝一听，妈呀！怎么会这样，于是，赶紧拉着素素点点收拾收拾东西，拎着车钥匙就出了门，再也没来得及看一眼两台还未关闭的电脑。

【私聊】亿月亿年：你现在跟我走。

被赛场外批判得体无完肤的席东梁同志，正混在人群中间不停地击杀着敌方人员。就在他一招杀了一个小角色后，忽然发现自己的聊天框里挂着这么一句话。席东梁反射性地发了个问号过去。

【私聊】亿月亿年：过来，跟我去杀一个人。

【私聊】梁山伯：谁？

【私聊】亿月亿年：一个十二星套，叫火舞天下。

席东梁眨巴眨巴眼睛，很疑惑，为什么她要私聊自己？她说的"跟她去杀一个人"，意思是只有他俩？席东梁百思不得其解，不过，他还是没有任何异议地跟着去了。谁让她是指挥呢，虽然他对亿年亿月的感觉很复杂，曾经讨厌过，曾经感激过，曾经痛恨过，曾经佩服过，但公私分明，他懂的。

亿月亿年的身影在他前方穿梭，她走的路很偏僻，几乎是沿着小道的边缘。看到远远有敌人，她会暂时躲起来，并不是像往常那样勇猛地追杀过去，把人追得四处逃窜。

【私聊】亿月亿年：跟上。

席东梁没有说话，他一步一个脚印地跟在她后面。亿年亿月怎么做，他就怎么做，他相信亿年亿月这么做是有她的道理，就像曾经她会不厌其烦地面对自己的追杀，却一次又一次地将自己击败在脚下。

两人一路跑一路躲，终于到达了己方阵营的三号矿山。这个时候，对方正大规模集合，准备来一次总攻，直接把还在他们阵营的敌人给灭掉。

【私聊】亿月亿年：看准了杀，我们的机会不多，如果死了，就回去等我。

席东梁皱着眉头，在密密麻麻的人群里找出一个人来，这难度绝对不是一般的大。

【私聊】梁山伯：找不到人。

【私聊】亿月亿年：慢慢找，只杀这一个，而且要锁定杀。

这次的比赛系统判定，参赛人员一旦被杀超过三次，就会被强制传送出比赛地图。

这个规定，原本是为了杜绝比赛双方光挖矿不杀人而设置的，可是真的到了比赛的时候，这样的条例却显得有些鸡肋，玩游戏不就是为了杀人吗？不杀人谁来比赛啊？于是参赛的人员杀得难解难分，结果这个条例却让装备不好的人员被迫退居二线，他们死了会被强制传送啊！他们被强制传送了就没人挖矿了啊！指挥人员只好重视并且保护好自己的民众。

可是，让官方更没有想到的是，因为这个规定，指挥员便钻了空子。比如说之前逐鹿大区的指挥不采矿直接围堵杀人的举动，就是为了削减亿月亿年这一方的兵力。再比如说，亿月亿年现在的举动……

【私聊】亿月亿年：在那儿，骑红马的那个，正在两个锤子中间的那个。

席东梁仔细看去，一个并不起眼的男法师，骑着红马正在两个锤子中间移动。

【私聊】亿月亿年：就他，杀！

说着，席东梁便看见屏幕上的那个女大锤嗖的一下钻进敌人的包围圈……

席东梁忽然觉得有些不可思议，指挥同志，你可别被秒杀了啊！当然，这个时候他还不知道指挥官被杀是什么概念。

在亿月亿年迅速地飞奔过去时，席东梁也迅速地跟了过去，他又不笨，被她训练了那么多次，好歹也算个技术合格的玩家了，再也不是当初的小菜鸟。

紧接着，他亲眼看到亿月亿年的身影在红名中渐渐消失。她被东了！

而后，席东梁按下快捷键，锁定对方，将对方还剩半管的血条给干掉。等对方站起来，他又挥舞着手里的法杖，将技能砸过去。与此同时，梁山伯的血条在急剧下降，而那个叫火舞天下的血条也在急剧下降。

眼看着自己的血快要扛不住了，席东梁咬了咬牙，忽然看到快捷键最边上的一个技能——残影。这个技能就是将自己快速移动到指定地点，并且有几率引起范围冰攻。

席东梁没有多想，便按了快捷键。

屏幕上的梁山伯立刻划出一道残影，画面嗖的一转，屏幕落下几道冰锥，然后，屏幕黑了……

席东梁有些沮丧，他死了。

按下复活后，席东梁又加入了击杀队伍，想了想，他给亿月亿年发了个信息。

【私聊】梁山伯：我回来了。

【私聊】亿月亿年：我杀了他一次，你杀了他几次？

【私聊】梁山伯：不知道第二次有没有杀到。

【私聊】亿月亿年：……

对方很无语，席东梁惭愧地挠了挠脸，他觉得自己有负她的重托。正待要再说点什么来表达自己的歉意，他耳朵里却出现了一个很平和的声音。

"告诉大家一个好消息，刚刚我们的十五星套单枪匹马将敌人的指挥官给杀出比赛了！现在，所有人动起来！他们没有了指挥官，就是一盘散沙！我们很快就能赢得这场战斗了！"

女声铿锵有力，说出的话就像雨后甘霖。

对方的指挥官都没了啊！不会吧！这么惨！那我们不是赢定了吗！

席东梁先是一愣，紧接着傻笑起来，原来他杀的竟是对方的指挥官！她是怎么知道对方的指挥官叫什么名字的？她又怎么知道对方的指挥官是被杀了？她明明也参与了刺杀，为什么将功劳都给了他？

众多的问题让席东梁很是迷惑，不过却干劲十足，正待他摩拳擦掌要大展拳脚的时候，对话框又来了一条让他无语的消息。

【私聊】亿月亿年：这回我不能去了，你带着老鼠沿原路过去，务必再杀他一次。

那指挥官没死啊！

席东梁满腔的火焰被这一句话全给浇灭了，她居然说谎！

【私聊】梁山伯：你不是说他死了？

【私聊】亿月亿年：你们再杀一次就死了，我们这边军心不稳，先给他们打下气。

席东梁只好又往记忆中的方向走，不一会儿，老鼠联络到他，快速地跟了过来。

俩人一路躲一路跑，在不到两分钟的时间内就撞上了对方的大部队。

【私聊】梁山伯：叫火舞天下，不好找。

【私聊】老鼠啃白菜：小亿说他周围有两个保镖锤子，很显眼的。

席东梁想起之前看到的两个锤子，便回答是。然后在人群中不断搜寻火舞天下，就在他以为自己已经错过的时候，忽然瞥到两个似曾相识的锤子。

【私聊】梁山伯：看到了，左上角，他改骑了黑色马。

怪不得自己找不着，原来没骑红色的了。

【私聊】老鼠啃白菜：黑色马可以加速度，这家伙如果看到形势不对就会溜走，这样吧，我们一前一后冲过去包抄。

如果两人在一个方向，火舞天下只需要朝另一个方向跑，就能跑出他们的攻击范围。一旦出了攻击范围，他俩就得停止攻击被迫跟随对方，没有攻击性的敌人，简直就是白白送死。

这也是为什么梁山伯明明是远程攻击，却一定要冲进敌人圈才能杀死对方的原因。

席东梁应了后，老鼠便绕到他前面去，俩人估算了一下位置，同时发起了攻击。

因为是偷袭，所以对方很难做出全面的防御，让席东梁没想到的是，这次的偷袭比上次要成功，俩人的前后夹攻让对方失去了逃跑的机会，不到十秒便躺在了地上——十二星套和十五星套的联合攻击，其威力不是一般的大。

杀死对方后，俩人没有来得及撤出，便倒在了地上。对方上千人，能让他俩得逞，已经很不错了。

【私聊】亿月亿年：很好，谢谢你了。接下来保护好自己，不能再死了，不然就会被踢出比赛了。

可能是老鼠作了汇报，还没等席东梁主动提起，对方就发了信息过来。看到这话，席东梁沉默了，原来死三次就会被踢出比赛，她也不早点说，要是自己之前死过一次呢？她是不是本来就想让自己去当炮灰啊？想着想着，席东梁的脸色越发不好看，可是再想想，她是卖钱的小号，她对自己其实很好的，应该是自己误会她了。然后，席东梁就释然了。

【私聊】梁山伯：好的，不过你是怎么知道他就是指挥的？

【私聊】亿月亿年：找人问的。

席东梁一片茫然。

他当然不知道，比赛里面的参赛人员是可以互相联系的。艾亿随便找个敌人，装作自己是他们的人，然后就能套出谁是指挥……想想，这样的办法也不是一般人能想得出来的啊！至少席东梁同志就一定想不到。

对方的指挥都没了，这场比赛谁输谁赢那还不是铁板钉钉的事。正是因为对方的指挥没了，所以己方赢得很漂亮，这让本区参赛人员对梁山伯有了一个非常好的印象。能以一己之力，在千人之中只取一个人头，这是多么厉害的人物啊！

这事放在他们谁身上，那都是不可能做到的事情。

等众人出了比赛，大家伙便兴致高昂地讨论起十五星套的厉害来。这些人都是来自魏国和吴国的高层，他们一讨论，势必会引发其他人的注意。

于是，魏国和吴国那些还没有参与比赛的人，就把蜀国女王说十五星套欺骗她感情的事给描绘了一番，然后全区上上下下，便都开始对十五星套其实就是魏国女王的人这件事深信不疑了。

【国家】花儿为什么这么红：十五星套果然是骗子啊！现在魏国和吴国都承认他是魏国的人了。

【国家】我是打酱油的：唉，可怜咱们的女王了，怎么会喜欢上这样一个垃圾啊？

【国家】玉L茶杯：垃圾！最恨007了！

【国家】玉L爱琴海：请求把梁山伯逐出蜀国！

【国家】虞姬：请求把梁山伯逐出蜀国！

蜀国上上下下都义愤填膺，虽然他们的女王把十五星套逐出了帮派，但是这个十五星套还在蜀国的装备排行榜上高高悬挂着，也就是说他还在蜀国。可是，谁能驱逐得了他呢？这游戏只能把人踢出家族、踢出帮派，根本没有能把人踢出国家的权限啊！哪怕是女王，也是不可能的。

众人的情绪高涨，等有人弱弱地冒头表示女王的权限无法将人踢出国家后，又有人提出，那把十五星套关进牢房吧！就算不能踢走他，把他关着也是一种惩罚。

【国家】虞姬：对，扔进牢房！

【国家】玉L黄沙：同意，顶楼上。

【国家】花儿为什么这么红：必须关。

在强大的民意面前，蜀国女王很快作出了决定。

【系统】女王将"梁山伯"关进了监狱，倒计时从48小时开始。

【国家】玉L爱琴海：真该关他一辈子。

【国家】玉L娃娃：唉，48小时是最长的了。

【国家】文文爱东东：能连续关吗？

【国家】花儿为什么这么红：好像是不能。

蜀国的玩家们还在为这个间谍被关牢房的时间太短不满的时候，席东梁面色沉静地看着屏幕。

屏幕上，梁山伯被关在一个漆黑的地方，除了聊天框还在跳动，其他所有的按钮都已经打不开了。

这是一种耻辱。席东梁没有发怒，他在反省。他为什么会被一个国家的人唾弃？因为他去参加了比赛。在他们的眼中，只有他一个人参加了跨服比赛，因此他是背叛者，他没有资格再待在这个国家。实际上，席东梁对于游戏里的国家概念是很模糊的，他根本不懂，为什么国家与国家之间，一定要不死不休。他更不知道，为什么他前一秒被人称作英雄，后一秒就被唾弃。

席东梁忽然想到，如果不是因为亿月亿年，他不会进入游戏；如果不是因为亿月亿年，他不会熟悉游戏；如果不是因为亿月亿年，他不会被人唾骂。而今，他知道了对方当初杀他，不过是玩家的本能，自己被杀，不过是一件正常得不能再正常的事，所以，他当初的决定是错误。

那么，他就该为这个幼稚的决定买单，所以他不能怪殷火儿对他的前恭后倨，也不能怪蜀国玩家对他的误会。

唯一让他觉得欣慰的是，他结识了一个让他佩服的人，尽管自己一度将她列为黑名单。

想着，席东梁点了退出游戏，在回到角色选择的那一栏里，席东梁留恋地看了一眼这个伴随他几个月的角色，他的衣袂飘飘，眼神坚定，仿佛在说，没什么的，只是一个游戏而已。紧接着，席东梁缓缓按了删除键，确定。

梁山伯的好友里，只有一个人。所以，除了这个人之外，没有人知道梁山伯去了哪里。次日，蜀国女王上线，接到了监狱解除的通知，她很疑惑，为什么他会逃狱？莫非是用钱买了时间……在游戏里，没有用钱做不到的事情。因此，她很淡定地在蜀国找寻了一会儿梁山伯，后来便确定了，梁山伯走了，可能是去了魏国……而魏国和吴国这边，都以为梁山伯还在蜀国……好吧，这就是不爱与人交流的下场。

席东梁在游戏里的悲惨收场并没有影响他的心情，在他看来，虚幻的网络世界终究比不上现实，删除游戏不过是件很正常的事情。他根本没有考虑过那个号的价值……十多万装备的账号啊，就被他这么删了，也亏他做得出来。不过，即使他知道账号价值，估计仍然会删除的，不需要的东西，该扔的时候就得扔。

接下来的时间，席东梁每天除了工作，就是跟他的小女友沟通感情。俩人的进展因为他的时间问题而止步不前，因此席东梁迫切需要将自己打包搬进新家。一个星期后的周六，席东梁带着艾亿去买了一些生活用品，周日的时候终于搬进了新家。

"我忘买酱油了！"俩人好不容易把一些东西收拾好，准备做饭，席东梁突然一拍脑袋，想起来这个问题。

艾亿调笑道："老了吧，记性不好。"

席东梁龇牙咧嘴捏了下她的鼻头："老了也是你的人。"

艾亿被他的亲昵弄得满面通红，只得推他出门："去去去，买酱油去。我先煮饭。"

"是，老伴儿！"

大概是因为确定了恋爱关系，所以席东梁在艾亿面前越发地幽默起来，说话也油滑了许多，这让艾亿又气又好笑。她一边煮饭，一边想，这是席东梁搬新家，怎么着也不能俩人单独过，毕竟对面还有一对儿呢！

不一会儿，席东梁回来了。

"等下要叫素素和曹赛宝吃饭不？"

席东梁本来是不想多叫别人打扰他们的二人世界的，但是这搬新家的事，不跟曹赛宝说一声，实在是过意不去。席东梁点了点头，把酱油放下："行，我先去叫。那咱们得多做几个菜。"

"嗯，五个菜一个汤吧！我只做一个可乐鸡翅，一个虎皮尖椒，其他的都是你的。"艾亿不是不想全揽，但她的水平有限，只有这俩菜比较拿得出手。

"没问题。"说着，席东梁就打开了门，到对面门口去了。可是无论他怎么敲，都没有反应。"看来不在家，我打电话问下。"

席东梁回来关了门，拿起电话一边拨通电话，一边帮艾亿把鸡翅倒进盆里。捣鼓了一会儿，席东梁有点儿疑惑地皱眉："没接。"

"打得通？"

"打得通，没人接。"

"那估计在忙，等下他会打回来的，我们先做饭吧！"

席东梁点了点头，俩人便忙活起来，直到只剩最后一个汤了，艾亿也着急起来，这饭都快做好了，那俩人怎么还没反应呢？

正想着要不要让席东梁再催一下，他的手机终于响了。

"东哥，你找我有事？"

"我今天搬家，想叫你跟素素吃饭，现在在哪？"席东梁一边放油，一边问道。

"素素老爸生病了，挺严重的，我俩都折腾的不行，估计还有一段时间回家。"

"不是吧，怎么会这样？"

"好了，不跟你多说了，素素两天没合眼了，我得去劝她睡觉，你跟小亿过你们的二人世界吧，玩得开心点，拜拜！"

听他这么说，席东梁也不好再说什么，便说了声再见。

艾亿在旁边听了个大概，想给素素打电话问一下，但想着人家都两天没睡了，这时候打过去实在是打扰人家，于是只得跟席东梁感叹一下："最怕老人生病了，唉！"

"是啊！"席东梁赞同地点点头，"那这个汤还做不？"

"不做了吧，浪费。"

"不行，还是做吧，油都放了。"席东梁看了看锅，再回头看看艾亿，"也不知道是什么病，说是挺严重。"

艾亿无所谓地摆摆手："做就做吧！"再想起生病这回事，也揪心了："希望能早点好。我一听到老人生病就想起我爷爷，他要是有个三

长两短，我都不知道怎么办。"

"放宽心吧！"席东梁没接触过艾爷爷，也不知道该怎么劝慰，只能让她自己不要钻牛角尖。

艾亿沉默了一会儿，慢慢地到沙发上坐着，等席东梁做好汤，她才调整好情绪。爷爷说的那句他快要走了的预言，就像大山一样压在她心上。端菜的时候，艾亿不停地打量席东梁，俩人接触这么长时间了，恋爱关系也确定了，虽然进展缓慢，但双方都没有不适的感觉，甚至两人没吵过一句嘴，没红过一次脸，每一次的接触都是轻松而自在的，这让艾亿很满足。可是，他真的是自己以后要一起过一辈子的人吗？如果不是他，那自己还有时间去找一个适合自己的人吗？

压下心中的彷徨，艾亿跟席东梁吃完了饭。菜比较多，都剩下了，席东梁便把菜都打包好放进冰箱，笑道："够我吃一个星期了。"

艾亿没好气地白了他一眼："能放一个星期才怪。"

席东梁嘿嘿直笑。

俩人洗完碗，再看会儿电视，便又到了晚上。席东梁不得不感叹时间过得太快，一路上开车跟蜗牛似的慢慢开到艾亿家，目送她进了家门，席东梁才回到自己的新家。

艾亿刚进门，就看见满头花白头发的爷爷坐在沙发上气鼓鼓地瞪着自己。

艾亿左右看看，想想自己没得罪他啊，他这是怎么了？"爷爷？"

"你干吗去了？"艾爷爷很不满。

"去他家了，他今天搬家。"

"在他家吃饭了？"艾爷爷继续不满，一双眼睛瞪着她，仿佛要把她瞪出个窟窿来。

艾亿很郁闷啊，自己这是怎么招他惹他了？可是再郁闷，艾亿也还是老实回答了，她现在终于产生一种"老人似小孩"的感觉了。"是的，我们自己做的。"

艾爷爷终于爆发了，噌一下站起来："就知道自己吃，不晓得给我带点回来啊！我快饿死了！"

艾亿目瞪口呆，拜托，平日里你不都是去四处打劫的吗？现在怎么突然要自己给你打包了？这太不科学了啊！"那，我现在出去给您买点儿？您要吃什么？"

艾爷爷继续瞪："不吃外面的饭菜。"

"那怎么办？"不吃外面的饭菜，难道要自己现做？可是家里冰箱没菜啊！一老一小都懒得做饭的，哪里会有剩余的菜放冰箱里？

"我不管，你看着办。"艾爷爷摆明了就是要为难她。

艾亿想来想去，实在没办法："那我去外面买菜回来给您做？"

"不要。"

"那我给你下点儿面吃？"

"不要。"

"那究竟要怎么样嘛！"艾亿真想发火啊！可这是她爷爷，她忍。

艾爷爷见她这个脑袋一时半会儿开不了窍，恨不得给她敲开。"让他把你们没吃完的全送过来。"

"你怎么知道我们有没吃完的？"艾亿反射性地问道，紧接着闭了嘴。搬家嘛，相对来说肯定会隆重点，就算只有两个人，要么就是去外面吃一顿，要么就是买了很多菜自己多做一点，会剩下是很正常的事。更何况，他们俩今天本来就多做了。

只是下一秒，艾亿又反应过来，爷爷之所以要吃他们剩下的菜，最主要还是那个重点——让他送。看来，是爷爷忍不住想要见见席东梁了。

"这么晚，不太好吧？"艾亿嘟囔了一句，没敢让爷爷听见。

要是爷爷听见了，准会说，我想吃个饭你都不让，你是存心想饿死我啊之类的……所以说，有个老顽童一样的爷爷，实在不是个好事啊！

拗不过爷爷，艾亿只得宽慰自己，算了，迟早是要见面的，晚见不如早见——这句话跟席东梁的想法简直一模一样啊！于是，在爷爷的要求下，艾亿打了席东梁的电话。

席东梁一听，要见家长了！心里那个激动啊，没等艾亿说"如果你没空就不用来了"之类的，立刻就答应马上到。

打完电话，艾亿坐到了沙发上："他说马上过来。"

"有吃的了？"艾爷爷瞪眼。

艾亿翻了个白眼："肯定有。只是你别把人家留的太晚了，他明天早上还要上班，得开一个多小时的车。"

"知道了，知道了。"艾爷爷不耐烦地摆摆手，而后又悄声嘀咕，"还没嫁呢，胳膊肘就往外拐。"

他自认为嘀咕的声儿小，可其实一点儿都不小，艾亿听了，又好气又好笑，但又不敢反驳，免得这老爷子犟起来又想什么花招。

不大一会儿，艾亿便接到了席东梁的电话，说到门口了。

席东梁拎着一个大袋子，还真是把俩人没吃完的饭菜全给打包带过来了。艾亿看着那个大袋子，有些尴尬，突然觉得太过老实也不是件好事。自己明明暗示过他，这只是爷爷想见他的一个借口，可这家伙还真是觉得爷爷是想吃他们做的菜了。

进了门，艾亿给双方介绍了下，也没敢看两人的表情，就灰溜溜地拎着饭菜进了厨房。她想着，以席东梁的段数，肯定是没法扛得住爷爷的攻击的。自己在旁边只能吸引火力，还是让席东梁自己去应付。

客厅里边，艾爷爷请席东梁坐下后，就开始上下打量。孙女对象的相貌并不出众，但是架不住他善良敦厚，顺风顺水，一生平安。从看到席东梁第一眼起，艾爷爷就知道孙女为什么会愿意跟他在一起了，这男人的面相虽然不是万里挑一，但绝对是百里挑一的。而且，很适合自家孙女。

"怎么称呼？"艾爷爷和蔼地问道。

席东梁第一次见艾爷爷，他没听艾亿说过她爷爷，也没听她说过她家的情况，只是凭他的想象去勾勒一个祖孙单独居住的情景。在他的印象里，八十多岁的老头应该是有种暮色，带着满脸的皱纹以及沧桑。可是艾爷爷的样子却打破了他的想法，艾爷爷满面红光，一头白发，着实有些像电视里的寿桃老仙，一脸的精神气儿带着点让人有些敬畏的仙气。

这个时候，席东梁终于知道艾亿的浑身仙气是从哪里来的了，敢情就是跟艾爷爷学的。

"我姓席，叫席东梁，您可以叫我小席。"席东梁恭敬地回道，他突然很好奇这艾爷爷的身份，这样具有生气的老人，实在是少见。

"嗯，小席啊！你对我家艾亿是个什么想法啊？"艾爷爷叫了他一声，然后就开始盘问了。

席东梁神情严肃："她很好，值得我喜欢。我们是以结婚为前提交往的。"

没劲，就不能多说点什么我好爱她、我爱她爱得死去活来、我失去她就没法活了的之类的好话啊？艾爷爷暗地里撇撇嘴。性子老实的孩子真是不招人喜欢。

"那就好，你家里人是什么想法？"

"我爸妈尊重我的意见，他们都是很好相处的人。"

哼！每个男人都会这么说，你自己爸妈当然会对你好了，谁知道他们会对儿媳妇怎么样啊？艾爷爷心里继续撇嘴，越发不喜欢他的老实。可是，艾爷爷也明白，再怎么不喜欢，这个男人也是一个上上之选。

就像是一截被埋在淤泥里的莲藕，明明是很可口的，却被乱七八糟的东西遮盖了它本来的光泽。

"哦？那你父母是做什么工作的？"艾爷爷挑眉问道。

席东梁仍旧是很老实地回答："我爸开了家公司，我妈没有正式工作。"

艾爷爷神情一动，做生意的，做生意的家庭最讲究利益，恐怕席家

父母真没这小子说的那么好相处。不过，还是得等见了面才知道。"好相处就好，不过小席啊，你也知道小忆是我老头子一手带大的，她从小到大可没受过什么委屈，要是在你这儿受了委屈，我老头子可是不干的。"

"明白，爷爷您放心，我一定会努力的。"席东梁这句话本意应该是说会努力让艾忆跟自己在一起的路更平坦一些，但是这句话说出来，却显得异常苍白无力。

艾爷爷听得越发眉头紧皱，头一次开始怀疑自己看相的技术。可想想，艾忆都能答应跟他在一起，想必他还是有过人之处的。暂且放过他吧，等看看再说，自己也没那么快就死不是？

想着，艾爷爷又问了几个问题，大多是围绕席家父母的，婚姻嘛，肯定不是两个人的事情，而是两个家庭的事情，如果席家父母不乐意，那自己孙女不就要受委屈了？所谓知己知彼百战不殆，自己多了解了解肯定是没错的。

席东梁也一一照实回答了，他没有怎么修饰自己的话，就算是让他修饰，他也没那能力，绞尽心机说话实在是太费劲了。

正是这样，艾爷爷被他气得够呛，基本上他得到的答案都是擦边球，没有一个答案是顺心的。可是艾爷爷又知道这小子确实是因为老实得一本正经而不会说好话，绝对不是虚晃着想要占什么便宜，艾爷爷被他纠结得想揍他一顿。

这恐怕是艾忆没想到的，在她眼里，艾爷爷就是洪水猛兽，只有他咄咄逼人，哪有他被气着的道理？

艾忆把饭菜都热好了，便大声叫爷爷吃饭。

艾爷爷总算从纠结中解脱出来，邀席东梁一块吃饭，席东梁原本是吃饱了的，可是长辈相邀，他不好意思说不，竟然答应了下来。

席东梁帮艾忆把饭菜端上桌，俩人本来就做得多，五菜一汤让两个人吃怎么会不剩，此时的菜色看起来跟刚出锅的一样，分量也足，除了青菜有点蔫了之外，其他的菜都让人胃口大开。

艾亿得知席东梁答应了吃饭，不由瞪了他一眼，本来胃就不好，这样逞能怎么能行。

席东梁看到艾亿瞪他，知道她的意思，回了她一阵傻笑，坐下陪爷爷吃饭。一个人吃饭多无聊啊，有人陪才有胃口嘛！

"小席啊，什么时候有空，把你父母叫来吃顿饭吧？"艾爷爷一边吃，一边语重心长地说道。他不亲眼见见对方的父母，实在是有点儿不放心。

艾亿心里咯噔一下，朝席东梁看了两眼，这就谈到见父母的事了？

席东梁喜不自禁，还是那句话，晚死不如早死，早早地把这事定了，他就能跟小女友双宿双栖了。"嗯，好，我会让我爸妈抽空来的。"

艾亿脸色绿了一下，他爸妈见她爷爷，还得抽空？这话怎么听着这么不对味呢？他爸妈是什么人啊，还得她爷爷一天到晚地待命不成？

艾爷爷的脸色也绿了一下，这小子说话真是戳心窝，让人不爽，怪不得三十多岁了还是孤家寡人，活该。

席东梁倒是没在意，他爸妈一直很忙，不管干吗都是得抽空的，所以就算是见女方父母，也得先跟他们打招呼，再等他们安排时间。他这话说的是没有掺假，可是说出来的意思就让人觉得很无理。可惜他根本不懂。

艾爷爷再得了教训，决定遵循食不言的古人教导，安安静静地吃饭。他不说话，席东梁自然也不好搭腔，便默默地陪着吃饭。

气氛一时间有些尴尬，艾亿想说点什么，但张了张口，又没说出来。这样的场景，她也是第一次见。

就在三人都觉得气氛不对的时候，门铃突然响了。

Chapter12  见家长

艾爷爷跟艾亿面面相觑，他们祖孙俩相依为命，朋友也少，往日里根本不会有人半夜跑来敲门，这个时候怎么会有人了？会是谁呢？

艾亿犹豫了一下："我去开门。"

去院子开了门，艾亿看到一男一女。

男人胡子拉碴，一身灰色工作服，背着个大包，一脸憔悴。女人四十多岁，比男人稍微强点，头发梳得很整齐，背后也有个大包，手里还拄着一根探路杖。

俩人风尘仆仆的样子很是狼狈。

艾亿皱了皱眉，她很肯定自己没见过这两人。"你们有什么事吗？"

"艾亿？"男人也皱了皱眉。

艾亿忽然觉得，他皱眉的样子好像在哪里见过。"我是，您是哪位？"

"我是艾里多，这是你妈妈。"男人上下打量了一下艾亿，眼睛里没有流露出丝毫情绪。他说话的语气也没带任何情绪，仿佛只是在陈述一个很平常的事情。

女人看了看艾亿，也搭了腔："我们能进去吗？"语气有些疏离，并没有半分见到女儿时的欣喜和高兴。

艾亿在男人说他是艾里多的时候，脑子里就像被巨锤敲过一般嗡嗡地响。二十多年没见过的父母，突然出现在自己面前，艾亿的感觉很奇妙。而父母的态度，则让艾亿的情绪稍微冷却了一些。看来，他们并不喜欢自己。

艾亿掩饰好自己的情绪，礼貌地让开门："请进。"

两人慢慢地踱进院子，慢慢地走到大厅门口。艾亿在他们身后默默地看着，这两个身影从背后看去，就像两尊雕塑，坚硬挺拔。只是在门口的时候，停了小半步，而后才推开门。

艾亿看不到父母的表情，只能看到还在吃饭的爷爷的表情。他原本正端着饭碗优哉游哉地夹菜，听到门开了，便抬头望了一眼，刚开始他的表情还很正常，等再一眨眼，他就认出了门口的俩人。紧接着，他就四下张望，似乎在寻找什么东西。

终于，艾爷爷噌地起身，大踏步过去将楼梯口的一截木棍拿起来——这木棍哪里来的？艾亿还在疑惑中，便看到爷爷又大步走过去，抢起手中的木棍朝艾里多挥过去。

一时间所有人都惊呆了，竟然没有人反应过来要去阻拦艾爷爷。

一声沉闷的"啪"让众人反应过来，席东梁赶紧站起身，想要去拉艾爷爷，却被灵敏的艾亿抢了个先，她飞快地蹿过去，抱住艾爷爷的手臂："爷爷！"

回头再看自己的父亲，艾亿只看到一张闪烁着眼睛的脸。她不知道爷爷有没有打疼他，但是他身上的灰尘却是实实在在地掉了一地。

"你，你……"艾爷爷咬牙切齿地指着儿子半天说不出话。

艾里多垂下眼睑："爸。"

站在他身后的艾亿的妈妈，也跟着叫了声"爸"。

席东梁顿时手足无措。他没听艾亿说起过她父母啊！

"滚！"艾爷爷咬牙切齿了半天，终于吐出一个有意义的词语。

艾亿忽然有些明了，爷爷之前就说过，父母快要回家了，可是父母只是顺道来看看，并不是长期居住。爷爷也是很想念他们的吧，只是他们这么多年都没有回家，让他很失望吧？

"我们明天就走。"艾里多很认真地看着艾爷爷，似乎是在回答艾

爷爷的话。

艾亿感觉到爷爷紧绷的身子一下子软了不来，木棍也掉到了地上，她有些着急："爷爷！"

"扶我过去。"艾爷爷没有再看儿子和儿媳妇，语气也软软的。

艾亿只得把爷爷扶到沙发上坐着，顺势接过席东梁递过来的水——他终于也机灵了一回。艾亿分出心神看了一眼仍显得拘谨的席东梁，他这也算是拜见她父母了吧。

艾里多夫妇把门关上，将背上的大包卸下，脱了外套，这才缓缓地走过来，坐在爷爷旁边的沙发上。

艾爷爷没说话，艾里多夫妇也没说话，艾亿不知道说什么，席东梁只能傻站着。

沉默了许久，艾爷爷才有气无力地说道："要是我死了怎么办？"

艾里多夫妇都垂着头，没有说话。

说着，艾爷爷又气愤起来，捶着沙发："你们说！要是我死了，怎么办？我死了，小亿怎么办！20年回来一次，你们怎么不干脆死在外面？天下哪有你们这么做父母的？"

"爸……"艾里多抬头看了一眼艾爷爷，欲言又止。他将目光投向了自己的女儿。

面前的女孩正值青春年少，就像曾经的妻子，美丽又脱俗。她与妻子又有着明显差别，至少妻子在20多岁的时候，还不会这么沉静地面对突发状况。

艾里多突然很感慨，当年瘦弱的小姑娘，现在竟然长这么大了。

"对不起。"艾里多愧疚地说道。

艾爷爷被他噎得一滞，反射性地就要继续拿木棍去打他。哪里知道艾亿突然伸了手把那木棍抢过去，递给席东梁。

席东梁接了木棍，迷茫了一会儿，便静悄悄地找了个角落把木棍放下了。

"唉。"艾亿想了想，老让爷爷这么气着也不是办法，还是先把他们分开再说。"爷爷，让他们先去洗个澡吧？"

艾爷爷瞥了一眼两个风尘仆仆的家伙，很是嫌弃地摆摆手："去吧，去吧，别把我的沙发给弄脏了。"

艾里多夫妇倒也不拘谨，没有羞愧的样子，径直站起身来，"那我们先去清洗一下。"

"顺便把你那胡子给刮了，像逃难来的，晦气。"艾爷爷使劲挖苦他，说话非常恶毒，可偏偏又像是赌气的样子，让艾亿忍俊不禁。

艾里多夫妇也没再多说，两人对视了一眼，便默默地拎着大包和外套往楼上走去。

等他们消失在楼梯口，艾亿想想，自己好歹也算主人，要不要去提醒一下他们房间和浴室的方位？

艾爷爷大概是看出了艾亿的心思："得了，他自己的家他还能不知道地方，放心吧。"

艾亿想想也是，便不再纠结，随即把目光放在还站着的席东梁身上，看他还一副等待传唤的丫鬟样儿，不由地扑哧笑了："你还站着干吗呢？不坐啊？"

席东梁笑了笑："没事，站着长得高。"

艾亿听完乐了，总算把父母回来这事带给她的阴影驱散了几分："要不你先回去吧，明天还得上班，我家还不知道得闹到啥时候。"

说完，艾亿就被爷爷一句话给顶了回来："你没听见那两个说明天就走？趁这个机会，让他跟他们接触接触，也好作个心理准备。"

"啊……"艾亿倒是没往这方面想，一是觉得自己与席东梁还没有进展到那份儿上，二是根本没把父母当成家长。但一想到上次席东梁就因为自己不让他见爷爷而闹别扭，这回父母明明都回来了，还不给他机会，估计他又得不高兴了。"那你看呢？"

席东梁自然是想让岳父岳母多跟自己接触接触的，虽然听艾爷爷说

195

人家20年没照顾艾亿，但在血缘关系上，他们是艾亿的父母，也没有什么十恶不赦的大罪，能给他们留个好印象也是个不错的选择。想着，席东梁就开口了："现在时间还早，我没问题的。"

意思就是不愿意回去了。

艾亿只得同意了："那行，那就先坐会儿。"

三人便在沙发上坐着，一时都在沉默。艾爷爷心里想的自然是儿子儿媳妇的20年不回家事，艾亿想的是为什么父母不喜欢自己，而席东梁则是对岳父岳母会不会喜欢自己而忐忑不安。

"小亿，你……别怪他们。"艾爷爷想了想，自己好像从来没有跟艾亿说过她父母的事情。

艾亿望向他，眼眸沉静。

艾爷爷叹口气说："他们确实亏待了你，这么多年，我想跟你说说他们的情况，可是不知道怎么开口。"看艾亿没有反应，知道她在等自己的下文："你还不知道他们是做什么工作的吧？"

艾亿点点头。除了能以民工来形容自己父母之外，她实在想不起他俩这么狼狈的样子能做些什么工作。

"搞地质的，狗屁的地质学家。"艾爷爷撇嘴，似乎对他们的工作很不满。

艾亿愣了愣，没想到父母还是技术出身啊！

"人家是为国家服务的，所以咱们这种小家，他们顾不上。"艾爷爷翻着白眼，冲楼梯口狠狠地瞪了一眼，仿佛艾里多夫妇就站在那里。

艾亿表示明白，自己的父母是有能耐的人，所以他们的心思不能局限在小小的家庭里，自己则是他们为了工作而舍弃的那一部分，爷爷同样也是。"知道了。"

"他们的确是不负责任，你现在长大了，也有自己的思想，我不能强求你接受他们，只希望你不要怨恨他们。"艾爷爷说着，叹了口气。他对儿子儿媳妇的工作不能说支持，但是他们有他们的理想和抱负，自己能为他们做的，也就这么多。自己对他们的不满来源于艾亿的委屈，他这么多年来都没有让艾亿有一丝委屈的地方，可是终究弥补不了他们给艾亿带来的伤害。

艾亿歪头想了想，回答道："没有，我不恨他们。"

因为有爷爷，所以不恨。她很喜欢跟爷爷在一起的生活，哪怕没有父母，她也很幸福快乐。

一旁的席东梁根据祖孙俩的对话，拼凑起一个不一样的家庭。父母因工作原因长年在外，留下祖孙两个相依为命，爷爷给予了孙女全部的爱，而孙女则无欲无求。

席东梁无法想象出一个没有父母的孩子是怎么长大的，在他的眼里，爷爷的爱无论如何都替代不了父母的爱。想着，席东梁对艾亿又多了一分怜惜。

等艾里多夫妇下楼，艾亿第一次真正对父母有了一个正面的认识。艾里多的长相酷似爷爷，同样是宽阔的额头，同样是精神的双眼，同样是鼻梁，以及微微下垂的嘴角。自己的长相则跟母亲相似，除了眉毛部分自己继承了父亲之外，其他的地方都有母亲的影子。

只是母亲的气质里带着几分狂野，而自己则多了一分柔和。

以面相来看，父母亲都是属于极端性格，他们一生要么顺遂无比，要么就彻底失败。让艾亿觉得好笑的是，父亲的眼角竟然还有桃花，也就是说父亲很招女人喜欢。

"总算像个样子了，明天什么时候走？"艾爷爷打量了一会儿俩人，似乎是在从他们身上找到过去的影子。

艾里多夫妇坐下。

"明天中午12点的汽车。"

"那这次回来是想做什么？"

"领导说可以探亲，就回来看看。"

艾里多不紧不慢地回答着，让艾爷爷很不爽，他突然觉得艾里多这种性格好像在不久之前自己就见识过，对了，席东梁不就是这个样子的吗？艾爷爷瞪了一眼席东梁，然后对着艾里多勃然大怒："回来看什么看，有什么好看的！"

"听说您还活着……"艾里多说了半截，剩下的半截因艾爷爷的怒视而咽了回去。

艾亿哭笑不得，敢情他们是回来看看爷爷活得怎么样。

"滚！滚！"艾爷爷又开始捶打沙发，他的木棍被拿走了，只能捶沙发来出气。

艾里多大约也知道自己说错了话，便不再接口。而他身旁的女人则是很淡定地垂着眼睑，不作任何反应。

艾亿总算明白了，这俩人根本就是不会说话啊！这俩人是比席东梁更不会说话的交际白痴啊！

不过想想，能20年不回家只顾工作的人，交际能力能强到哪里去？他们能把话说完整，那就算不错了。

艾爷爷一连被气了一个晚上，有气还没处发，想要回房间，却又舍不得好不容易才回来的儿子和儿媳妇，只好深深地吸了几口气，压下自己心头的不痛快。"别的不跟你说了，正好，小亿谈对象了，准备结婚，你们认识认识。"

艾里多夫妇的眼睛同时扫向席东梁。

席东梁被两双探视的眼睛弄得浑身不自在，赶紧自我介绍："我姓席，叫席东梁，叔叔阿姨好。"

俩人并未作出回应，仍是上上下下打量他。过了好一会儿，艾里多夫妇相视一眼，又认真地看向艾亿："太老了。"

"……"艾亿不知道怎么回答才好。

艾爷爷同样也是，不知道怎么反应才好。

只有席东梁想了想，才认真地说："我只有三十一，比小亿大八岁。我认为夫妻相差八岁是很合适的年纪。"

"哦。"艾里多应了声，便垂下头，不再说话了。

艾亿母亲则继续看向艾亿："不好看。"

艾亿和艾爷爷继续无语，敢情这俩人是专门来拆席东梁的台的。

艾爷爷在心里幸灾乐祸地想，总算让他们狗咬狗去了……呸呸，他们都不能称为狗，不然自己算什么？反正，他们的相互不满让他觉得很舒服。

席东梁再次垂下头想了想，回答道："我个人觉得五官端正就很好，太好看了对方会感觉不安全。"

艾亿很无语，拜托三位，年纪、长相之类的真的不是最重要的问题，好不好？你们到底在谈论什么？

"哦。"艾亿母亲也收回了目光，自顾自地低下头去。"那我没意见。"

"我也没意见。"艾里多紧接着表态。

艾亿跟艾爷爷双双凌乱，你们究竟是回来干吗的！让你们见见未来女婿，就这么个态度？

只有席东梁一人很高兴，他觉得自己总算是通过了岳父岳母这一关："谢谢叔叔阿姨。"

艾爷爷实在忍不住了："行了行了，既然你俩没意见，那就让他回去吧，他明早还要上班。"

"嗯，可以。"艾里多夫妇均点头，表示没有意见。

艾亿便起身去送席东梁，出了门，席东梁很是高兴地拉住了艾亿的手，艾亿挣了挣，没挣脱。"干吗呢？"艾亿悄悄回头看了一眼客厅，爷爷和父亲正在谈着什么，而母亲则是突然站起身往楼上走去。艾亿赶紧将大门虚掩上，带着席东梁往外走。

席东梁咧着嘴笑："我现在是不是通过你们家长的认可了？"

艾亿翻了个白眼："我爸妈是什么样的人我都不知道，你想得美。等我爷爷跟你爸妈见了面才知道最后结果。"

　　"啊，不是吧？"席东梁停下，紧张地看着艾亿，"要是他们有不同意见，你就不跟我好了啊？"

　　"谁知道呢！"艾亿打算敷衍了事。

　　席东梁不干啊："不行啊，老伴儿，我就认你一个了，你可不能抛弃我。"

　　在灯光下，席东梁的脸色显得很紧张。艾亿看到他的神色，不由得扑哧一笑："傻子，你爸妈对我没意见，我怎么会不跟你好？你爸妈对我有意见，你也跟我好不了啊！"

　　席东梁还是有些紧张："那不行，我爸妈肯定不会对你有意见的，你相信我。"

　　"行行行，我相信你。早点回去吧，明天早上还要上班。"艾亿扯了扯他还牵着她的手，催促他赶紧回家。她是觉得要早起的上班族都是很累的，所以还是要早睡早起的好。至于她自己，谁让她不用上班啊，对吧！

　　席东梁知道她是为自己好，心里特别高兴。走到车门前了，席东梁突然定定地看着她："老伴儿，亲一个。"

　　"……"艾亿很无语。这小子干吗呢，自己回答好，那不是不矜持吗，自己回答不好，又好像太矫情。

　　见艾亿没有反应，席东梁很失望地放开了她的手："好吧，你早点回吧，我走了……"那语气，简直是泫然欲泣啊！

　　艾亿突然很不忍心，她知道席东梁不像别的男人那样，勇气和色心并存，好不容易油滑点吧，结果又遭受了打击……她真不喜欢看到他低落的样子。想着，艾亿突然拽住他，蜻蜓点水地在他脸颊上印了一个吻。"傻老头儿。"

　　"嘿嘿，嘿嘿……"席东梁乐得直傻笑，只觉得全世界都是幸福。

　　"赶紧回家吧，路上小心。"

　　"嗯，你进去吧，我看你进去再走。"

"不要，你先走。"

"老伴儿，听话。"席东梁摇了摇艾亿的手，一脸的傻笑。

艾亿想了想，俩人总不能在这院子外面一直这样僵持下去，便服了软："嗯，那我先回去了。"

"嗯，去吧，去吧。"席东梁连忙点头，目送艾亿进了院子，再看着她进了大门，这才乐呵呵地回家。

艾亿进了门后，发现母亲已经又回到了艾里多的身边，而这个时候，沙发上的三人好像正在赌气一般都不说话。实际上是艾爷爷正在赌气，而艾里多夫妇在魂游天外。

"这是怎么了？"艾亿笑着坐在爷爷身旁问道。

艾爷爷吹胡子瞪眼："两个闷棍，打都打不出个屁来。"

艾亿抿嘴一笑，又是父母惹他生气了。

艾里多则正色道："我们是人。"颇有一番要纠正爷爷错误说法的架势，让人只以为他是想抬杠。

眼看着艾爷爷又有暴怒的迹象，艾亿赶紧哄爷爷："别激动，别激动。大家都累了，要不就都去休息，好吗？"她没有想跟父母交流感情的欲望，大概是因为艾里多夫妇并没有表现出有多喜爱她的迹象。20多年没见的父母，对于她来说，原本就是陌生人，而他们的态度则决定了她无法把他们当成普通人家的父母。有爷爷一人，足矣。

艾里多夫妇第二天就得走了，这个时候不联络感情，哪能还有下次？爷爷听出艾亿并不想跟她父母过多交流，心里又着急起来。儿子儿媳妇再怎么不对，也是艾亿的父母，而自己终究是隔了一代的。更何况，若是自己死了呢？艾爷爷想着，心里便不是滋味。

艾爷爷不说话，艾里多则缓缓点头："也好，我们两个晚上没睡好。我先上去，爸，你也早点睡。"他从头到尾就没有给过艾亿关心，甚至连目光都没有停留太多。说完，艾里多便起身往楼上走去。

而艾亿的母亲，也站起身。

就在艾亿以为她也要跟过去的时候，她突然伸出手，把一样东西放在艾亿面前："这是嫁妆。"她的语气很轻，如若不是仔细去听，根本就很难听到。

艾亿眨巴眨巴眼睛，两个陌生人一样的父母居然还记得给自己留嫁妆，真是不知道要怎么形容她的心情。如果不接，爷爷肯定会担心自己排斥父母。也罢，看看是什么再说。"是什么东西？"艾亿一边接一边顺口问道。

艾亿母亲原本打算等她接住礼物就走的，可是却被问住了。她歪头想了想，干巴巴地说道："一栋房子和一些小玩意。"

艾爷爷听了她的话，突然伸手抢过艾亿手里的文件夹，打开来看，里面是一张房产证，写的是艾亿的名字，还有一串钥匙，一张纸条，纸条上写了一串字符。

"你们哪里来的房子？"艾爷爷很奇怪地问道。儿子儿媳妇连回家的时间都没有，怎么会有时间去买房子？

"领导奖励的。"艾亿的母亲说得很简单。

可是艾爷爷却很清楚，若非重大功劳，他们怎么可能得到国家的奖励？这样的奖励是无法用钱来衡量的，艾里多夫妇的一生贡献给了他们的工作，连回家喝水的时间都没有。在条件极其恶劣的情况下，他们一待就是这么多年，真正是没有功劳也有苦劳。

"那这个呢？"艾爷爷扬了扬手里的纸片，上面的钢笔字深刻隽永，明显是他儿媳的笔迹。

"是我妈生前留给我的。"艾亿母亲说。

艾爷爷一阵无语，这字符明明就是保险柜的密码。什么东西非得用保险柜来装，那除了古玩还有什么东西？肯定是珍贵物品。

儿子儿媳妇给孙女的东西不多，但是却倾尽了他们的全力。

艾爷爷忽然很欣慰，他一直就知道，儿子儿媳妇是拙于表达的人，他们也深爱他们的女儿，只是他们不会表达而已。

"小亿，这是你爸妈的全部财产，也是他们的全部心血。"20多年的工作努力凭证，以及20多年的工作足迹，足可以称之为全部了。

艾亿沉默地接过艾爷爷手里的文件夹，她听清楚了艾爷爷的意思。他是在说，父母并没有忘记自己，甚至深爱自己，他们将除了工作以外的所有一切都给了自己。艾亿五味杂陈，她以为父母是不喜欢她的，不然不会弃自己20多年不顾，也不会在第一次见面时连一个笑脸都舍不得奉送。可是这个时候，她才知道，父母并不是不爱自己，只是他们不懂怎么表达爱。

艾亿突然很想亲近一下这个看起来很淡漠的女人，即使她的脸上还带着干涩的笑容。

"我结婚的时候，能请你们回来吗？"艾亿踟蹰了一会儿，才带着一丝期盼，问道。

"能的。"艾亿母亲很认真地回答，她想了想，报出一串号码。"这是我们队伍的紧急联系方式，打过去找我们，我们会回来的。"

艾亿认真地用脑子记下这串号码，然后冲母亲笑了笑："谢谢。"

"不，不客气。"艾亿母亲不知道是被她的笑容惊到了，还是被她的谢谢惊到了，竟然打了个结巴，随即又觉得自己失态，逃难似的突然转身："我去休息了，再见。"

艾亿和艾爷爷看着落荒而逃的艾亿母亲，相对无言。

过了很久，艾爷爷才将目光放在她手里的东西上："这两个孩子……太笨了。"

不知道为什么，艾亿突然想起了席东梁，她觉得他也是很笨。一心只扑在工作上，连正常的人际交流都成障碍的人，实在是笨的无可救药。可是，却很可爱……自己的父母是这样，席东梁也是这样。艾亿这样一想，忍不住又笑了。

"爷爷，你说我爸妈是不是因为太笨所以才找不到回来的路啊？"

艾爷爷猛地被自己口水呛到，两个智商一百八的人还会找不到回家

的路？艾爷爷使劲瞪了瞪艾亿，再怎么着，也不能调侃自己爸妈啊！不过，这也是好的开始，代表她接受了他们，不是吗？"睡觉去，睡觉去，明天早点起来送这俩笨蛋。"

艾亿耸了耸肩，便往自己房间走去。

可是第二天一早，艾亿并没有在家里发现昨日那两个人的身影。看到她起床，艾爷爷神情复杂地递给她一张便签纸。

"我们走了，保重。"

就连留言都说得这么简洁。

艾亿愣了愣，随即又笑了："他们很喜欢自己的工作啊！"

"嗯。"艾爷爷想了想，实事求是地点头。算了，那是他们的爱好，只要他们高兴就好。艾爷爷便不再纠结了，看到艾亿一副刚起床还迷迷蒙蒙的样子，忍不住数落道："都是你，懒得要死，这会儿才起床……"

艾亿无语地看看时钟，八点钟起床很晚吗？她平日都是十点起床的。

数落了一会儿艾亿的懒惰和拖拉后，艾爷爷终于把话锋一转："问问小席什么时候跟他父母来见面，催着点儿。"

"着什么急啊！"艾亿嘟囔地拿过杯子和牙刷刷牙，没敢大声质疑艾爷爷的决定。

艾爷爷双眼一瞪："听到没有！"

"唔唔！"艾亿扬扬手里的牙刷，然后使劲点点头表示自己明白。

艾爷爷这才满意地离开。

见父母这事，艾亿是真不太愿意的，她还没想好到底要不要跟席东梁结婚。她知道自己对席东梁有好感，对方对她也是。可是她总觉得，要结婚的话还少了点什么。或者是因为她还没到恨嫁的年纪，也或者是因为席东梁少了几分年轻人的血性，总是那么沉闷又无趣。

顺其自然吧！艾亿有些泄气地想。

而席东梁这边，却已经加紧步伐了。他已经搬到了新家，离艾亿的家更近，再加上已经见过了她的爷爷和父母，因此常来登门就显得顺理成章。他每天下班都去艾亿家把艾亿接到自己家里，然后一起做饭、散步，等晚上11点左右再把她送回去。

　　几日的相处，让俩人的好感越发深厚，这个时候双方已经像正式的情侣一样手牵手在外面行走，偶尔会亲亲、抱抱。不过席东梁谨守君子之礼，艾亿又不可能主动，所以俩人的亲密接触也仅限于此。

　　"老伴儿，明天周末，我爸妈请你跟爷爷吃饭，行吗？"终于，席东梁得到了他父母的准确答复，他很兴奋地向艾亿提出了见父母的请求。

　　艾亿愣了愣，看到他很高兴的样子，微微一笑，便点了头。

　　回家后，艾亿跟艾爷爷说了这事，艾爷爷也很高兴，他总算能见一见对方的父母了。如果事情顺利的话，两家人把婚事早早定了，他也就放心了。

　　相对于艾亿的淡定，艾爷爷除了高兴之外，还有些许的紧张，他知道席家父母是生意人，但不知道对方的性格，他纠结着自己该穿什么样的衣服，说什么样的话，搞得紧张兮兮的，让艾亿对爷爷一阵阵地翻白眼。

　　第二天是周六，双方约定的时间是中午12点吃午饭。

　　席东梁一早就去了机场接机，说好让艾亿祖孙先去迎风阁等着。

　　艾爷爷换了好几套衣服后，终于在艾亿不耐烦的催促下拎了套对襟休闲衫。老人穿这种衣服总是显得悠闲自在，而艾爷爷穿上更显得仙风道骨。俩人11点多出发，11点40分的时候到达迎风阁。

　　艾爷爷选了处包厢，祖孙俩在包厢里干坐着。

　　艾亿是网游迷，很少玩手机，因此比时下的年轻人少了一份爱好。这会儿跟爷爷在包厢，也只能无聊地研究包厢的结构挂饰。

　　"这么久还没到？"时间已经是12点10分，艾爷爷微微皱了皱眉头。

艾亿被他这么一提醒，忽然从迷茫状态清醒过来："我打个电话问问。"拨通电话，电话那头一直无人应答。艾亿撇撇嘴："可能是正在路上。爷爷你饿了没，先吃点东西吧？"

"那不礼貌。"艾爷爷摆摆手，平日里张扬惯了，今天突然要为孙女争个好印象，也难为他。

艾亿也不好自作主张，毕竟见对方父母这种事，应该是很严肃的。自己跟爷爷若是先吃，也确实不太礼貌。可是……竟然迟到？这是席东梁从来没有过的事，艾亿忽然觉得事情可能有变。

又过了半小时，席东梁的电话打进来了："不好意思啊，老伴儿，我还在机场呢！太闹腾了，没听到手机响，飞机晚点了……"

席东梁的语气里有一点儿委屈。

艾亿扑哧一笑："怎么会晚点啊？"

"我怎么知道啊，我爸妈也是，坐什么飞机不好，非得坐这趟。"

"飞机晚点又不是他们能控制的，行了，你继续等吧！"艾亿无奈地说。

等挂了电话，艾爷爷正半闭着眼睛用手指敲着桌子。艾亿看他这样子，便知道他在想事情，就没有说话。不过一分钟，艾爷爷忽然道："丫头，我觉得事情有变。"

艾亿脸色一变。"事情有变？"

能有什么变化？除非……他父母遭遇不幸？

"不，我刚推测了一下，席字半遮巾，这迟迟不露面，恐怕不是外因所为。"

艾亿瞪大眼睛："他父母不愿意见咱们？"虽然爷爷是算命师，但有时候算命师还是能蒙对一些事情的，比如说人心。

"再等等吧。"艾爷爷没有肯定，也没有否定，只是若有所思地盯着桌面。

艾亿满腹苦涩，自己原本就不能确定要不要跟席东梁结婚，现在他父母竟然不喜欢自己.不喜欢自己就算了，何苦让自己跟80多岁的老人在这里痴等？还有，席东梁刚刚说飞机晚点，是在骗她吗？还是他父母不愿意来，他还在劝解？

一时间，艾亿的心情很复杂。

时间慢慢地过去了，差不多到一点的时候，艾亿已经决定要放弃这次见面了。"爷爷，我们还是回吧！"

艾爷爷双眼一瞪："不回去，坐着，等。"

"他们都这么对我们了，我们还等？"艾亿很不爽，凭什么让自己和爷爷等？席东梁，你又不是什么名流大家，还让爷爷等？太不知天高地厚了！

正在此时，艾亿看到了已经站在门旁的席东梁一家人。

服务生正要迎接客人，艾爷爷便出声打断他："赶紧去。"

服务生只好跟席东梁等人道了声欢迎，便匆匆离去。

艾爷爷打开门："小席来了，进来坐。"

至于席东梁身后的人，艾爷爷不动声色也打量了一番。一对中年夫妇，男子发福，很明显是老板，女子也发福，眉宇间有淡淡的高傲。至于一旁站立的年轻女子，则显得风情万种。

Chapter13 第一次吵架

席父是做生意的，懂得和气生财的道理，面对艾爷爷的招呼，他咧着嘴大笑："这就是艾家爷爷了吧？看起来真健朗，您高寿？"

"八十九了吧？"艾爷爷摸了一把下巴，不肯定地答道，他还真记不清自己多大年纪了。

席父席母闻言都很惊讶，八九十岁的高龄，却一点都不显老，真是奇迹啊，说他还能活个二三十年都有人相信。

"啊，老人家身子真硬朗。"席父惊讶过后，便是一阵大笑，似乎是在为艾爷爷的高寿惊羡。

艾爷爷也不多说，便将几人迎进包厢。

艾亿听到爷爷说话，便知道是席东梁他们到了，刚站起来，便看到几人鱼贯而入。爷爷和中年男子先进，接着是中年女子和年轻女子，最后才是席东梁。等看到那年轻女子，艾亿的心里咯噔一下。这个女人，她见过，宝马车里砸钱的女人，游戏里无事搅三分的殷火儿。

"小亿，这是我爸妈，这是……殷炎炎，我朋友。"席东梁在介绍殷炎炎的时候，语气有些别扭。

席母一进来就看到了艾亿，打量了她一阵，等席东梁介绍完，便插嘴道："这就是艾亿吧？真漂亮！"席母笑语，也不像是个尖刻的人。

但还是让艾亿察觉到了她眼里的疏离。

果然有变。

"大家坐吧。"席父见大家都初步认识了，便招呼大家坐下。然后便向艾爷爷解释道："真是对不住，今天飞机晚点，到现在才赶到。"

艾爷爷自然是表示无妨。

等两位正经的主事人聊上了，席母便向坐在席东梁身旁的艾亿问道："听说艾亿爸妈前段时间回来过？"

"嗯，是的。"

"那怎么没见到他们？"

席母脸上的笑忽然有点刺眼。艾亿思忖了一下，大概对方是觉得自己父母没有出席，显得不尊重他们，所以他们便以迟到来回击。可是，这次自己都只见过父母一面，他们连自己结婚都不一定赶得回来，自己又怎么要求他们来跟席家父母见面？"我爸妈工作忙，不瞒您说，我也只见过我爸妈那么一回。"

席母脸上的笑容仍然没有变化，她自然是从儿子嘴里知道的。但是她不信，亲生女儿的婚姻大事都抽不出空，这样的父母能养出什么样的女儿。说到底，她对艾亿充满了不信任。

"那真是遗憾。不知道他们什么时候有空呢？"

艾亿缓缓摇头："对不起，这个我跟爷爷也不知道。"

席母的目光闪烁了一下，就不再问了。她已经失去了跟这个没有诚意的家庭探讨的兴趣。主事的父母不出面，只有将近九十高龄的老头子出席，这样的情况实在是不把他们席家放在眼里。若是她家真的家大业大自己也就忍了，可问题是对于一个没有工作没有履历的小丫头，本身修养都待定，又没有家世傍身，也没有钱财撑腰，她到底傲个什么劲？

一旁的席东梁见两人一来一去聊的还挺不错，心里还很高兴。见他妈不说话了，忙说道："吃饭吧？都下午了，大家都饿了。"

席母默默地点头，回头望了一眼正在玩手机的殷炎炎，笑道："怎么样，无聊了吧？"

殷炎炎抬头看了一眼席东梁，根本无视艾亿，再朝席母笑道："伯母说笑了，伯母不怨我赖在这儿，我就很满足了。"

"傻姑娘，你家大人也是，说好接机的，人都不见一个。怎么，电话还是打不通？"席母轻轻拍了一下她的手臂，嗔道。

殷炎炎摇摇手机，颇有些无奈道："没呢！"

俩人在那边聊得起劲，席东梁叫了服务生后，便跟艾亿一样很沉默地坐着。俩人有点不太融入现在的氛围，艾亿听到席母跟殷炎炎的对话，便推测出殷炎炎是在飞机上跟他们相遇，下车后没人接机，便跟着席家父母来到了此地。让艾亿疑惑的是，席东梁在介绍殷炎炎的时候有片刻的别扭。

就在这个时候，殷炎炎和席母的对话，让艾亿如遭雷击。

"伯母还是跟以前一样那么善解人意，可惜我那时候小，不懂事，不然现在早跟你是母女了。"殷炎炎一边笑，一边看了一眼席东梁。

"唉，缘分弄人啊。炎炎，你不必介意，这是我们家没福气，如果你愿意的话，我也能收你做义女，咱们还能续续母女缘分。"

"可是……"殷炎炎咬着下唇，为难地看了看席东梁，再看看席母，便低下头去，等再抬起头，众人便能看见她眼里的点点泪光。她似乎并不愿意答应做席母的义女。"我还是想跟您成为真正的母女……"

这样一说，席母快速地将目光投向了艾亿。而此时，艾亿正将目光对准了她。在目光接触的一刹那，席母飞快地将目光转移开去。

对殷炎炎的话，席母并没有作出什么反应。

她也来不及作出什么反应，因为艾亿已经站起身。"爷爷。"

"唉。"爷爷正在和席父聊天。席父是生意人，闯南跑北的，什么人都见过，也接触过。他有心接触艾爷爷，说了几句，就被艾爷爷强大的气场给忽悠住了。此时正相谈甚欢。听到孙女叫他，艾爷爷转头，才发现气氛不对。

艾亿朝席父微笑了一下，才对爷爷道："爷爷，我们回去吧！"

艾爷爷没有问为什么，已经到了这个场合，孙女还执意要回家，就算是她耍性子，他也不会拆台。肯定是哪里出了问题。艾爷爷环视了一圈，除了席东梁的惊愕之外，席母的脸色变化甚是可疑，她似乎是恼羞成怒？艾爷爷突然脸色一沉，站起身朝席父拱手，道："告辞。"

竟然是不问原因便撕破了脸？

席父本来被艾亿突然插的话弄得一头雾水，然后被艾爷爷的直截了当打得措手不及，他也沉了脸，站起身："我能不能知道是什么情况？"

艾亿将目光放在席母和殷炎炎身上，淡淡地回道："叔叔您忙，我跟爷爷耽误您的时间了。爷爷，走吧。"

说罢，竟然头也不回地朝外走去。

正巧，门开了，前来点菜的服务生微笑地走进来："是要点菜吧？"

艾亿没有理他，越过他继续往前走。艾爷爷朝还显得呆滞的席东梁看了一眼，快速地跟上去。

服务生察觉到情况不对，让开了路，垂头在一旁待着。这时，久久未来的经理也出现了。

"请问，刚刚是谁要找我？我是这儿的经理，姓刘。"

艾亿将下巴指向爷爷："是他。"

艾爷爷笑道："也没什么事。就是想问，这包厢的风水师是哪位？"

刘经理没想到艾爷爷问的是这个，有点惊讶，不过还是老实回答了："一位姓李的大师。"

"哦？李长发？不应该吧？有人动过里面的东西？"艾爷爷也略显惊讶。李长发他是认识的，这个风水师与他有着南艾北李的名誉，只不过这个李，是指李长发的祖父。

刘经理知道遇到行家了，顿时出了一身冷汗。"这个，这个……这个是我……"刘经理自己也太不了解风水，但他又不是完完全全相信风水，因此当他看到这房间的摆设后，起了卖弄的心思，稍一更改，便弄成了现在不伦不类的样子。

艾爷爷没想到正是这个经理弄的，也不好说得太重："还是换回原来的样子吧，不然李家会生气的。"

刘经理连忙哈腰道是，他哪里敢不答应。那位风水师是老板亲自请来的，要是传到人家的耳朵里，自己不就是打了老板的脸？打了老板的脸他还能有什么好下场？刘经理不敢说别的话，只一味地称是。

艾爷爷也没想苛责他，反正也不是他的责任。这事处理完，艾爷爷便朝在门旁等他的艾亿说道："走吧。"

而这时候，席东梁却突然大踏步走了过来，问艾亿："能不能告诉我为什么？"他不明白，明明事情都很顺利的，怎么突然艾亿就发火

了。是的，他很肯定她发火了。哪怕她的面色仍是很淡，一点都没有愤怒的迹象。可是他就是确定她发火了，而且很生气。他不知道自己哪里做错了，他的父母哪里做错了。

艾亿深深看了他一眼，一句话也没有说，转身就走。

直到艾亿祖孙俩消失在他的视线里，席东梁才思绪混乱地回到自己的座位上。席父到底是经历过大事的人，他招了招手："点菜。"再大的事，也得吃饭不是？

那位刘经理看到目前的场景，脸色发白。他当然知道自己当时改动的是什么，原本是旺财运、旺姻缘两全其美的事，但是目前的结果却是断人姻缘……他赶紧小跑着离开，决定等这拨人走后，就立刻将包厢的布置改回原来的样子。

席父点完菜后，看了一眼神色不明的席东梁，再看一眼自己的妻子："你知道是怎么回事吗？"

席母当然知道是怎么回事。本来是为儿子看媳妇，结果自己带了儿子以前的女朋友，人家还说想要跟儿子再续前缘……那对方不怒才怪。席母这也是哑巴吃黄连，有苦说不出。

殷炎炎家跟席家算是生意上的友人，没有谁比谁强，也没有谁比谁弱，原先俩人谈恋爱的时候，双方家长都是乐见其成的，可后来俩人分手，两家也没断了联系。

所以这个时候，她也不能当着丈夫的面，数落殷炎炎的不是。席母只得回答："不清楚，先吃饭吧。"

席父一眼便知道席母有话没说，再一想，便知道是殷炎炎在这里的问题了。既然现在不能说，那就只能等回家再说了。至于席东梁……席父看了看仍是显得很苦恼的席东梁，不由得叹气。

儿子老实本分，根本不像自己家养出来的。他已经三十多了，就谈了那么一次恋爱，好不容易再谈一次，都已经到见父母的份上了，这说明他很认真，可没想到，现在竟然闹成这个样子。

大约是察觉到席父席母的异样，殷炎炎略带歉意地说："是不是我不该来呀？伯父伯母，对不起啦！"

　　"没有的事，没有的事。"席母赶紧说。

　　"那就好。"殷炎炎见席母说不是她的问题，很开心地笑起来。看见席东梁一副失落的样子，殷炎炎闪烁了一下眼睛："东梁，不是我说你，你女朋友怎么一点礼貌都不懂，在伯父伯母面前还耍性子。就算是为了你着想，也不该这么不给人面子啊！"

　　席东梁看了她一眼，不说话。

　　席母深以为然，可是却看到席父警告的一瞥，顿时惊醒。莫非，这姑娘一定要跟来，就是为了逼东梁的女朋友离开的？想着，席母对殷炎炎的所作所为又梳理了一遍。

　　先是在飞机上巧遇，哄得自己高兴不已，下机后说自己电话打不通，暂时没地方去，非得跟自己过来。对了，是她跟自己说："我还以为是哪家的女孩呢！居然是个普通人家啊！"也是她问自己："为什么只能见她爷爷，不能见她父母呢？"

　　席母突然感觉到，自己被牵着鼻子走了。顿时，她的胃口全失。

　　见席东梁不肯理她，殷炎炎面色变了又变，最后沉默了，不再说话。

　　席父席母当然不会去安慰她。于是一家人加上这个目的达到的女人，在心事怏怏中吃完了这顿饭。

　　等出了饭店，席东梁突然对殷炎炎说："我带我爸妈回我家，你就不方便去了，就在这里分开吧！"

　　他竟然要撇开她！殷炎炎怒火中烧，正要发脾气，却看到席父席母，便生生忍了下来，笑道："哦，那好的。不过东梁要是有空，一定要带我去你的新家看看哦！"

　　"哦。"席东梁含混地回答了一声，也不说答应，也不说不答应。把她的东西拎下来，往地上一放，朝她摆了摆手，便上车了。

席父也随即上车，席母则干巴巴地跟殷炎炎说了声再见，才上车。

一路上，三人都很沉默。直到席母忍受不了这种沉默了，才开口："东梁，你那个女朋友……"

"妈！"席东梁突然很激动地重重叫了一声妈，语气里满是委屈和愤怒，还有不甘。

席母原本打算数落一下艾亿，让席东梁放弃这个姑娘，可现在一看席东梁的反应，顿时知道事情严重了。儿子对艾亿不是一般的喜欢啊！

席父在一旁接了话："注意开车。"

席东梁只得平复心情，将注意力放在开车上。

"到底是怎么一回事？"席父回头看向妻子。

席母也很无奈："刚刚炎炎当着那姑娘面说想跟东梁重新在一起……"

"她说她跟东梁以前的事了？"

"她说她想继续做我儿媳妇。"席母叹了口气，若是以前，她自然是肯的，可是现在却不能确定了。就算是门当户对，可是这姑娘心机这么深，儿子哪里是她的对手。反倒是那个姓艾的姑娘……"

席父这才点头："怪不得那女孩会生气。东梁，你等会儿去赔个不是，这事我们有错在先，不该带你的前女友跟她见面，有什么需要配合的，跟我说声。"

席东梁张了张口，本来他想说，既然艾亿都不给自己父母面子，自己也不用给她面子。可是再一想，艾亿离去时看自己的眼神，太平淡了，平淡得像陌生人，这让他很心慌。他默默地点了点头，接受了父亲的好意。

把父母安顿好后，席东梁便在席父的催促下去了艾家。

此时，艾爷爷也知道了艾亿为什么中途离席。席母对艾亿的父母不满，对艾亿不满，这都是次要的，最主要的是，他们一家人带着席东梁的前女友来参加这场饭局，就是一件最不给人面子的事情。

艾忆会中途离席，也是为了保全艾爷爷的面子，她自己受委屈可以，但是见家长的饭局竟然插进了另外的女孩子，那不是打她长辈的脸吗？艾忆的做法虽然极端，可并不是完全没有道理。

艾忆和爷爷吃完饭，双双在客厅发呆。

艾忆只想着保全爷爷的尊严，却忘记了自己要怎么和席东梁再相处下去。

艾爷爷则是想着，这回要是他俩分手了，又不知道得花多长时间，艾忆才能找个称心如意的。这时间，是越来越紧了啊！

就在他们发呆的时候，门铃响了。爷爷一听，便有些欣喜，总算不是他们一家在愁。"肯定是他来了，你去开门吧！"

若是平常的小姑娘，这个时候应该是避而不见的。可是艾忆从小跟爷爷长大，知道有些事情逃避不能解决问题。听到爷爷催她，艾忆踟蹰了一会儿，便去开了门。

看到分离才两三个小时的席东梁现在已经满脸憔悴，艾忆有一点心疼，随即又清醒过来。这是他活该。"说吧。"她知道席东梁是来和好的，至于他会怎么解释，艾忆很好奇，她可以给他这个机会，看他能不能把握住。

席东梁看到艾忆，顿时很高兴："我还以为你不肯见我了……"

"就这句话？"艾忆挑了挑眉，就要关上门。

席东梁连忙伸手去挡。

院子里的门是铁栅栏门，就算关上门也是看得清楚对方的，可是席东梁就是不想隔着门跟她说话，这才伸手想拦住她。没想到艾忆用力过猛，他的手一下子被夹在了门中间。

艾忆连忙放开门，将他的手拽过来。好在铁门只是夹住了他的手掌，虽然被夹得有些淤青，但不严重，这让她稍微松了一口气。

而就在这时，她落入了一个宽阔的怀抱。

席东梁狠狠地抱住她："不要生气，不要生气，好不好，好不

好？"他的声音里有些许的压抑，还有慌张。

艾亿听得心头一酸。想要推开他，又舍不得。只得尽量让自己的声音更平稳些："我没有生气。"

"你生气了。"

"没有。"

"有。"

……

两人一来一回，就这无聊的问题讨论了半天。直到艾亿火了："你到底想要说什么！"

"我就是怕你离开我。"席东梁将她放开，看着她的眸子说道。

艾亿撇开脸，不看他："这不是我能决定的。"她的意思是，他妈对她不满意，她就算想跟他在一起也有心无力。

而席东梁则认为，她是在说自己做得不够好，才致使她作出离开的决定。"我知道是我的错，我改，好不好？"

"你的错？"艾亿斜了他一眼，"你有什么错？"

"我，我……"席东梁也不知道自己到底哪里做错了，他想不出来啊！但是他不能说不知道啊，于是他便说道："我知道是我做得不够好，所以你才讨厌我了。"

艾亿一听，气乐了。搞了半天，你还不知道我到底是为什么生气啊！艾亿怒火攻心，一脚踩在他脚上，趁他跳脚的时候，把他往外一推，大门哐当一声，关上了。

"小亿，小亿……"席东梁那个冤啊！他就像个无头的苍蝇，既不知道自己错在哪里，又不知道她到底为什么生气，又怕她真的跟自己分手。"别关门啊，那你告诉我，我到底错在哪儿了，我改，行不行？你知道我笨，我脑子不好使……"

他的声音很低，低到了尘埃里。

这是席东梁第一次表现出对她的紧张。

艾亿心酸，她是觉得他笨，觉得他脑子一根筋，可是他的性格就是这样，他做不到圆滑和面面俱到。自己不说，他就永远想不到。艾亿很难受，她不想让他说他自己笨，可是她不知道怎么开口说自己为什么生气。

席东梁见她不说话，以为她不想理自己，只得反反复复地说："是我不好，是我的错，你告诉我，好不好，我改，我真的改。你就不要跟我这个笨蛋一般见识，你告诉我。好不好？"

刚开始他说他笨，艾亿还觉得难受，等他说得多了，艾亿便烦了，笨也要有限度啊！知道自己笨还一直说一直说！"行了！知道自己笨还要别人都知道是不是？"艾亿语气很不好。"你家人都带着你前女友来向我示威了，你还跟没事人一样，也亏你知道自己笨啊？更可笑的是，你没看到你前女友还跟你妈说俩人要做母女？"

"那，那有什么不对？"席东梁弱弱地问道。"那她不就是我妹妹了吗？"

"我呸！你个榆木脑子能不能开窍啊？母女母女，不就是婆婆和媳妇吗？人家要做你媳妇呢！你是不是很得意啊！回去找你的前女友去，别来烦我。"艾亿越说越生气，声音也越来越高。她没发现，身后的房门被悄悄打开了一条缝。

艾爷爷听艾亿数落得畅快，心下感叹，好在自家院子大，不然就她这么吵，还不得引来一群人围观啊！当然，他是不会承认自己的偷窥行为有什么不对的。

席东梁觉得自己总算知道艾亿为什么生气了。"媳妇儿，媳妇儿，你才是我媳妇儿，我跟她没关系了，你相信我，我真没做对不起你的事，你别生气了。"

艾亿很无奈，捂着自己的额头。她突然很不明白，自己到底看上他哪点了。

"你别生气了，好不好？我没做对不起你的事情，我跟她好多年都没见了，真的，你相信我。"席东梁反反复复地说，生怕艾亿不信他。

问题根本不是这个啊！

艾亿觉得自己跟他根本就不在一个世界里。两人基本是鸡同鸭讲，谁也不明白谁。可是，如果自己不挑开了说，他很可能这一辈子都不会明白。哦，她明白了，为什么这小子到现在还单身了，像他这样别人说东他说西，能忍受得了他的人真没几个。

"我不是说你做了对不起我的事情。我是说，你爸爸妈妈带着一个冲你来的前女友，而且明明知道那女的喜欢你，想要跟你结婚，却带过来让我看，这是一种侮辱。我们见面是为了什么？"艾亿深吸一口气，压制住自己想揍他的冲动，仔细跟他说明自己为什么生气。

席东梁愣愣地回答："见家长啊！"

"对啊，我们见面是要见家长，为什么见家长？因为我和你想要结婚。可是现在，你家里人带一个想和你结婚的人过来，意思是什么，意思是要我跟别人竞争吗？"

席东梁总算明白了："对不起，是她非要跟着来的，不是我爸妈要她来的。你别怪我爸妈，他们对你没有恶意，不然也不会这么远跑过来。"

听到那个女人不是被席父席母请来的，艾亿心里好受了一些，可是席东梁说的他父母对自己没有恶意这件事，她持保留态度。

"那，那还有其他不对的地方没？"席东梁觉得自己就像通关一样，解决了一个问题，可是不知道这到底是不是最后一关。

最让艾亿生气的地方，席东梁解释了，只要对方不是特意带着殷炎炎过来侮辱她，她就还能接受他的歉意。至于其他的，她生气的地方也不多。"你妈觉得我爸妈没来，认为我家不重视这事。你知道吗？"

席东梁想了想，他真没看出来，不过以他妈的性子，确实有可能心里有情绪。"我会跟我妈解释的，你放心。"

"那你解释完再说吧！"艾亿摆摆手，心情一下低落下来。结婚对象的父母不喜欢自己，这不是件能让人高兴的事情。"我爷爷年纪大了，他希望我能找个好人家嫁了，可是你父母对我有意见，这对他来说是打击。我跟爷爷相依为命，不可能不理会他的心情。你要顾着你父母的感受，我也要顾着我爷爷的感受，你说是不是？如果你父母还是对我有意见，我觉得，我们俩还是分手的好，毕竟不受父母祝福的婚姻是走不长远的。"

艾亿的一番话很沉重，让席东梁明白了一个信息，那就是自己跟父母没有沟通到位，以至于艾亿感觉到他们有敌意。他当然明白艾亿的爷爷对她意味着什么，同样，他父母对他也是最重要的，这两方面如果不能调和好，他们两个就真如她所说，走不长远。

"那你不能放弃，好不好，我会努力的，你不能放弃我，好不好？"席东梁抓着栅栏门，一脸恳求。他不能肯定自己有多爱艾亿，但是他早已经将她看成了他的另一半，他无法忍受两个人就这么走向分手。

艾亿默默地点头。

席东梁得了她的肯定，深吸一口气，立刻决定回去跟父母说清楚。"你等我，我会很快来找你的。"

艾亿看着他的背影离开，心里被揪得很疼。她从来没有喜欢过一个人，从小到大，在学校的时候，她总是窝在自己的天地里，对男孩的接近一概不理，以至于别人都认为她清高淡漠，实际上她只是不喜欢与人交际。

被爷爷逼到一定要找人结婚，艾亿才要求自己去喜欢一个人。这是她第一次喜欢一个人，很纯粹的喜欢，第一次喜欢一个人的感情总是要比其他时候要深刻一些。席东梁或许还不知道，她在乎他比他在乎她要多，谁让她根本不会表现出来。

席东梁驾车回了家，他父母出门去买东西了还没回来。席东梁便待在家里，一遍又一遍地将自己父母和艾亿之间的关系梳理清楚。

直到下午六点，席家父母才大包小包地回来。

"东梁，过来帮下忙。"席母看到席东梁傻傻地坐在沙发上，忍不住叫道。

席东梁赶紧过去接过她手里的东西。

三人把东西都放好后，席母便起身去厨房："我去做饭吧！"

"还早呢，咱们快两点才吃的午饭。"席父连忙阻止她，他看出来了，席东梁有话要说。"东梁，你去你女朋友家里了？她怎么说？"

席东梁掂量了一下，才说道："她误会殷炎炎是我们特意叫过去吃饭的，所以不太高兴。"

"这说明她吃醋了，是好事。"席母笑道。

席东梁看了看席母，抿抿嘴，想了想，又说道："她还说，她跟她爷爷相依为命，她爷爷才是她真正的亲人，并不是故意不让她爸妈跟你们见面的……"席东梁并不傻，他的智商也不低啊，只是他平常不太动脑筋，再加上性格原因，才会说些让人很气愤却又无可奈何的话。这会儿铆足了劲要抚平他爸妈跟艾亿之间的裂痕，说的话倒是圆滑了许多。

席母微微一愣，儿子这话明显是跟自己解释艾家父母为何没出现在今天的饭局上。席母低头沉思了一会儿，才说道："好，我明白了，这点是我没想通。"席母还是个通情达理的人，并未胡搅蛮缠。再说了，自己儿子，自己不疼，还有谁疼？席母就算是为了儿子，也愿意相信他的解释。"你女朋友还挺敏感的。"她对艾亿父母没跟他们夫妻见面的事确实有所不满，但这也不是所有的原因。就像是普通的婆媳一样，她对未来的媳妇的确是抱着少许挑剔的。

"我也不是非她不娶，只是你们催的急，再加上她性格好，我才正经谈的。再说了，她是赛宝老婆的朋友，我们就算看在赛宝面子上，也不能让人家没面子。"席东梁知道自己如果说非艾亿不娶，那他爸妈肯定会委曲求全让自己达成目的。可是那样的话，爸爸妈妈就不是真心接纳艾亿，日后的相处还会有麻烦。说出艾亿是曹赛宝老婆的朋友，不过是要告诉爸爸妈妈，自己跟艾亿并不是胡来的。

席父忽然一挑眉："曹赛宝的老婆？"

席母知道这个事，忙说道："我知道，我知道，刑家的女儿，是个单纯的孩子。小曹这婚事选的可真好啊！"

"哦？"席父心中一动。"就是那个高尔夫球场的刑家？"

"嗯，没错。还是独生女呢，小曹以后可以直接接收她家所有的产业，赚得大了。"席母的论调是一般的生意人所特有的，在他们眼里，利益的结合是正常的。只有席东梁这个例外，他太老实了，不太适合商业圈，所以席父席母也没打算让他去联姻，赚一笔。

席东梁有些傻眼，他倒是没想过，曹赛宝那个看起来还天真烂漫的老婆竟然还是父母圈子里的人。

"老曹这回扬眉吐气了。"席父笑道。

"可不是吗！小曹从小就不听话，现在不仅事业闯出来了，娶的老婆也门当户对，老曹夫妻俩都高兴得合不拢嘴了。"

"那……刑家女儿的朋友……"席父突然吐出这么一句。

意味深长。

席东梁又是一愣，在他看来，艾亿就是个普普通通的女孩，艾爷爷也是个普普通通的老头，席父的提醒让他突然想起一个成语：人以群分。

刑家家产上亿，艾亿和刑家人的关系为何如此密切呢？

难道，艾亿还有什么其他的身份不成？

席母也是这么想的，顿时有些不可思议。她对艾亿是普通家庭出身抱有一定的排斥，可若是她家与刑家有旧，自己不就是门缝里看人，把人看扁了？

"艾家，艾家……"席父敲了敲桌面。

席东梁忍不住道："她爸妈是地质学家，吃国家饭的。"意思是说她家根本不可能跟刑家有过多的接触，也许，艾亿跟刑素素之间不过就是普通的朋友而已。

这回，席母也傻眼了："儿子，这话之前你没说啊！"

席东梁想了想："没说吗？"

自古以来，商为贱，现代的生意人虽然钱多，但每上升一个层次，就会多明白一个道理，那就是做生意仍是看人脸色，并没有多高贵。这也是为什么席东梁勤勤恳恳做上班族，席家父母还不阻拦的原因。席东梁吃的也是国家饭，他的工作是技术活，不是一般人可以接触的，哪怕是没什么钱赚，这也能让席家父母很有面子。

所以，地质学家这种性质的工作，都可以被看成科学家了，在一定程度上，是可以流芳百世的。而做生意的，只是赚钱而已。在席家父母来看，这样的家庭，简直就是高不可攀啊。就像暴发户遇到大家闺秀，他们总觉得自己矮上一截。

席母听了席东梁的话，顿时有些羞愧。是她先入为主觉得艾亿是普通家庭出身，所以对她有了挑剔。如果她早知道艾亿父母的工作，她肯定会从另外一个角度去看待艾亿了。

生意人嘛，总是得看重利益的。

"我想起来了！"就在席母羞愧的同时，席父突然停下了手指，他神情激动地说道："南艾北李！"

席东梁和席母面面相觑，"南艾北李"是什么意思？

"你俩不记得艾家爷爷走的时候发生的事了？"席父古怪地看着自己的妻子和儿子，他怎么就没想起来。

席东梁和席母当然记得，那个时候，席东梁还在迷茫中，可是艾爷爷跟刘经理的对话，他还是听清楚了。而席母那个时候就想看艾爷爷的笑话，也把当时的事看得很清楚。

"全国有名的风水大师，南方以艾家为主，北方以李家为主。李家大师去世后，就只剩下艾家大师一人……"席父缓缓地说道，"艾大师年近九十，自20年前就不再轻易给别人看风水，就算大家族捧着万金也不能见他一面……"

席母的脸色越来越古怪，她这是犯了哪门子的冲哦！竟然把千金当草莽了！越是如此，她就越烦殷炎炎，如果不是她在自己面前嚼舌根，自己怎么会有艾亿高攀了自家的心思？

"东梁，现在给你媳妇打电话，明天我们一家人上门道歉。"说完，席父斩钉截铁地下达命令。

事情的发展出乎席东梁的意料，不过对他来说，这样的发展对他很有利，他很乐意见到。

很快，席东梁就打了电话过去，电话那头，艾亿淡淡地应了声好。

席父席母面对这一声好，神色都很复杂。席父则是没想到自己能与传说中的艾家风水大师对话，席母则是因为自己的小肚鸡肠而羞愧不安。

第二天一早，席家三口便到了艾家门前。席母一眼就看出这个院子的价值，她越发为自己昨日的说话感到不安。她一直不是很计较的人，可没想到第一次轻视一个人，便得了这么重的反击。

依旧是艾亿来开的门，她叫了叔叔阿姨后，便把几人请进了客厅。

昨日的事情虽让艾亿祖孙俩都不太高兴，不过俩人都没有表现得很明显。而席家父母因为大概了解了艾家的情况，对艾爷爷的地位有了清醒的认识，俩人表现得也很淡定。席家虽然不是气运深长的大家族，可也算得上是白手起家的中产阶级，他们也能做到不卑不亢。

"艾家爷爷，昨天是我们不对，还请您不要介意啊！"席父一上来就对艾爷爷热情地说道。"那闺女的爸爸妈妈跟我们认识，昨天在飞机上遇到了，下飞机的时候看她一人挺可怜的，就答应她跟我们去吃饭。是我们没有考虑周全，还请艾家爷爷多多包涵。"

艾爷爷也是场面上的人，见席父先低了头，也不好再说什么，便说道："也没什么，也没什么，就是我家丫头心里头有气，睡一晚上就没事了。"

席父又说了几句场面上的话，便跟艾爷爷俩人坐在一块亲热地聊起来。

席母这回也不再挑刺了，亲热地拉起艾亿的手，笑道："艾丫头，昨天是我不对，我现在给你道歉了，你可千万不要怪罪阿姨啊！"

"没事。"艾亿微微一笑，一眼瞟到席东梁满脸的欣喜，心下不由

223

感叹。他父母比他会做人多了，能屈能伸又能舍得下颜面，这样的父母真是三生求来的好福气。

艾亿不知道席东梁是怎么跟父母沟通的，但看席父席母对自己的态度，料想也不是什么坏事。而席母的态度发生明显转变，总算是让她轻轻松了一口气。她也不想这么早就跟席东梁分道扬镳，她在这两个月的相处中，还是付出了感情的。

席母跟艾亿的交谈让她越发喜欢这个女孩，进退有度，不骄不躁，不疾不徐，举止文雅，谈吐大方，真的是儿媳妇的上上之选。至于她家有没有钱，那算什么问题？她儿子也没有钱啊，对吧！

这回的见面比昨天的见面要愉快得多，解除了误会，双方都有冰释前嫌的心理，结交起来也更加容易。几人在外面吃了一顿饭后，席父在席上祝福了两个年轻人，双方就算正式把这事定了。当然，至于两个人到底最后能不能结成连理，得看他们自己的了。

最后，席东梁要送父母去机场，所以艾亿和艾爷爷便回家了。

艾亿和席东梁长辈见面的事，很快就被人知道了。这天晚上，艾亿和席东梁分别接到了素素点点和曹赛宝的电话。

Chapter14　生命中的失去

"小亿小亿！你太不厚道了，见家长这么重要的事，居然不告诉我！"电话那头的素素点点，仍是有些嚣张的高兴，只是又略带了一丝疲惫。

艾亿无奈地说道："听说你爸出事了，我这点事情哪能惊动你。现在叔叔怎么样了？"

素素点点听到艾亿问她的父亲，总算将掩饰扯下，很沉重地说道："中风，而且很严重，抢救了四十八小时才保住性命，我跟我妈连续照顾了他大半个月，现在还是不能说话，不能走路……小亿，我好怕……"说着说着，素素点点就带起了哭腔。

"别怕，没事的，一定会好的。"艾亿也不知道该说什么，只得干巴巴地反复安慰她。

大约是听艾亿的指挥听习惯了，所以素素点点对艾亿的话有着莫名的信任。这个时候听到她用镇定的声音说一定会好，她的心里也悄悄地相信了艾亿。转眼，素素点点调整好心情，便笑道："听我婆婆说你跟席大哥现在相处得很好啊！这是我这段时间听到的最好的消息了。"

艾亿笑道："那得多谢你这个小媒婆。"

"哈哈！那是，记得到时候给我买鞋子啊！媒人鞋可不能少了我的。"

"放心吧！如果能成的话，一定少不了你的。你自己也要注意身体，别把身体熬坏了。"

素素点点连忙保证，自己身体很好。"就是辛苦我老公了，又要担心我爸又要担心我，我睡不好他也睡不好，他现在都瘦了10斤了。"

艾亿叹道："他本来就瘦，那现在不得成竹竿子啦！"

"就算是竹竿子我也喜欢！"素素点点笑道。

"是是是，我知道你跟你家曹赛宝恩恩爱爱好了吧！没必要在我面前炫耀了。"

俩人调侃了一会儿，素素点点那乐观的性子展现得淋漓尽致。说了四五十分钟后，素素点点终于被艾亿催着挂电话了，不过在挂电话之前，她又突然想起来忘记告诉艾亿的话了："差点忘记告诉你，上次我老公跟我说，你知道蜀国那个十五星套是谁？"

艾亿眨巴眨巴眼睛，她怎么可能知道那个十五星套是谁？

"哈哈，你猜不到吧！他就是席大哥啊！我老公说那套装备还是他打出来的呢！"

艾亿顿时惊呆了，连回应素素点点都忘记了，任由素素点点在电话的那头不停地说。

"那天你们在跨服战，我跟我老公看到蜀国骂架，正好说到十五星套。老公就说了，那个号是他练的……哦，对了，我没告诉你吧，我老公的公司就是做这个游戏开发商哦，我老公是不是很厉害啊！"

素素点点一顿说，最后在艾亿无奈地问她还打不打算挂电话的时候，才依依不舍地挂了电话。

等挂了电话，艾亿趴在床上翻来覆去。

她接近梁山伯的时候，就知道这人严肃，生活作息规律，又沉默寡言，后来逗了他那么多次，他还是愿意不计前嫌在跨服战的时候帮助自己，这说明他是个心胸宽广的人。这许多的性格表明，他跟席东梁的性子是一致的……

想到这个，她就不得不再联想到殷炎炎是殷火儿的事实。席东梁跟殷炎炎之间，到底是怎么一回事？他们两个，是不是早就在一起了？而自己现在又算什么情况？席东梁到底是脚踏两条船，还是自己只是个备胎？

艾亿很纠结。

席东梁也很纠结，他从曹赛宝的电话中得知了让他如遭雷击的事实——艾亿就是亿月亿年！他对亿月亿年的感觉本来就很复杂，有痛恨，有蔑视，有钦佩，有感激。当她与艾亿重叠的时候，席东梁就更复杂了，这么复杂的感觉当中，再加上喜欢、爱慕，就变得越发无厘头起来。哦，对了，人家都说，她跟十三是一对情侣呢！

席东梁想起这个，顿时不爽起来。不行，他得让她离开这个破游戏，自己都不玩了，她也不该玩了，不是吗？

席东梁想着，便给艾亿发了条信息。

电话那头，艾亿还没睡着，打开信息一看，"老伴儿，曹赛宝跟我说你就是亿月亿年啊！咱们真有缘分。"艾亿再一想，可不是嘛，在同一个游戏认识，在现实中又走到了一起，这不是缘分是什么。

"我也没想到你就是大神啊！怎么样，被人巴结的感觉不错吧？"

席东梁看到这句话的时候，都快郁闷死了。他被人巴结他不知道，他只知道自己被人唾弃得像老鼠过街。当然，他也不会向艾亿诉苦说自己在蜀国受到了什么样的待遇，那样太丢面子了。

"不怎么样，我不喜欢玩游戏，挺没意思的。"

这句话倒是真的。艾亿知道，席东梁的性格严谨，玩游戏实在不是他的风格，难道他是因为殷炎炎才进的游戏？想到这个，艾亿就浑身不自在，心情也开始低落，没有了聊天的欲望。

"睡吧，你明天还上班。"

席东梁等了很久，才等到这样一条消息。面对冷冰冰的字，他有种无所适从的感觉。不过……算了，她困了吧，这两天把她折腾得够呛，等明天跟他见了面，再跟她说游戏的事。

第二天一早，艾亿登录游戏，便被十三缠住了。

【好友】十三月的风：小亿，我跟你说个事。

【好友】亿月亿年：什么？

【好友】十三月的风：我今天上卖钱的小号，居然收到一封邮件，你猜是什么？

【好友】亿月亿年：是什么啊？

【好友】十三月的风：是梁山伯删号的系统通知！！！

十三在这句话的末尾加了三个感叹号以表达他的惊讶程度。

艾亿在心里咯噔一下。

【好友】亿月亿年：他为什么删号了？

【好友】十三月的风：听说，他跟蜀国女王闹翻了，我算了下时间。就是那天蜀国女王把他丢进监狱的时候，他删的号。你说，这人是不是太有个性了，十多万啊，随随便便就给扔了。

他跟蜀国女王闹翻了！

他跟蜀国女王闹翻了！

他跟蜀国女王闹翻了！

是的，他跟蜀国女王闹翻了，所以他不玩游戏了，所以他要自己见他父母了，所以他说自己跟殷炎炎没有关系了……因为他们闹翻了！

艾亿的心里像是打翻了五味瓶一样，什么样的味道都有。原来，他的喜欢和承诺，只是他在闲暇时间给自己编织的一个谎言。他是一个严肃、执着的人，他喜欢一个人，就一定会不顾一切地去喜欢。

她本来以为他喜欢的会是自己，可是现在她才知道，他喜欢的是殷炎炎。她几乎可以拼凑出事情的真相：他们两个原本就是一对儿，肯定是殷炎炎不要他了，他就追到了游戏里。谁知道就算他追到了游戏里，他还是跟殷火儿闹翻了。在这样的情况下，他才死心。死心后便积极准备跟自己见家长，可是没想到，见家长的时候，殷炎炎居然来了！

怪不得他那天介绍殷炎炎的时候，表情那么奇怪！

艾亿没有心思再跟十三聊天，连道别都没有，就急匆匆地关了电脑。

下了楼，发现艾爷爷已经出门逛街了。艾亿在厨房找了吃的，便在沙发上呆呆地躺下，越想越气，越想越伤心。她第一次喜欢一个人，本以为连父母都见了，就算是尘埃落定了，可是却没有想到，这中间又突然插进一个人来。

又是忙碌的一天，席东梁一下班就直接到了艾亿家门口。

艾亿原本很伤心的，可在听到席东梁已经到了自己家门口的时候，心里又有些开心。恋爱中的女孩心情总是起伏不定，她搞不懂自己，不过她也不想压抑自己。出了事情，就得面对，不管他是不是哄骗自己，自己都得弄清楚不是？

艾亿抱着这样的想法，关了门，跟席东梁去了他家。

席东梁下车就想牵艾亿的手，被她躲了过去，席东梁也不以为意，以为她突然害羞了。等到回了家，看她默默地坐在沙发上，才察觉到不对劲。

"老伴儿，怎么了？"席东梁轻手轻脚地走到她旁边坐下，伸手去摸她的头，被她扭头躲开了。席东梁这下感觉到出问题了。"怎么不高兴了，告诉我呀？"

艾亿斜睨他一眼，憋了一天的问题终于问出来："你跟那个殷炎炎是怎么一回事？"

"殷炎炎？"席东梁很疑惑地看她，"你怎么还在提她啊？我跟她是高中同学，那时候我追的她，后来高中毕业就分手了，之后就没联系过。"

"没联系过？"艾亿提高了声音，她甚至感觉到自己的声音有些颤抖。"没联系过她怎么会跟你父母一起过来！没联系过她怎么会说想要做你老婆！"

席东梁觉得自己很冤枉："真的，我们真没联系过，我毕业就到这边来了，她在S市，离得远，根本就没法联系。"

"哼！"艾亿冷笑，"你骗谁啊？到这个时候了你还想骗我？我俩开始谈的时候，你还泡在游戏里，你敢说你没跟她联系过？"

"我真没有……"席东梁郁闷地说道，不过随即又觉得不对，什么叫泡在游戏里就是跟殷炎炎有联系了？他还没说她跟十三的事呢！"别提游戏了，我早就把号删了，早不玩了。干脆，你也别玩了吧，人家都说你跟那个十三是一对儿呢，我想想就吃醋。"

"你好意思说！你好意思说！"艾亿没想到自己还没指责他呢，他居然倒打一耙。她被气得只会说这一句了。"你凭什么不让我玩游戏！你玩游戏泡妞就可以，我玩游戏就不行？什么逻辑？席东梁，你别太自私了。"

艾亿从来没有直呼过他的名字，这个时候的艾亿，双眼圆瞪，表情冷漠，说出来的话也一字一句都带着冷意。特别是在叫他的名字的时候，席东梁感觉到有股阴风。

"你这是怎么了？我不都说了，我不想让人说你跟十三是一对儿，再说了，天天玩游戏有什么好的，又不是工作……"

"我知道了。"艾亿静静看着他，不等席东梁说完，又冷冷地道，"你是嫌弃我没有工作。"

"我没有，我真没有。我只是说，玩游戏又不是什么正经的事，干吗非得天天玩呢？我没有嫌弃你没有工作啊！你没有工作我们也能过日子啊，我不怕的，我会努力挣钱的。"

"哦，你是今天才知道我没有正经的工作吗？你现在才来嫌弃，是想说什么？"

席东梁被她弄得头大了，他怎么说，她都能把自己的意思扭曲成另外一个意思，最郁闷的是，他本来就不擅辞令，被她这么冷冰冰地看着，又冷冷地嘲讽着，他感觉到压力很大。"小亿，我没有恶意，真的，你要相信我。"

"你要我怎么相信你？你跟我在一起的时候，还撅着屁股跟在别的女人后面，等别人不要了你，你就开始管束我的行为了？这个时候嫌弃我没工作没收入？席东梁，你到底是怎么想的？是不是觉得我非你不嫁了？我见了你父母，就一定是你的人了？告诉你，你休想。"艾亿很少吵架，不过这次吵架让她发现，自己还是很能吵的，像她这样在暴怒的情况下还能条理清晰的人也不多了吧！

席东梁听了她的一系列指责，只抓到了最后一句重点，这让他大惊失色："小亿！你想分手了？"她的意思是自己不要指望她嫁给自己了？她也肯定不会成为自己的人了？她这是想分手了吗？

艾亿被噎了一下，她没想提分手，不过目前的状况，分手也不是不可能。

"这是你说的。席东梁，你想分手就早说，何必浪费我的时间？"艾亿一咬牙，站起来就往外走。

席东梁赶紧拽住她的手，把她紧紧地抱进怀里："我没有说，我没有说。小亿，你别生气，我们不要分手，好不好？我都听你的，你别生气。"

艾亿继续说："是你说分手的。"

"我没有说啊，我只是问你是不是想跟我分手，你看你，数了我那么多罪状。"席东梁很委屈地说道。

"你这样问的意思就是你想分手。"

席东梁被她的话弄得哭笑不得，他从来不知道女人不讲理的时候是这样的。好在他一直把她抱在了怀里，不怕她跑掉……如果真的让她跑掉的话，估计再把她拉回来，就难了。

"这样吧，咱们别争了，行不行？我工作了一天，这刚回来，想吃顿饭呢，你看你就一直在骂我，我都快饿死了，咱们先吃饭，行不行？"席东梁的本意是想用吃饭来转移艾亿的怒火。

可是没想到，这样一说，又触了艾亿的雷区："你的意思是你辛辛苦苦工作一天，回来我就跟你发脾气，我不够贤惠，是不是？我没给你做饭吃，没跟你温柔地说话，都是我的错，是不是？"

席东梁这下彻底哑口无言了。得，他怎么说都是错。那怎么办啊？

见他不说话，艾亿又怒了："被我说中了，是不是，连借口都找不出来了，是不是？"

"……"席东梁轻轻咳了一下，正想着要说点什么，却又被打断了。

"你想说什么？你想找什么借口？"

"……"

好吧，唯女子与小人难养也。

这样不讲道理的艾亿，席东梁是第一次见，他能清晰地感觉到她的怒火，可是他根本不知道自己错在了哪里。无论他说什么，他做什么，都是错的。这让他有种挫败感。想着，席东梁只有让她冷静冷静再说："小亿，你现在正在气头上，我说什么你都听不进去。这样吧，我先把你送回家，等你冷静了，咱们再好好谈，行吗？"

艾亿听了这话，终于不说话了，她感觉到自己很疲惫，这是一种心理上的疲惫。她胡说了这么多，就是想逼他说出他跟殷炎炎之间的事情，可是他竟然避而不谈。他越避开，就越说明他心里有鬼。

"好，送我回去吧。"

艾亿的语气很正常，就像平日里俩人玩了一天后，她说"送我回去吧"，席东梁不知道她的心理，以为她是真的想回去好好地冷静一下，便牵着她的手，又带她回到了艾家。

艾亿这回没有拒绝他的触碰，她心里已经决定了，等她回家，他们两个就再没有关系，他想再见她，也就没那么容易了，最后让他再占点便宜，无所谓了。

这种无所谓的态度，是她在累极的情况下的一种消极反抗，只不过当事人不太明白。

回到家后，艾亿便发了个信息给席东梁。

"最近不要来找我了，等我冷静好再说。"

席东梁也只得回复说好。

一天过去了，两天过去了，三天过去了……渐渐地，竟然过了半个月。席东梁慢慢地开始着急，可是打电话过去，艾亿不接，发信息，也石沉大海，去艾家，也找不着人。很明显，她在躲着他，可他仍旧傻傻地相信，她还在冷静中。

同样，在艾家，艾亿天天无所事事，连游戏也不怎么上了，手机也不看，一整天一整天地发呆。每到下午六七点的时候，便到门口悄悄地看着外面。时间一长，艾爷爷便发现了不对劲。

"丫头，你干吗呢？跟小席吵架了？"

"分手了。"艾亿冷静地回道。

艾爷爷正在翻看手里的漫画，听到她漫不经心的回答，噌地回头："你说什么？"

"分手了。"艾亿冷静地重复道。

艾爷爷瞪圆了眼睛："为什么？"

"他脚踏两条船。"

"怎么可能？"

"怎么不可能？"艾亿淡淡地瞥了一眼爷爷，送给他一个"你懂什么"的眼神。

艾爷爷被她的眼神给刺激得跳起来。他虽然老了，但他还没有眼花啊！小席那种人怎么可能是脚踏两条船的人。"你是不是误会了？"

"就算是误会，那他嫌弃我没工作，不给他做饭，还非逼我不准玩游戏，这又算什么？"

"不会吧？"艾爷爷目瞪口呆，他怎么觉得，艾亿说的根本就是另外一个人呢？"你是女人，给他做饭天经地义，而且，不玩游戏就不玩游戏呗，多正常的事啊！你怎么就不能迁就一下他呢！两个人在一起，就得多多包容啊！老是这么耍脾气，日后怎么过啊？"

"他凭什么管束我？他先把自己管好吧！"艾亿鼻子里哼了一口气，好像赌气地说道。

艾爷爷也是第一次看到艾亿这种任性的状态，这大概是恋爱中的女人的特质。这让艾爷爷又欣慰又心酸，欣慰的是，艾亿长大了，心酸的是，艾亿终于开始在乎一个男人了，以后，她就得跟另外一个男人过一辈子了。

"去，给人家道歉去，哪有你这么任性的。你跟人家冷战多久了？"艾爷爷假装怒道，她这个样子，得引导啊！不然真把人家的耐性耗光了，这小两口可就没有机会了。

艾亿想了想："16天。"她坚决不承认自己记得很清楚。

"……"艾爷爷顿时无语，半个多月了！席东梁不得急疯了啊！"快，现在给人家打电话，有话当面去说。"

"不去。"艾亿脸一扭，明明是他的错，凭什么她要先低头？不是他朝三暮四，自己怎么会生气？更可恶的是，他到现在都还不道歉，天天说自己无理取闹。

席东梁每次发信息都是问："你考虑好了没有啊，你怎么还在闹啊，咱们别闹了，行不行啊？"

若是平时，席东梁发这样的信息也很正常，可是艾亿正在钻牛角尖，这些话就成了席东梁指责她的证据了。

"死丫头，赶紧去！"艾爷爷被她气得一哆嗦，站起来扬手就要打她，想了想，光手打没什么效果，还得找个工具才够力度，于是艾爷爷四下一看，便找着了上次打儿子的那根木棍，想要吓一吓艾亿。

"不去，就不去。"艾亿就是犟上了，看到艾爷爷去拿木棍，知道他要吓自己，便赶紧往楼上跑。她可不像她那个只见过一面的爹，没那么厚实的身子板能挡得住老爷子的一击。

艾爷爷拎着木棍就要去追，可突然天旋地转，眼前一黑……

艾亿在楼梯上跑了几步，听到轰的一声，回头一看，顿时吓得魂飞魄散："爷爷！"

她跑下来，抓住倒在地上的爷爷的手臂，急得眼泪直流。这是怎么回事？爷爷不过是跑了两步，怎么就倒下了？她跑去拿了手机回到爷爷身边，一边打120，一边哭着喊爷爷，想把他叫醒。可是爷爷很安详地倒在地上，根本没有回应。

时间过得很慢，很慢，艾亿几次将手哆哆嗦嗦伸到爷爷的鼻子前，就怕感觉不到呼吸，好在爷爷的呼吸虽然很微弱，可还是一直存在着。这让她稍微有了些许镇定。

怎么办，怎么办？

艾亿抹了抹泪水，又重新拿起手机，拨打了她最近一直想打但又一直没打的那个电话。

席东梁正在绘图，听到手机铃声响了，他暗暗皱了一下眉头，被打断的灵感一时半会儿找不回来。席东梁只好拿起手机，一看，竟然是自己朝思暮想的那个电话，赶忙按了接听键。

"老伴儿，你终于肯给我打电话了？怎么这时候打呀，是有什么重要的事情吗？"艾亿一向不会无缘无故打扰他上班，席东梁便顺口问了一句。

原本已经把眼泪擦干的艾亿，听了这话，眼泪又不由自主地涌了出来。"爷爷，爷爷，爷爷晕倒了！"

"什么！"席东梁噌地站起身，迅速地将桌面收拾了一下，便朝外面走。"别急，我马上过来，你现在是在家还是在医院？"

"在家，已经打了120了。"艾亿一边抽泣，一边说道。

席东梁听到她的哭声，心揪成了一团："别哭，宝贝儿，别哭，我马上过来，你别哭……"他也不知道怎么安慰她，只能一遍又一遍重复着让她别哭。

"救护车来了，我先挂了……"不被安慰还好，越被他安慰，她就哭得越厉害。直到听到救护车的声音，艾亿才抹了抹脸，将眼泪收了起来。

"好，我等下给你电话，你先办好手续。"

"嗯。"

席东梁挂了电话，心急如焚地赶回临市。路程要一个小时左右，席东梁第一次痛恨自己的工作地点如此之远。等他赶到医院的时候，艾亿已经趴在爷爷的病床边睡着了。大约是哭得累了，所以睡得很沉。

他悄悄地走过去，贪婪地看着半个多月未见的脸。她还是那么清丽，只是眼角有着泪痕，眉头也紧皱着，整张小脸挤在一起，兴许是做着什么不太美丽的梦。

席东梁回头看了看床上的艾爷爷。他的面容平和，鼻子里插上了氧气管，没送进重症监护室，就说明他的病还没有威胁到生命，这让他放下心来。毕竟，艾爷爷是艾亿相依为命的亲人，他也不希望艾爷爷的健康出问题。

席东梁搬了把椅子，静静地坐在艾亿的身旁，悄悄地握住她的手，陪她一起等待。

艾亿睡得很沉，直到晚上七点多才突然惊醒，紧张地叫了声爷爷，再看到病床上的爷爷，这才抹了抹脸……然后才察觉到自己的手上还有一样东西，看到席东梁，她艰难地露出笑容："什么时候来的？"

"三点多。进来的时候你已经睡着了。"

艾亿抿了抿嘴，她最近的睡眠一直不好，主要还是跟他吵架的原因，再加上被爷爷这么一吓，等事情都弄好了，她便昏昏沉沉地睡了过去。"打扰你工作了。"

"只要你跟爷爷都没事就好。"

艾亿递给他一个浅浅的微笑："应该会没事的。"

"那就好。想吃什么东西，我去买，你应该也饿了。"

不提还好，一提，艾亿真的感觉到自己饿了，本想说不用，可是她又不想离开爷爷，便只得道了声好。"随便打个饭吧，你也吃点。"

"嗯，好。"

俩人吃了饭，在病房里有一搭没一搭地聊着。

艾亿被爷爷一吓，对席东梁脚踏两条船的事不那么在意了，也能坦诚地面对席东梁，不那么别扭了。她原本就是钻进了牛角尖，现在钻出来后，便知道那些对爷爷说的什么他嫌弃自己不工作，他嫌弃自己不给他做饭之类的，都是她瞎掰出来的理由。她这次生气，主要还是因为席东梁说跟殷炎炎没有关系，却仍然在游戏里追逐对方。这让她感到被欺骗，她忍受不了。

"老伴儿，你瘦了呢！"席东梁摸摸她的脸，感叹道。

艾亿抿着嘴，眼泪差点夺眶而出，她拼命忍，才将眼泪忍回去："没有，你的错觉吧！"

"你还在生我的气啊？别生气了，好不好？你生气，我会心疼的。"席东梁低低地说道，眼睛一刻也不敢离开她，生怕一眨眼，她又没了踪影。

"我没有。"艾亿还是嘴硬，她就是不想告诉他，她已经知道了他在游戏里跟殷炎炎的事。

"有什么话就跟我说，你不说我就不知道，我不知道就没办法解决问题。小亿，你要相信我，我不是心思不正的人，我是认认真真想要跟你过一辈子的。"

听了这话，艾亿又差点哭出来。爷爷突然病倒，给她来了个措手不及，以至于她现在一直处在相当脆弱的阶段，只要席东梁说一点窝心的话，她就会异常激动。

席东梁的一番话，也让艾亿纠正了自己的想法，她得说出来。如果不说出来，别人就不知道自己在想什么，也就不能解决问题。如果不能解决问题，她和席东梁之间是不是就会一直有一个心结？导致他们根本没办法继续在一起？

艾亿缩了缩鼻子："你说你没跟殷炎炎有来往，可是在游戏里却跟她成双成对……"

席东梁有些好笑，自己什么时候在游戏里跟人成双成对了，她这个魏国女王跟魏国太师的故事才叫人人皆知，好不好？不对，她说殷炎炎也在游戏里？难道是……殷火儿？

一想到殷火儿，席东梁的脸色顿时不好看起来。他还真没想过，殷火儿就是她啊！

"你是说，殷火儿就是殷炎炎？"

"你不是最清楚？"艾亿斜睨他，看到他的脸色变得难看，心里又难过起来，以为自己说中了他的心事。

席东梁郁闷地说："我根本不知道她就是那个殷火儿。"

"骗人。"艾亿听他这么说，心里已经有了一点点相信，可是却又强迫自己不能轻易相信他。

席东梁叹了口气，这才把自己为什么离开游戏说了一遍。殷火儿因为梁山伯去参加跨服战而恼羞成怒，到处散布他和亿月亿年有一腿的谣言，最后竟然把他丢进监狱让他失去行动自由。席东梁觉得游戏很无聊，这才退出游戏。

听了席东梁的解释，艾亿简直不敢相信，自己推测出来的事实竟然完全相反。也就是说，这段日子自己执着和纠结的事情，竟然是自己胡想出来的。

"老伴儿，你可要相信我，我从没做过对不起你的事情。倒是你……人家都说你跟那个太师两情相悦呢！"席东梁晃晃她的手，把她从思绪里拉出来，然后瘪着嘴撒娇。

他相貌敦厚严肃，又不是什么白面小生，做起撒娇的动作来，生硬不说，更是有一种严重的违和感。之前他就这么做过把艾亿给逗乐了，这回也不例外。艾亿看他挖尽心思逗自己，再加上这次吵架是自己胡思乱想导致的，心里又有些愧疚，这样一想，便忍不住噗笑道："别装嫩。"

"不装嫩哪能配得上老伴儿啊！老伴儿这么年轻漂亮，温柔大方……"席东梁一边挖空心思找赞美的词语，一边看着艾亿斜视他的样子，说了俩词，就卡壳了。他实在是不擅长言辞啊！面对艾亿那"看你能说出朵花儿来"的表情，他憋了半天，也没憋出下面的话来。

"吹不出来了吧？"

"嘿嘿，嘿嘿……反正老伴儿最好了。"席东梁也不否认自己的失败，傻笑一阵后，说了句心里话。

艾亿听得心窝里暖呼呼的，他的话虽然不动听，但是他实诚啊，说出来的话更让人容易满足和相信。

俩人的误会解除后，不一会儿便黏到了一起，握着的双手怎么都不愿意分开。

席东梁恨不得这样的时间能长一点，再长一点。只要看到她软软地笑，他就觉得自己很幸福。

过了许久，艾亿才对着还没醒来的爷爷叹气："也不知道爷爷什么时候醒来。"

"没事的，很快就会醒了，医生是怎么说的？"

"说是内脏老化，大脑供血不足，缺氧导致的晕倒。都是我不听他的话……"明明是自己误会了席东梁，结果自己还死撑着不愿意和好，连爷爷都病倒了。艾亿觉得自己真的是愚蠢至极。

席东梁也没见过这样的事，再加上嘴笨，不知道怎么安慰她。至于她说不听爷爷的话，他很快就给忽略过去了，他哪里想到，这事儿还跟自己有几分关系，他只觉得祖孙俩，偶尔有个磕磕绊绊是很正常的事，就像他跟他父母，也会有这样小吵小闹的时候。

两人一直陪到晚上12点，艾亿因为睡了一下午，精神还不错，席东梁作息比较规律，到了10点以后，就不停地打盹儿。

"要不，你回家吧！明天还得上班。"

"不行，爷爷还没醒呢！"席东梁哪里肯在这个时候离开艾亿，当然是不乐意了。"我就在这儿打个盹儿，陪着你。"

"看你这样，很辛苦的。"艾亿还是说一半留一半的性子，等说完了，艾亿便察觉到自己仍然不肯表达自己的全部感情。想着之前的教训，艾亿便又补充了一句，"我会心疼的。"

席东梁听到她后面那一句，高兴得将艾亿紧紧搂进怀里，只觉得整个人都要飞起来一般。"老伴儿，你真好。我好喜欢你。"

艾亿抿唇，笑了。也不再提让他回家的话，两人就这么紧紧地抱在一起，感受着片刻的温馨。

就在这时候，艾亿听到了一连串急促的电子声。

"怎么了这是？"艾亿向那发声处望去，摆在床头不远处的某个不知名的电子仪器上，正紧急闪烁着红色的灯。艾亿忽然觉得不妙。

席东梁也感觉到了："我去叫医生。"说着，就急匆匆出了病房。

艾亿趴在床边，看着爷爷仍然安详的面容，心里难受得揪成了一团。这是怎么回事？爷爷到底会不会有事？"爷爷，你要好起来，你一定要好起来。我以后都听你的，好不好？"艾亿喃喃地说道，只是一瞬间，眼泪便决堤而下。

很快，医生们蜂拥而至。

艾亿被挤到一边，席东梁将她拥在怀里，俩人静静地看着眼前慌乱的场面。

医生轮番检查后，终于走出来一个医生，对俩人说道："老人可能不行了，他的器官衰竭得很严重，现在只能等他醒了交代后事了……你们，节哀。"

医生的话，像天雷一样砸在艾亿的头上。她怎么也不肯相信，这么活跃的老爷子，只是摔倒了一下，怎么就变成了不能救了？

"不，医生，求求你们，救救他，救救他……"艾亿忍不住抓住医生的大褂，就像抓住一根救命稻草一样。她恳求医生全力救活爷爷，她的眼泪弥漫了整张脸，让她看不清医生的脸。

医生抓住艾亿的手，轻轻拍了一下："我们已经尽力了。"

艾亿一下子瘫软下来，被席东梁扶住。她当然知道医生的这句话代表着什么，几乎所有的医生都会在病人无力回天的时候说上这么一句话。她很迷茫，她不知道该怎么办。

"医生，请问，病人还有多长时间？"席东梁心疼地看看艾亿，又看看床上面容安详的艾爷爷，想到他一直那么精神的样子，现在居然被宣告无法救治，简直让人无法相信。

"这个不清楚，看病人的求生意志。"

医生们看了看两个年轻人，互相递了个眼神，便出去了。

艾亿双眼无神地望着爷爷的脸，喃喃地说道："他的身体明明很好的，医生骗我的，是不是？"

席东梁不好搭腔，只能不停地轻拍她的背部，希望她能舒服一些。

"爷爷，爷爷……爷爷，你怎么可以不要我了！"艾亿一连念了十几遍爷爷，到最后，忽然尖叫起来，"你怎么可以不要我！"

质问在病房里回荡，席东梁几乎听到了她痛彻心扉的声音在耳旁回响。

可是，爷爷并没有因此醒来。

艾亿尖叫后，整个人像被抽空了一般，身体软软的，再也没法支撑下去。

席东梁将她扶着坐好，一直握着她的手，希望借此传递给她力量。

没多久，艾忆终于哭累了，又昏昏沉沉地趴在爷爷身旁睡着了。

而席东梁的睡意，则在听到艾爷爷的噩耗后，再也没有了。他睁着眼睛，不断地看着艾忆，又不断地看着艾爷爷，一个晚上，竟然就这么悄悄地过去了。

直到早上，席东梁忽然感觉到爷爷的眼皮轻轻动了动，他正犹豫着要不要叫醒艾忆，爷爷的眼睛忽然睁开，把席东梁吓了一跳。

艾爷爷的眼珠子转了几转后，艰难地转过头，对上席东梁的眼睛，笑了："是你啊！"声若游丝，却似乎对眼前的景象早已有所准备。

席东梁迟疑了一下，点点头："我叫她起来。"

"不用。"艾爷爷轻轻地说道，"一时半会死不了。"

席东梁张了张嘴，不知道怎么接话。

艾爷爷也没指望他说句好听的话，慈爱地将目光转向艾忆，看到她脸上的泪痕，不由得愣了一下，随后又轻轻叹了口气："小席，我等不了参加你们的婚礼了，你要答应我……好好照顾她。"

"放心吧，我会好好照顾她。"席东梁重重地点头。若是其他的要求，他还不知道怎么办，但这个要求，他一定能做到。

"她有点任性……你让着点……她有点天真……你……包容着点……"

艾爷爷说一句，他就点一下头，两人就这么一说一应，仿佛只是临行前的托付，而不是在交代后事。

艾忆的眼角轻轻流出了泪水。她没有睁开眼，她知道，爷爷现在正在做他想做的，她怕自己会打扰了他，会让他不高兴。

等艾爷爷说得差不多了，忽然轻轻一笑："丫头，起床了。"

艾忆这才睁开眼睛。

"不用替我伤心，我早知道有这么一天了……"

"所以你才让我早点结婚，是吗？"艾亿颤抖着嘴唇说道。

艾爷爷艰难地笑着说："是啊，医生说我器官老化，活不了多久了……我放心不下你……"因为放心不下她，所以他瞒着自己快要死的消息，坚持让艾亿早点成家，只为了看到她找一个好的归宿，将她托付给另外一个人。毕竟，除了他，孙女就再也没有可以依靠的人了……她的父母，现在还不知道在哪个旮旯里呢！他知道指望不上他们啊！

艾亿泪流满面。爷爷说他没多长时间好活的时候，她还只当爷爷是在开玩笑，若不是那次打赌，她仍然不会把爷爷的话当真，可没想到，这一天来的这么早。都怪她，她如果能好好听话，爷爷就不会摔倒，也不会这么快就要走了。

"不关你的事，丫头，你知道不关你的事……不要自责……你以后好好的，就是我最大的心愿。"艾爷爷似乎看出了艾亿的心思，颤巍巍地伸出手，想要伸过来安慰安慰艾亿，可是他已经没有力气了，手还伸在半空中，就无力地垂下来。

艾亿连忙将手伸过去，握住爷爷的手。她哭泣着，年轻的她不知道该怎么面对这样的生离死别。

"遗书我早写好了，在我的床头柜里……你父母那……你不要怪他们，给他们送个信就好……以后要好好跟小席过日子……你看人很准，所以不要为了小事折腾自己和对方……"艾爷爷的精神已经有些恍惚，他想起来什么，就说点什么。说到最后一句的时候，艾爷爷忽然又笑了。

艾亿没心情笑，她知道爷爷是说她作茧自缚，她亲爱的爷爷马上就要走了，她哪里笑得出来。

"好像就这么多了……"说着说着，爷爷又笑了起来。他一点也不惧怕死亡，他只是放心不下自己的孙女。"好了，不哭了，让我开开心心地走……"

艾亿听了这话，才擦干了眼泪，可一张嘴，眼泪又流了下来。几次三番后，席东梁和爷爷都不忍心让她再说话了，可她最后还是擦干了泪，硬是忍着没有再哭。

艾亿陪了爷爷两天，俩人说了很多以前的事。艾亿再也不敢收敛自己的感情，她告诉爷爷，她很爱他，她知道爷爷很孤独，也知道爷爷早就想走了，可是她舍不得爷爷。

爷爷听了很高兴，他没想到艾亿其实懂他，这让他更放心了。艾亿这么聪明，她一定知道以后的路该怎么走。

祖孙俩说了很多很多，两天后，爷爷一边笑着听艾亿说话，一边闭着眼睛，就去了。

在感觉到爷爷再也不会醒来的时候，艾亿没敢去触碰爷爷，她不停地说，不停地说，语速异常快速，也异常轻快。

直到待在旁边一直陪伴她的席东梁实在忍不住了，才将艾亿揽进怀里，用大手捂住了她的嘴。

艾亿泪流满面，她亲爱的爷爷真的走了，再也不会回来了。

艾爷爷的后事办得很简单，没通知什么亲戚朋友，只有她和席东梁知道。艾爷爷将他名下的房产也就是那座小院直接交给了艾亿，还有存款若干，一点也没有留给艾亿父母。

艾亿打通了她母亲给她的号码，在艾里多听说他父亲已经去世的消息后，仅仅说了四个字："我知道了。"艾亿差点大骂她的父亲，但是她突然明白了，如果她在远方知道了父亲去世的消息，可能只能说得出这四个字。因为再也没有什么字能够描述出自己悲痛的心情。

艾亿最后跟父亲说了句："有空回来看看他。"

艾里多应了一声，便没有了声响。

最后，俩人默默地挂了电话。

艾爷爷去世后的一个星期里，艾亿都很颓废，天天把自己锁在家里，这里一看，是爷爷曾经坐过的地方，那里一看，是爷爷站过的地方，无论哪里，她都能找到爷爷的影子。所以艾亿一直处在失魂的状态，基本上白天就没有吃饭。只有到了晚上，席东梁下班来看她，她才

被逼着吃一些。

最后，席东梁忍不住了，眼看着女友日渐消瘦，他心急如焚。

"小亿，跟我回家吧！不要在这里住了。"席东梁知道，如果她还不离开这栋房子，她很可能会一直沉浸在爷爷去世的悲伤里。

Chapter15  六十大寿

"这是我的家。"艾亿缩在沙发上，双手抱着腿，抬头很迷茫地看着他。她已经不再哭了，也许有时候哭得太多，就没有了眼泪。

席东梁叹口气，抚摸她的长发："你一个人在这里，我不放心。跟我走吧，好不好？爷爷说过了，他想看到你开开心心的。"

"如果不是我，他可能不会这么早就走……"一提起爷爷，艾亿又开始了自责。她真的很后悔，如果不是自己自作聪明误会席东梁，就不会有那次吵架，如果不吵架，爷爷就不会逼迫自己去和好，如果不是爷爷想要自己跟席东梁和好，他就不会摔倒……总之，她要负很大的责任。

看见艾亿又绕回了原点，席东梁头疼万分："爷爷说过了，这不是你的错。"

"不，他是安慰我的，是我的错……"

"他说过了，就算没有那次摔倒，他的内脏器官也已经衰竭，活不了太长时间了。"

事实的真相说出来，真是残忍得可怕。艾亿突然瞪着眼看他，大概一分钟后，艾亿突然发疯似的用拳头捶他："我只是想让他多活几天，

我只是想让他多活几天……"哪怕是多活几天，她也会多开心几天。

席东梁任由她捶打，直到她累了，才将她拥进怀里。"宝贝儿，乖，跟我回家。让爷爷安安静静待着，好不好？"

艾亿张了张嘴，眼泪流进嘴里，伴随着苦涩的味道，她闭了上眼，温顺地点了点头。

这天晚上，艾亿搬进了席东梁的家。她多次来过这里，但是却没有在这里过夜。席东梁安排她洗了澡后，便带她进入了主卧。

他们已经是情侣关系，也即将是夫妻关系，所以他认为不应该把她安排在客房。

直到这时候，艾亿才突然意识到，自己要跟一个男人同睡一张床了。她突然有些退缩。

"我睡客房。"

席东梁抱着她，笑道："老伴儿，害怕了？"

"谁害怕了，你才害怕了。"艾亿想要掰开席东梁的手。

席东梁才不会让她得逞呢，他爱怜地摸摸她的头发，在她的额头上吻了一下，才低声说道："放心吧，我不会乱来的。乖。"

不知道为什么，每次席东梁让她乖乖的时候，艾亿总有种奇怪的感觉拂过她的心，让她忍不住去相信他，并且照着他的话去做。

最后，艾亿妥协了。他会怎么做她不知道，但是她知道，只要自己不愿意，他不会强迫自己的。

熄灯后，两人都有些不自在，睡觉的姿势也很僵硬。艾亿不敢碰他，席东梁也不敢伸手碰他。两人的呼吸声在空调房里显得无比沉重。

有个人在身旁睡着，艾亿趴着，不敢翻身，她一时半会想不起爷爷带给她的悲痛，只顾着目前的窘境。

席东梁本来是应该困了的，可美人在侧，哪有那么容易睡着，便试着开口："老伴儿，睡了没？"

艾亿沉沉地"哦"了一声，表示自己还醒着。

"明天早上记得早点起来，去买早餐，中午可以出去吃，也可以自己做饭吃，厨房里有米有面，看你喜欢……我在客厅的桌子上放了零钱，出门记得带上……"席东梁缓缓地交代她明天该做的事，主要还是怕她又不吃饭，本来就瘦，再瘦下去真的就成皮包骨头了。

艾亿无奈地翻了个白眼，他可真是啰唆啊！

"记得一定要吃饭哈！书房的电脑没有密码，你想玩游戏就去玩，不过之前那个游戏我卸载了，得重新下载。别玩得太久，过一两个小时就走动走动……"

艾亿深深怀疑，这人是被唐僧附身了。

见她没有反应，啰唆的席东梁仍然没有收敛的迹象，反而越发起劲。

"老伴儿，你玩游戏可威风了，我真没想到，你居然会是我老婆……我很高兴……对了，我跟那个殷火儿没什么关系，你也不能跟你们那个太师有什么关系啊！"

"老伴儿，我后悔了，我不该把号删了，不然我每天回家就可以跟你一起玩儿了。对了，你还不知道我为什么会玩游戏吧？我告诉你哦，我以前……"

席东梁眉飞色舞地把自己为什么会进游戏的理由跟艾亿说了个一清二楚，最后下了个总结，那就是俩人真是有缘分啊！

艾亿在黑暗里撇了撇嘴角，好吧，俩人是真的有缘分，自己什么时候杀了个路人甲，竟然杀出一个大神，最后这大神还是自己男朋友？那个时候，老鼠他们都调笑自己跟这个梁山伯有什么暧昧，自己从来不曾往这上面想，可没想到，缘分来了谁也挡不住。

"我跟十三没什么，他有老婆孩子，他是把我当妹妹的。我们现实也没有联系。"艾亿想了想，把自己跟十三的关系解释了一遍。他既然给了自己承诺，说他与殷火儿没有关系，那么自己也得跟他说清楚，免得他心里老惦记着，不开心，对不对？

她居然肯跟自己解释了。席东梁乐得一伸手，便把她搂进了怀里。

艾亿还没反应过来，脸就贴在了席东梁宽阔的胸膛上，身体的温度烫得她脸上发烧，好在天黑，没有人能看得见。

"老伴儿，老伴儿，你最好了。"席东梁乐呵呵地在她的额头上印了一吻，看她没有挣扎的意思，胆子又大了一点，右手环抱住她的肩膀，左手箍着她的腰部，感受着她温软的身体。

"小样儿。"艾亿红着脸用手指戳着他的胸膛，想要他放开手，但又舍不得这样的温存。

两人傻愣愣地抱了半天，席东梁才忽然说道："老伴儿，你还记不记得，咱们现在睡的床垫，还是你选的呢！"

不说还好，这一说，艾亿又红了脸。她那时候完全是被赶鸭子上架啊，哪有他这样的人，第一次去逛街，居然让自己帮忙看床垫。"就你油嘴滑舌，跟人家第一次上街，居然就敢说让人给你生宝宝……"

这个话题，太敏感了。

艾亿刚说完，就觉得自己错了，赶紧闭嘴，可是这时候席东梁已经低下头来了。他低沉的笑声在卧室里回荡："那老伴儿，咱们现在做点生宝宝的事吧！"

"去去去！一边去！"

艾亿使劲一推，将他推到一边，自己顺势一滚，躲到床边上缩着了。

席东梁笑着跟上来，从后面抱住她："老伴儿，恼羞成怒了，哈哈！"

"你还睡不睡了你？"艾亿果真是恼羞成怒。

"睡睡睡，抱着老伴儿一起睡。"

席东梁投降，便再也不说话了。艾亿也不敢再说。两人就这么半拥着，不大一会儿，都沉沉睡去。

第二天一早，艾亿醒来，床上已经没有了人影。再一看时间，都九点半了，她扒了扒头发，起床穿上拖鞋，走出卧室，客厅的桌子上果然放着一沓零钱，最底下还有五百块。她哪里能用那么多，再说了，难道

她手头就没有钱吗?

艾亿觉得如果拿了钱,自己就有被包养的嫌疑,便对那堆钱视而不见,转身进了厨房。厨房的物品一应俱全,她之前是来过的,对厨房很熟,打开冰箱拿了两个鸡蛋,放进锅里,再倒点水。她的早餐就是这个了。

等打开燃气灶,她便去了浴室。

浴室里边,有一条粉红色的新毛巾,一支粉红色的牙刷,还有一对儿口杯,一个蓝色一个红色。艾亿刷完牙洗完脸,看看自己的头发,没找到梳子,便只能用手抓了几下。这家伙,自己不用梳子,也不记得给她买,真笨。

艾亿念叨着出了浴室,在沙发上坐了一会儿,等鸡蛋熟了之后,一边剥着鸡蛋一边进了书房。书房里只有一台笔记本电脑,书架上的书倒是满满的一面墙壁,她随手抽了一本,竟然是什么机械理论,吓得她赶紧又放回去。太高深的东西,她哪里看得懂。

本来艾亿打算听从席东梁的建议,把游戏下载下来。可是想想,他似乎并不喜欢自己玩游戏。艾亿叹了口气,便又将电脑关了。

在书房把两个鸡蛋吃完后,艾亿作出了一个决定,趁现在有时间,她得去看看自己的嫁妆,就是她父母给她的房子和小玩意。若是有什么用得上的,她也不能一直放着,对不?

虽然她的生意现在很平稳,不用自己照看,可是谁也不会嫌钱少的。

至于房产,宁愿放着,也不能卖,这个她是懂的。

哦,对了,还得找个时间,跟席东梁说一下自己的店,免得他真的以为自己游手好闲总是啃老。就算他不介意,她也会介意啊!

想着,艾亿便穿好了衣服,拿着父母给她留的钥匙出了门,至于那个密码,她早已烂熟于心了。房子并不在本市,而是在相隔一百多里之外的市区,她坐车过去要三个小时。

等她一路问一路找,终于到达那个地址的时候,艾亿很诧异。她没有仔细看房产证,所以并不清楚父母给自己留的是什么样的房子。这是一片坐落在市区的别墅区，她单枪匹马地闯来，在进小区的时候，甚是有些担心保安会把自己给拦住。还好那保安虽然看了她两眼，但没有拦她。

艾亿进门后，忍不住擦了擦汗。她真的没想到父母给自己留的会是一栋别墅，而且是在市区的别墅。通常这样的别墅是有钱都很难买得到的。

艾亿一边念着门牌号，一边找到了属于自己的别墅。

别墅区的房子大多大同小异，只是有的辉煌些，有的古朴些，有的干净些。而属于她的这栋房子并不是很起眼，大概是长年没有人居住的原因。进入房子后，艾亿面对空荡荡的房子直抽嘴角。她父母可能连来都没有来过这个地方，所以屋子里根本没买什么家具之类的。只是在大厅的墙角，有一个很大的壁柜。艾亿走上前去，试了好几把钥匙，才把那柜子打开，打开后，里面是一个很大的保险柜。

不会就是这个保险柜吧？

艾亿试着输入纸条上的密码，果然听到咔嚓咔嚓的响声。

保险柜打开了。

艾亿对着一柜子的东西，发呆。

艾亿看着这一柜子的东西，脑子有点蒙。爷爷留给她的钱，足够她生活无忧。而她自己的店，也足够保证她的生活质量。这个时候居然冒出来这么多的古玩，她哪里消受得起。虽然这些东西只要不被偷偷卖出国，她就不算犯法，可是收藏这么多古玩，若是引起别人的觊觎，她这小心脏也得非常强壮才行啊！

艾亿愁眉苦脸地关上保险柜，她觉得自家父母其实是来折腾自己的。

上上下下逛了一遍自己的房子后，艾亿对这个房子还是有了一个初步的了解。房子格局很不错，下面是大厅带厨房，楼上是房间，一共三层，每层都有休息室。而房子外面还有凉亭和游泳池，若是在里面生活，心情肯定不错。

逛完了房子后，艾亿一边想着如何解决那一柜子的东西，一边走出大门。她觉得，自己还是应该找个机会把这些东西捐出去，就算是为了自己的小命着想，这些东西也不能留在她身边。

就在她沉思的时候，身后突然响起喇叭声，把她吓了一大跳。

还没有回头，便感觉到一阵风从她身旁呼呼刮过。是一辆宝马，艾亿翻了个白眼，特想对着宝马屁股竖起一个中指，考虑到自己的形象，艾亿硬生生忍住了。

而坐在宝马里的长发女人，则从后视镜瞟了她几眼，踩下油门，嚣张地离去。

晚上，艾亿把饭菜做好，静静地等着席东梁回来。

席东梁五点下班，要六点半才能到家。艾亿是掐着时间做的饭，因此只等了十多分钟，席东梁便进门了。

一开门，席东梁便看到了餐厅桌上的饭菜，一股诱人的香味引得他心绪起伏。

他伸手抱住艾亿，语气有些闷闷地说："老伴儿，辛苦你了。"

艾亿愣一下，明白他这是感动了，不由得好笑。"不辛苦，只是一顿饭而已。以后我会天天做给你吃，不过你得洗碗哦。"

这话，倒是以前席东梁调笑她时说的，那时候他说，他愿意洗一辈子碗。

席东梁听得一笑，在她额头上印了一吻，拉着她来到餐桌旁。"嗯，我洗碗。"

艾亿盛饭，俩人坐在餐桌上吃了起来。

"老伴儿，放点辣椒吧！都是清淡的，你怎么吃啊？"艾亿做的菜不多，一个番茄炒蛋，一个茄子条，都没有放辣椒。席东梁知道艾亿喜欢吃辣的，现在不放辣椒只不过是因为自己的胃不好。原本因为下班回家就能吃到热饭热菜的感动，变得越发深刻起来。有一个女人，能为自己在黑暗中点一盏灯等待自己回来，并且愿意迁就自己的口味，而放弃她原本的喜好，这让他无法用言语来形容自己的感觉。

艾亿微微一笑，并没有把这个话题继续下去。他不能吃辣，自己迁就一点，不是什么了不起的事情。这在她的眼中，只是一个小小的牺牲而已，可她不知道，这在席东梁眼中，则是深深地感动。

"跟你说两件事。"

席东梁刚把饭送进嘴里，听到艾亿这么严肃的语气，不由得盯着她眨巴眨巴眼："这么严肃，不是打算告诉我你要搬回去吧？今天吃的怎么样，都在家里干吗了？这里就是你的家，千万不要胡思乱想哈！"

艾亿笑了："我就说了一句，你怎么说这么多，啰唆！"

"是是是，我啰唆。谁让我老了嘛！"席东梁瘪着嘴装萌，又把艾亿逗得哈哈大笑。见她笑得挺开心，席东梁总算放心了，那她说的事应该不是很严重。

"早上吃了两个鸡蛋，中午出去在外面吃的，今天去了G市，去看了看我的嫁妆。"

"呃？嫁妆？"席东梁一边吃一边听，忽然听到这么一个词语。

"嗯，我爸妈给的，说是我的嫁妆。"艾亿一笑，"想不想知道是什么啊？"

席东梁挥挥手："去，我还能贪你那点嫁妆不成。有你这个人，我就很满足了。"

"小样儿，就嘴甜。"艾亿瞥了他一眼，见他确实没有一点好奇的心理，顿时有些失落，便不再逗他，"是一栋房子，还有一些小玩意。"

"噢……"

至于是什么房子，什么样的小玩意，艾亿也没有说清楚，谁让他不好奇的，对吧？艾亿耸了耸肩。"这是一件事，跟你说下让你心里有个底，就是……我其实有一个自己开的店，是做家居饰品的。我很少去铺子里面，都是请人看着。所以你不用担心我没有收入来源……"

席东梁刚开始听，还觉得很诧异，他真没看出来，自己未来老婆是

做生意的料，而到了最后一句，席东梁脸色不太好了，她这明显是说自己嫌弃她没工作了。"我说过我没嫌你没有正经工作，你不能给我扣大帽子。"席东梁委屈地扒了口饭，撇着嘴看她。

艾亿忍不住伸手捏了一下他的鼻子："不是这个意思，我只是觉得，女人要有独立的事业，才能让男人更加尊重。告诉你这个，也是跟你交个底，免得你以后说我隐瞒你什么。"

"没有事业我也很尊重你嘛！"席东梁也回手捏了捏她的鼻子，看到她的鼻子发红，才罢手，"反正，你愿意干吗就干吗，你能告诉我这些，我很高兴。"

艾亿笑着点头："那就好，咱们吃饭。"

俩人这才快速地吃起饭来，不大一会儿，俩人便吃完了，收拾收拾后席东梁站在水池边放水洗碗，而艾亿则拿着抹布在灶台上抹来抹去，也算得上是男女搭配，干活不累。

等收拾完厨房，俩人便依偎在沙发上看电视。其实也没什么好看的，俩人便东看看西看看，气氛祥和而平静。

大约九点半，席东梁的电话忽然响了，艾亿瞟了一眼，显示的是妈妈。

席东梁也没避着艾亿，直接接了电话，嗯嗯呜呜了半天，挂完电话，对艾亿道："下下个星期我爸六十岁生日，我妈说准备摆酒，你跟我一块儿去吧？"

艾亿想了想，他爸六十大寿，那摆酒就不是小事了，自己现在跟席家父母都见过了，所以去拜寿也是应当的，便点头答应了。至于礼物，艾亿眼前一亮，她今天还在头疼那一柜子东西怎么办呢，现在不就有机会了？

俩人相处的时间过得很快，哪怕是平淡的生活，也洋溢着淡淡的幸福。

很快，席父大寿的日子便到了。

席东梁带着艾亿来到了B城。这是艾亿第一次来B城，她一路上都很高兴。席东梁告诉她，他在这里生活了十几年，毕业后才去工作的地方，一待就是八年。

俩人打车回的席家。

席家位于B城一处有名的别墅小区，他爸这些年的生意做得不小，买个别墅还是绰绰有余的，更何况B城这边的别墅价格也不是很贵。

的士司机很能说，一会儿说兄弟你老婆真漂亮，一会儿说这楼盘的价格最少是多少多少，一会儿又说原来你们也是有钱人之类的。直到下车，的士司机还在不停地说。艾亿被他的热情弄得头昏眼花，实在是消受不了。

席东梁目送的士离开，拎着包朝艾亿笑："B城人热情吧？"

"太热情了。"艾亿撇撇嘴。

俩人慢慢走近席家，因为是喜庆的日子，席家大院外面的马路边上，已经停满了各种车辆，什么牌子都有，最差的也是奥迪。

"原来你家挺有钱的。"从来宾就可以看出主人的身份了，艾亿轻轻感叹道。

席东梁握了握她的手："我比你还穷呢，好歹你还是个小老板。"

艾亿被他的玩笑弄得不好意思，只得使劲儿瞪了他一眼。

远远地，俩人便听到了院里的笑声。踏进院门，原本冷清的别墅区忽然展现出另外一个面貌。一群衣着讲究的男女，三三两两扎堆，有的坐着、有的站着，大多在一起聊天。

不远处有自助餐台，在人群中穿梭的也有面貌俊美的侍者。

这样的情景，似乎只有在电视里才看过。

席东梁握着她的手，轻轻地晃了晃。艾亿看了他一眼，他似乎有些紧张。他的性格决定了他不太适合这样觥筹交错的地方，若是遇到熟人，恐怕他连一句好听的都说不出来。

唔，熟人的话，不知道会不会看到曹赛宝那两口子？

席东梁似逃难似的带着她飞快地穿过人群，直奔大门而去。

进了大厅，仍旧是很热闹的景象。不一会儿，席东梁便在人群中找

到了自己的父母，他犹豫了一下，把手里的东西交给家里帮忙的人，这才带着艾亿向席父席母走去。

"爸，妈。"

"叔叔，阿姨。"

两人打了招呼，席父席母便笑开了，对着围在周围的众人说道："这是我儿子和他女朋友。"

众人纷纷笑道："你儿子这么大了啊！""你儿媳妇真漂亮。"

席母对众人道了声失陪，这才将两人带到二楼，拉着艾亿的手，席母看了又看："怎么瘦了？"

"最近吃得少了点。"艾亿不可能在席父的生日会上说自己爷爷死了，所以只是笑笑，轻描淡写地说了这么一句。

席母拍拍她的手，微微叹了口气。她当然从席东梁口中得知了艾爷爷的事，她有些遗憾，对艾亿有些爱怜。相依为命的爷爷过世，父母都没有回来见一面，这让席母对艾亿父母有了更深一步的认识，也越发为自己被殷炎炎误导而气愤和愧疚。

"好孩子，自己身体最重要，不要想太多。啊，你俩饿不饿，要不我让厨房单独准备点吃的？"

"不用了，不用了。"艾亿忙说道，她从席母的身上感受到了善意，心下也是十分欢喜。

席东梁也推辞道："随便吃点都行，我们不挑的，不用单独准备了。"

"那也好。对了，东梁，好像曹赛宝跟他老婆也来了，你们也好久没见了吧？"

"等会我们去看看他们。"

"嗯，听说他岳父的身子还不是很好，代我们问声好。"

"知道的。"

席母和席东梁聊了一阵，底下人群一阵骚动，席母便又下楼去招呼客人。

席东梁看了看艾亿："你累不累，要不要休息会？"

艾亿轻轻地摇头。

听着楼下的欢声笑语，席东梁有些郁闷："其实挺无聊的，今天还得闹一天。"

"不热闹点，这酒不是白摆了嘛！"艾亿笑道。

"我给曹赛宝打个电话，让他上来。啊，对了，去我房间吧？"席东梁忽然想到，艾亿是第一次跟他回来，还没来得及参观自己的家呢！于是，他一边打电话，一边牵着艾亿走进二楼的一个房间。

房间里面是简单的白墙灰底，进门能看见落地窗帘，一张大床摆在左手墙边，一组藤编桌椅在门口对面的窗户前。整个房间的摆设极其简单，大约是他太长时间没有回家的缘故，床上还蒙着避尘罩。

席东梁刷打开窗帘，落地窗打开，外面是一个小小的阳台，阳台上有两棵盆栽欣欣向荣，楼底下人群攒动，尽收眼底。

艾亿瞟了一眼，便坐在藤椅上，看着席东梁在阳台上站了一会儿，再走进来。

"你过年都很少回来？"

"是啊，你怎么知道的？"席东梁有些诧异。

"房间太空了。"

席东梁环视了一下房间，忽然想到，自己的老婆还是风水大师的传人，不由笑道："那你可得负责把它填满啊！"

艾亿瞪了他一眼，正要说"谁稀罕管你房间"，门口就传来敲门声。

门没关，艾亿和席东梁一看，正是曹赛宝那两口子。

俩人信步走进来，曹赛宝摇晃着脑袋，看了看："啧啧，我都好多年没来过这个房间了，还是小亿面子大啊。"

刑素素笑着走上前，拉着艾亿的手道："好久不见了，你不知道我都快憋死了。"

"净说些不吉利的话。"艾亿拍拍她的手。"你爸怎么样了，好点

了没？"

"好点了，至少能说话了，可把我跟我妈乐坏了。"刑素素笑道，满脸欢乐，一点儿也看不出来颓废的样子。

艾忆看着她的乐观，再想想自己之前那段时间的消沉，不由叹了一口气："你还好，我爷爷……"

刑素素的笑容一收，顿时猜了个八九不离十："去了？不可能吧？老爷子那么健朗……"

艾忆摇摇头。

这边两人唏嘘感叹，那边曹赛宝和席东梁也没有闲着。曹赛宝挤眉弄眼地看了看艾忆，冲席东梁笑道："东哥，我这媒人做得不错吧？怎么样，什么时候有喜酒喝？"

席东梁也看了一眼艾忆，道："不知道呢，还没提这个事。"

"唉，你动作太慢了。"

席东梁翻了个白眼，不是他动作慢，是这个不靠谱的动作太快了，好不好，有多少人能认识几天就跑去领结婚证的？

"对了，我听说，殷家小姐对你还念念不忘呢？"曹赛宝忽然压低了声音，头低下来掩饰自己的嘴形。

席东梁瞪了他一眼："别胡说。"

"真没胡说。"曹赛宝这才恢复正常，笑嘻嘻地拍了拍他的肩膀，"艳福不浅啊！"

"我跟她早就没关系了。"席东梁赶紧澄清。之前为这个事，就被艾忆闹了好一通，连自己父母的面子都没给，这下要是被他捅坏了，还不知闹成什么样。

曹赛宝耸耸肩，又压低了声音："我上次在路上碰到她，她问我你现在怎么样，我就说你现在挺好的，她听了很不爽啊！我说你已经有了女朋友，准备结婚了。她还愣是不信呢！"

席东梁听了，一把拎起他的耳朵，咬牙切齿地说道："是不是你告诉她我爸妈要跟小亿见面的？"

"唉唉，疼，唉唉，东哥，我错了，我错了……我那不是被她给激的吗？我就说了一点点，真的！"曹赛宝突然被揪住耳朵，急得上蹿下跳，捂着耳朵不停告饶，声音也大起来。

这边两人的动静实在太大，艾亿跟刑素素被他的喊声吸引，都把目光转移了过来。

"席大哥，他又做什么坏事了？"刑素素虽然心疼老公，但席东梁跟曹赛宝关系人尽皆知，这肯定是自己老公做错了事，才会被揪耳朵，便有此一问。

"老婆啊！救命啊！我不过就是告诉那女的说席爸席妈去见小亿了啊！你看看他，激动成这样……"曹赛宝一边捂着耳朵，一边哭诉。

艾亿听了，深深地看了曹赛宝几眼，便对席东梁说道："都过去的事，算了吧？"

席东梁狠狠瞪了瞪曹赛宝，这才放开他。曹赛宝立刻蹿到刑素素身后。

刑素素是多么聪明的人啊，一听这事跟艾亿有关，马上就猜想到事实的真相，只不过她还不能确定，便问艾亿："怎么，那女人跟去了？"

艾亿无奈地点点头。

"不是吧？太没脸没皮了吧？"刑素素感叹道，"我当时看她那副拽样儿，还以为她有多高傲呢！"

艾亿耸了耸肩："你知道她是谁不？"

"啊？她是谁？"刑素素反射性地问道。

"殷火儿。"

顿时，刑素素的脸上就像晕开了的调色盘，过了许久，她才干干地说道："就是那个蜀国王后？就是那个跟……"刑素素指了指席东梁，再看向艾亿，"有绯闻的那个？就是那个撞了你不道歉还甩给你五百块钱的那个？"

刑素素一连几个问号，把两位男士都给惊呆了。

曹赛宝是没有想到殷炎炎就是殷火儿，殷炎炎跟席东梁的恩怨情仇，他是最清楚不过的了，而梁山伯跟殷火儿的事，他也略有耳闻，这下，他总算明白席东梁的反应为什么那么大了，敢情是捅了马蜂窝啊！

而席东梁则把重点放在了最后一句话上："她撞过你？"

"不小心擦到的，皮外伤。"艾亿淡淡地说道。

就算是擦到的，也不能不道歉就甩钱走人啊！席东梁目瞪口呆地看着艾亿。怪不得她反应那么强烈，原来她一早就跟殷炎炎有过节了。

至于殷炎炎其人，席东梁也很头疼。她的性格一向唯我独尊，极度高傲自负，从高中毕业后，他就宁愿不回家，也不敢再跟这个女人有来往。

说到底，熟悉当时情况的那些人，都以为他是为情所伤才离开家乡，哪里知道他是在躲避她呢？

"话说，我很奇怪啊！这女人不是一直瞧不起你吗，干吗又一副非你不嫁的样子？"见殷炎炎的所有面目都露出来了，曹赛宝又不怕死地问了这么一句。

席东梁面色又变了几下，狠狠瞪了一眼曹赛宝，便将话题岔开："怎么没看见曹爸曹妈？"

其他三人都有些无语，你这话题转换的也太没水平了吧？

不过刑素素还是很给他面子的："在下面跟人聊天呢！"

"那我们也下去看看吧，我正好跟曹爸曹妈打个招呼。"席东梁几乎是落荒而逃。

三个人你看我我看你，最后，曹赛宝小夫妻便将目光落在了艾亿身上。艾亿耸耸肩："走吧。"

几人下楼后，四处张望，想找到曹家父母，可惜人太多了，一时半会还真找不着。刑素素找了一会儿，忽然眼前一亮，捅了捅老公："嘿，那女人在那儿呢！"

曹赛宝想着，东哥这么反感这女人，估计也不想见到她，几个人还是撤吧！可是他还没来得及提醒席东梁，人家就已经看到他们，并且走过来了。

席东梁又想落荒而逃，手却被艾亿拉住了。他郁闷地看看艾亿，再看看正在走过来的那个女人，只好待在原地。

殷炎炎走路的姿势很妖娆，她的身材本来就是上上之选，走起路来简直就跟辣模一般，周围不少男性纷纷着迷。

"嗨！东梁，总算等到你了。"殷炎炎第一个打招呼的人就是席东梁。

席东梁僵硬地点点头，不说话。

殷炎炎眼波流转，又把目光放在了曹赛宝身上。曹赛宝被吓得直哆嗦，一下就藏在了老婆身后。刑素素手一伸，又把他给拉了出来。

"曹赛宝，看见老同学都不打个招呼啊！"

曹赛宝翻了个白眼，心想，他俩又不熟。

"真是的，还是这么吊儿郎当。还是东梁好点，干干净净的，不像你……"

殷炎炎的话让几个人都很汗颜，她几乎把艾亿当成了空气，直接只看到了她想看到的人。

可是她这话，谁又能反驳她呢？她只是在叙她的同学情谊，与艾亿和刑素素是没有关系的。

艾亿沉默，不说话。而刑素素就强硬了一些，她老公是多宝贵的，凭什么被一个陌生女人指指点点？"这位大姐，我老公没招您惹您吧？"

"哟！还找了个嫩草。曹赛宝，你行啊！"殷炎炎捂嘴，一番嘲笑。

这副姿态看起来是挺有韵味的，可是在刑素素等人眼里，就成了风骚。

"不过啊，老牛吃嫩草，小心吃到破鞋啊！"殷炎炎忽然放下了手，目光直接放在了席东梁身上。嘴里说的话，异常尖刻。

"你什么意思？"刑素素忍不住了，一个挺身就站在她面前，挡住

她的目光。

殷炎炎娇笑道："小妹妹，我可没有说你哦！我是说某些人哦……表面上清纯，背地里却不知道做了些什么……哦，对了，大家知道G市的明珠小区吧？我这里可是有证据，有人背着自己男人跑去小区玩哦！"殷炎炎摇了摇手里的手机。

G市的明珠小区，是某些机构的员工住宅，住的都是有权有势的人。因此，稍微有点风吹草动就能被传得沸沸扬扬，以至于大家都觉得那是一个龙潭虎穴。

席东梁和曹赛宝以及刑素素都不是孤陋寡闻之人，殷炎炎知道的事情，他们也都知道。所以当她暗指艾亿去明珠小区玩的时候，其余几人均露出不信的神色。

一个年轻漂亮的姑娘，去明珠小区能玩什么？

但是艾亿一来没有利益纠纷，二来没有利益所求，她怎么可能去做不正当交易？

可是殷炎炎的手机上正放着一张照片，照片上明珠小区人烟稀少，一个身材苗条的姑娘，正缓缓在路边行走。

殷炎炎的举动和话语，引来了不少的年轻人。他们看了看那照片，再看看艾亿，确定艾亿就是照片上的姑娘。他们欲言又止，很是好奇这个女孩到底是去明珠小区干什么，更有甚者，已经用怀疑的眼神看向艾亿了。

艾亿看了看席东梁，他正怒火中烧地瞪着殷炎炎。他会不会相信自己呢？艾亿心想。只是下一秒，艾亿忽然笑了，他一定会相信自己的。

不知道这种笃定从何而来，可是艾亿就是觉得，他一定会相信自己。

果然，席东梁一字一顿地说道："你不用挑拨离间，你是什么样的人，我很清楚，别浪费精力了。"

殷炎炎被他的话气得面色一变，啪的一声将手机摔在地上。"我是什么样的人？我是什么样的人？你凭什么这么说我？"

"注意你的形象。"席东梁淡淡地说道，一点儿也没被对方的忽然变脸给吓住，反而更加泰然自若。

殷炎炎气了一会儿，忽然指着艾亿说道："你到底看上她哪点了，行为不检点，还是个穷光蛋，我哪里配不上你了，你躲我这么多年……"

"大姐，谁行为不检点了，你别乱说话行不？谁看到你跟她，都会觉得她好啊。"刑素素立刻打断她，实在是不想听她乱咬别人。再说了，她也确实说的没错，艾亿的气质和殷炎炎的气质，明显不一样，两相对比，别人绝对不会说艾亿是那种胡来的人。

"你觉得是我行为不检点？"殷炎炎忽然笑了，又将手指向席东梁，"你问问他，我是不是行为不检点。我把第一次给了他，他给了我什么？"

顿时，众人哗然。

像她这样当众直白地说自己的处子之身是给了谁谁谁的，还真是很少见。而她又说自己追逐席东梁多年，并且一直情深专一，简直把她自己刻画成了专情的女人，而把席东梁说成了见异思迁的陈世美。

就连曹赛宝夫妇，都颇为不信地看看她，再看看席东梁。席东梁的脸色很阴沉，他不由自主地去握艾亿的手，紧紧地握着，生怕她离开。

艾亿没有动静，她静静地看着眼前的一切，似乎在看一场闹剧。

这个时候，席家父母终于赶了过来，在听说殷炎炎的一席话之后，脸色也是很复杂的。

殷炎炎原本还怒极的表情，在看到席家父母的时候，忽然又笑了，带着一点沧桑，在众人看来，这种沧桑恰恰是她得不到喜欢的人而产生的一种悲伤。

"伯父，伯母，你们来啦！对了，祝伯父寿比南山，永享天福。这是我准备的一点小小礼物，还请伯父收下。"说着，殷炎炎将手里的一个盒子递给席父。

席父撑着脸面笑道："破费了，破费了，你一个小辈，这怎么好意

261

思。"

"也不是什么好东西，就是去缅甸玩的时候发现的玻璃种，也不贵，就带回来给伯父玩玩。"

听她这么说，席父总算是接了。玻璃种的翡翠也不是什么名贵的东西，最多就几万块钱，这人情他还是能受得起。

这时候，旁边有人便好奇了。"席总，打开来看看嘛，我还没见过纯种的玻璃种呢！"

有了一人开头，剩下的人也便开始起哄。席父颇为无奈地打开盒子，没想到，竟然看到了一尊带点翠的佛像。佛像很透明，只有座下的地方带有点点的碧绿色，一眼望去，根本无法揣测佛像到底有多厚。

像巴掌这么大的一块纯种玻璃种，实在少见，市场价绝对少不了50万。

席父忽然觉得手里的东西有些烫手，再去看殷炎炎，她的脸上满是骄傲。

席父席母从上次的饭局就知道了这个女孩子颇有心机，所以一直提防着她。没想到到了自己家，又被这姑娘给闹了一场。她这样的举动，不是让人更加称赞她的专一多情，让人对席东梁鄙视不已吗？

唉，自己这儿子到底是做的什么孽啊！怎么会惹上这么一个姑娘啊！

"伯父伯母，我是真心喜欢东梁的，只求你们不要将我拒之门外，我就心满意足了。"殷炎炎忽然又说了这么一句话。

席母脸色铁青，这哪里来的姑娘，怎么就教成了这副样子。用一块翡翠想买掉儿子的终身吗？席母虽然不喜艾亿的出身普通，但她从来没有高人一等的想法。

这殷炎炎自以为有钱，能与席东梁门当户对，所以便找来了这罕见的翡翠，想要在艾亿的面前讨好席家父母，给她沉重的打击。可是她没有想到，她自以为聪明的做法，在席家父母这样的老油条眼里，只显得市侩和稚嫩，根本算不得什么。

当一个人自以为是的时候，不知道会有多少人暗地里对她反感得要死啊！

"哪里的话，炎炎啊，你来了这么久，还没吃东西吧？伯母带你去吃点东西。看看你，这么瘦，以后生孩子可就要受苦了。"席母随即换上笑脸，亲热地拉着殷炎炎的手，将她拉离包围圈。

席母的一番话，让殷炎炎窃喜不已，她觉得自己的金钱攻势终于起效了。不然席母怎么会对她这么客气，还惦记着让自己多吃一点东西？更让她高兴的是，席母提到了生孩子，虽然她没想过生孩子，但是席母提到了，意思就是想让自己给席东梁生个孩子吧？

一路欣喜的殷炎炎被席母带到了自助餐桌前，带着她指指点点，这个菜不错，那个菜也不错，都多吃点。殷炎炎便咬牙把菜都盛进了盘子里。

不多一会儿，席母便以招呼客人为名，把她晾在了院子里，又闪进了大厅。

席东梁牵着艾亿，曹赛宝搭在刑素素身上，四人正在角落里看着人来人往，之前的包围圈总算在殷炎炎之后散了。这让几人都轻松了许多。

"东哥，当初不是她甩你吗？怎么现在又变成你甩她了？"曹赛宝啃着不知道从哪里偷来的鸡翅膀，一抹一嘴油。

席东梁狠狠地瞪他一眼，真是哪壶不开提哪壶。再小心地看了一眼艾亿，见她没有什么特别的反应，席东梁才叹气说道："她一生气就分手，分开两天就跑回来要和好，我们在一起一年，她就闹了50多次，我都快被她逼疯了……"

曹赛宝听着，惊呆了："真是个人才。"

"后来高中毕业，她又闹分手，我实在忍不住就跑了。她找不着我人，就转移了目标。这样，我才摆脱了她……"席东梁一说起往事，就不堪回首。

曹赛宝原本跟席东梁和殷炎炎都是一个年级，可是后来曹赛宝贪

玩，留了一级，所以高中俩人谈恋爱的时候，他正在下一年级玩得溜溜儿转，也就不知道席东梁的这段历史。

"那你现在怎么办？"

"不知道，以后不回来就好了吧？"席东梁也很郁闷，他觉得这殷炎炎就是个瘟神，更可怕的是，这瘟神还不觉得自己是瘟神。

曹赛宝同情地看着席东梁，虽然殷炎炎漂亮，可是这性子实在不敢恭维。好在他没招惹上她，否则这日子可够难过的。"我倒有个办法。"

"什么办法？"几人都转头看向他。

曹赛宝神秘地一笑："等着看吧！只要你俩到时候到场就行了，我保证东哥能摆脱这个女人。"

"真的？"席东梁学着艾亿的样子斜视他，一点也不相信。

曹赛宝拍着胸脯打包票："放心吧！绝对没问题。"

几人半信半疑地点了点头，答应他全力配合，可他就是不说他到底想的什么办法，这让几人更加好奇。

又聊了一会儿后，曹赛宝终于找着了父母。四人便走过来，跟曹父曹母打招呼问好。

除了艾亿之外，席东梁和刑素素他们都是极其熟悉的，在介绍完艾亿之后，曹父曹母便开始跟席东梁拉起了家常。只是曹父曹母看艾亿的眼神，稍微有些不太对劲。

就连曹赛宝都感觉到了，他皱着眉头看看自己父母，再看看艾亿。曹父曹母正热情地跟席东梁聊天，他还是陡然插话："爸妈，你俩看小亿的那是什么眼神？"

曹父曹母略显尴尬，他们本以为自己掩饰的已经够好了，哪里知道别人都能看得出来他们的异样。

"这个，那个……"曹母纠结了一会儿，再看看艾亿，怎么也不像别人嘴里谈论的那样，是个以色侍人的姑娘啊！"我们就是好奇，艾小姐怎么会出现在明珠小区。"

艾亿淡淡地看了一眼席东梁。席东梁的脸色忽然变得不好："曹爸曹妈，你们怎么这么说？"

就连曹赛宝，都觉得自己父母鲁莽了。

曹赛宝、邢素素、席东梁跟艾亿熟悉，而曹父曹母却是第一次见艾亿，所以有所怀疑也是正常。他们当然知道这样问是不太礼貌的行为，可是又实在无法掩盖内心的那种纠结，就问出这样的问题了。

艾亿微微一笑，反正别人怎么说，她都无所谓的。只要席东梁能相信她，她又有什么好说的？看在刑素素的面子上，艾亿还是作了解释："我父母给我留了套房子在那里。"

这句话一出，在场的几人都愣了。

席东梁是知道艾亿的"嫁妆"的，可是他没想过，艾里多夫妇居然会给女儿留下一套有价无市的明珠小区的房子。

而曹家几个人则很愕然，乖乖，能给留一套明珠小区的房子，她这背景得有多深厚啊！

曹母登时觉得自己刚刚的问话实在是太过无礼了，便马上赔笑道："没想到是这样，我们太失礼了。"

"没事的，我也是前几天刚知道的。"艾亿微笑着道，一点也没有不高兴的样子。

见她确实没有不高兴，曹父曹母这才放下心来，毕竟曹家跟席家的关系非比寻常，这艾亿是要嫁进席家的，若是坏了关系，以后恐怕来往会很尴尬。

为了弥补自己的过失，曹父曹母热情地邀请艾亿有空去他们家玩，艾亿都一一应了。

面对艾亿的礼貌和得体的谈吐，曹父曹母真是越看越喜欢，他们决定回头就给这姑娘平反去，这么好一姑娘，却被传成了这个样子。

几个人聊过后，曹父曹母便去招呼一些朋友，而艾亿四人只有继续上楼窝在席东梁的房间里聊聊天，谈谈八卦。

一天的时间很快过去了，宾客渐渐散去，曹赛宝夫妻也告辞了。

楼下收拾好后，席东梁把艾亿带下了楼。

"叔叔，生日快乐。白天人太多了，来不及跟您说。"艾亿手里拿着自己的礼物，面带微笑地给席父道贺。

几个人的视线落在了她的手上。

那是一坨很旧的报纸，被揉成一团，里面似乎包裹着什么东西。

Chapter16  不一样的结局

艾亿自己看着都很别扭，可她又不知道该用什么来包装手里的这个东西，就算包装得再漂亮，打开来也是个破烂的泥碗。

与其让人家心理落差太大而引起误会，还不如一开始就不要过的修饰。

艾亿想着，就将手里的东西递出去："叔叔，这是我为你准备的生日礼物，希望你别嫌弃。"

席父的嘴角抽搐了几下，这真是他见过的最上不得台面的生日礼物。不过他本性也不尖刻，便伸手接过那坨旧报纸，笑道："有心了，谢谢你了。听说艾老爷子去世了？这真是太让人遗憾了。"席父与艾老爷子谈过两次，每次的聊天都对他深有启发。对他来说，一个有智慧的老人是一个巨大的宝藏，可惜他还没有跟艾老爷子有过多的接触，艾老爷子就去世了。

"人有生老病死，没办法的。"艾亿有些落寞地说道。艾爷爷的死

对她的打击太大了，直到现在，她还是不能想起爷爷。一想起爷爷，她就会心情低落，整个人都没了精神。

席母一看，便知道这姑娘又开始想爷爷了，瞪了一眼席父，忙说道："不聊这个，不聊这个，你打开看看，小亿这是什么礼物，看起来挺新奇的。"等她说完，又恨不得打自己嘴巴，自己这又是哪壶不开提哪壶啊！这包东西到底有哪里值得看的……

席父还真把报纸一层一层打开了。

样子像是一个碗，可无论是里面还是外面，都是一坨一坨的泥巴。有了外面那层报纸做铺垫，席父席母也没有对这个礼物有所期待。

而席东梁好奇地看来看去，忽然指着那泥碗的某个方向，问道："小亿，这个东西是什么朝代的？我怎么看到有古代的印记？"

艾亿被席东梁一问，将爷爷的影子甩掉，这才回道："不知道哦！"

席父敲了敲这泥碗，能听到碗侧发出阵阵清脆的响声。这样的响声绝对不是一个泥土铸造的碗能发出来的，这让他更肯定了自己的猜想，里面是古陶瓷。

"小亿，这东西太贵重了……"席父刚要推辞，却被艾亿打断了。

"叔叔，您太客气了，我对这东西不懂，您就收着吧。"

这样的姑娘，实在是聪明啊！席父越发觉得儿子的目光实在是好，满面微笑地看了看艾亿，又看看席东梁，越看越满意。

"你们打算什么时候结婚？"

艾亿被噎了一下。

席东梁都被父亲这话吓了一跳，他当然是想要结婚的，但是考虑到艾亿爷爷刚刚去世，再加上俩人相处的时间并没有太长，怕过早提起会引起艾亿的反感，他这才没有跟艾亿提起结婚的事。

见席东梁不答复，席父微微严肃地说道："东梁，你是答应过老爷子的，不能言而无信。"

不管艾亿本身还有人际关系如何，他看得出来儿子对艾亿是非她不娶的，既然确定了，就早点展开攻势，可不能拖了……他们还想抱孙子呢！

"嗯，我知道。"席东梁低沉地道，最终还是没有给出答案。

艾亿听了，心里有些不太舒服。

难道他就是为了爷爷临终前的嘱托，才跟自己结婚？

不得不说，艾亿又钻进了牛角尖。只是这回，她没有当着众人的面发泄。她觉得，在长辈面前，还是不要太过计较的好。

所以等两人回了席东梁的卧室，单独相处的时候，艾亿才闷闷不乐地坐在藤椅上发呆。

席东梁刚开始还在勤奋地收拾东西，拿掉避尘罩，从衣柜里找出被单，再拿了抹布擦擦床头和柜子，等他忙到一半，忽然觉得不太对劲，便抬头去看艾亿，见她呆呆地望向窗外，脸色不是很好，心里咯噔一下，连忙放下手里的东西，走到她面前蹲下。

"老伴儿，想什么呢？"

"没事。"艾亿看都不看他，扭着头看窗外。

这个样子明明是有事了嘛！席东梁赶紧把她的脸转过来，直直地望进她的眸子："老伴儿，你怎么又这个样子了，有事你得告诉我呀，你不告诉我，我都不知道自己错在哪里……"

"哼！"艾亿从鼻腔哼了一个音节出来，就是不肯告诉他是怎么回事。

可怜的席东梁只好一遍又一遍地哄，一遍又一遍地装萌扮乖，可无奈，这回就是不能撬开艾亿的嘴……好吧，让艾亿主动提起结婚这事，她觉得没面子啊！

就在席东梁急得抓耳挠腮的时候，席家父母正在房间里聊天。

"我看东梁好像还没打算结婚啊？是不是艾亿不想结婚？"席母有些担忧地说道，她现在是对艾亿没有反感了，可她怕艾亿仍然记得第一次见面的事。

席父躺在床上，翻看着杂志，心不在焉地说道："儿孙自有儿孙福。"

"孙子都还没有，哪里有什么福！"席母卸了妆，掀开被子上床，"我只希望东梁赶紧结婚生小孩，这样我的任务也就完成了。"

席父看了她一眼，笑道："说来说去还是想要抱孙子。"

"废话，难道你不想啊！"

俩人就着孙子这事，调笑了半天。最后，席母又皱了眉头："你说，殷家那姑娘，怎么就那么个性子呢？"

她以前怎么就没看出来呢？

"这姑娘太自我了，看不起别人，以后会吃亏的。"席父把杂志放回床头，躺下，轻轻地说道。

"唉，我看啊，她送的那个什么玻璃种，还是给她退回去吧！我们跟她关系也不怎么样，收了这东西，感觉手短。"

"拿了艾亿的东西你就不手短了？"席父笑道。

席母瞥了他一眼："那是你儿媳妇，她孝敬你也是正常。"

"是是是，改天你把那玻璃种送回他们家吧！"

"嗯，好的。"

席家父母讨论了一会儿，便早早地睡了。

第二天起来，俩人看到儿子眼睛下面黑黑的一片，他这是一个晚上没睡？席父席母对看一眼，只觉得是孙子有望，却忽略了儿子紧皱的眉头。

艾亿这天的表现很淡定，这让席东梁很郁闷。

无论他怎么问，艾亿就是不说她到底在想什么，为什么会对他不满。晚上睡觉，她躲在角落里，他伸手一碰，她就推开，这不是不满是什么？

而让他更郁闷的是，他根本就不知道自己哪里做错了！

这个榆木疙瘩啊！

因为是在父母面前，席东梁只好配合艾亿把一切的不和谐都隐藏

着，并没有闹开。

到了下午，席东梁接到曹赛宝的电话。

"东哥，下月一号，准备看好戏了。"

"什么？"

"唉，你别管了，对了，记得留出时间哦！"

说着，曹赛宝就挂了电话，席东梁恨不得把电话给砸了。怎么都是这样，有什么话不肯好好说，非得瞒着……席东梁痛恨自己的傻，他怎么就是想不明白，女朋友到底是在为什么生气呢？

这个时候，艾亿正在院子里的秋千上坐着。

她一袭长裙，未施脂粉，长发飘飘，远远看去，就像仙子落入凡间，实在是美丽极了。

席东梁越看越喜欢，想着她正在生自己的气，他就心里难受。但是不管怎么样，自己一定得让她高兴起来。席东梁一边走，一边给自己打气。

"老伴儿，你气消了没？咱们聊聊，好不好？"席东梁站在秋千旁边，看她悠闲地晃来晃去，很想上去抱住她。

艾亿瞥了他一眼："哼！"

席东梁搔搔脸颊："你这意思是不是愿意跟我聊了？"

"想得美。"艾亿气了一天，再大的气也消得差不多了，再看他这副紧张的样子，艾亿的心情其实是很不错的。所以这次席东梁过来找她说话，她也就没有板着脸。

席东梁一看艾亿的表情，便知道她气得差不多了，赶紧再接再厉，找出问题关键。"那你告诉我吧，你到底怎么了嘛！"

"我能怎么了？我好吃好喝的，能有什么不好的？"

"你骗人，你明明就在生气。老伴儿，你别生气啦，都是老头儿不好，你骂我吧！"

"骂你有什么用？骂你能把人家的处女膜还回来？"艾亿不知道怎么，忽然想起昨天殷炎炎当着自己的面说第一次给了他。这让她觉得很不舒服，她还没跟别人有过第一次呢，他为什么就能跟别人鱼水交欢？

席东梁面色变幻了几下，想要解释，可是知道自己无论怎么解释，这事儿都是一根刺。女人本来就对前女友敏感，更何况，殷炎炎还三番四次前来挑衅，也不怪艾亿生气了。

艾亿见他不说话，居然被自己找出来的理由给气着了，好你个席东梁，你跟别人卿卿我我，还好意思在自己面前装无辜！

越想越气，艾亿噌地跳下秋千，抬腿就朝大门走去。可是后一秒，她的腰就被抱住了。

席东梁紧紧抱着她的腰，不准她再动弹。"老伴儿，老伴儿，都是过去的事了，咱不提了，行不行，不提了，好不好？"

"不好，放开我。"艾亿一脚踩在席东梁的脚上，想逼得他放开自己，可没想到，他只是闷哼一声，却怎么都不愿意放开她。"席东梁，你去死！"艾亿气急，口不择言地骂道。

席东梁被她骂得很难受，可是仍然不肯放开她，反倒把她抱得更紧。为了抚平她的怒火，席东梁只有将自己的脸贴近她的面颊，用鼻子轻轻地蹭她的脸。感觉到暴怒的艾亿慢慢开始平静下来，席东梁才委屈地问道："老伴儿，我死了，谁陪你过下半辈子？"

"哼！"

"老伴儿，别生气了，别生气了，都是我不好。要是我早十多年知道你的存在，我一定守身如玉……"

席东梁的语气里满是懊悔，这样的懊悔又让艾亿忽然想笑。

是的，如果十多年前俩人就认识了，他们也许就不会这样吵了，为了一个过去的人，现在再折腾，确实是不应该。艾亿想着想着，又想通了。上次因为殷炎炎的事，她已经钻了一次牛角尖，而这次，艾亿觉得自己又有点小题大做了。毕竟，谁没有过去，对不对？

"我那时候才十几岁，正是血气方刚的时候，面对喜欢的人，我情不自禁……"席东梁闷闷地说道。

"意思是你现在不喜欢我？"艾亿忽然打断他的话。

席东梁一愣："怎么会？我现在就喜欢你一个，真的！"

"那我怎么没看到你情不自禁？"艾亿想瞪他，但他在身后，瞪不到。

"那个，那个……"席东梁又着急了，"我不是忍着嘛……你不知道，我天天都想跟你……"

"行了！老色鬼！"艾亿被他说的满面通红，忍不住呵斥道。

席东梁嘿嘿一笑，知道艾亿害羞了，便在她脸庞偷了个吻。"老伴儿，不生气了。"

"哼！"

回答他的，是充满愤怒的一哼，只是这回，席东梁听出了里面的娇羞，心情瞬间飞扬起来。

一直到最后，艾亿还是没有告诉他，她生气的真正原因。

"老伴儿，后天有事哦！"

"什么事？"艾亿正在思考结婚这事，就被洗完澡的席东梁给打断了。

"曹赛宝说的，有事。"

"他能有什么事？"艾亿很怀疑地看他，因为刑素素父亲的原因，这小两口一直没有回到他们的，艾亿自然也很少跟他们联系。可是无论怎么看席东梁，都从他的表情里得知，他也不知道到底是什么事情。

时间很快来到了月初，席东梁上完班后，就带着艾亿去到了Z市。

"这是……"等下了车，艾亿有些傻眼，面前的建筑物上，挂着XX游戏公司的字样。这不是她玩的游戏的开发公司吗？哦，对了，她已经有很久没有上线了。一来是席东梁说他不喜欢，二来是因为她一直忙着跟席父处理她的"嫁妆"。

席东梁也有些惊讶，他只是按照曹赛宝给的路线开过来的，没想到竟然是他的公司。

给他打完电话后，席东梁跟艾亿便站在车旁等待。

"他说他就过来。"

"他这是搞什么鬼？"

两人各说各的，都没想要对方接话。直到曹赛宝急匆匆地赶来，看见二人，笑嘻嘻地说道："真是好久不见了啊！"

"你要我们过来干吗？"席东梁问。

"素素呢，她来了吗？"艾亿问。

曹赛宝汗颜地看着这两人，真是一对儿啊，见了他，也不说问问他好不好，就单刀直入地奔主题而去。"素素没来，她在家休息。我让你俩过来，是来看戏的。对了，你们是不是很久没上游戏了？难道你们不知道，今天是游戏聚会的日子吗？"

"啊？"艾亿惊诧地看看他。她当然知道游戏聚会是什么意思，就是游戏里的玩家，在现实中见面。以前她也听说过，可是她一直没有参加，因为她觉得游戏若是搬到现实，就少了一些神秘。

至于席东梁这种游戏菜鸟，根本就听不懂曹赛宝在说什么。

曹赛宝也直接忽略了他，跟艾亿解释道："公司举行了一个情侣大赛，今天是情侣大赛的现场报名，也有很多玩家跑过来聚会。"

艾亿点点头，表示明白。随即，她想到了她和席东梁。"那你的意思是让我跟他去报名？"

曹赛宝直搓手："嘿嘿，嘿嘿，你是名人啊！"

一句话道尽了曹赛宝的目的，不过，他的理由是大义凛然的："其实我让你们来的目的，是为了看看殷火儿。"

"哦？"艾亿挑了挑眉，这跟殷火儿又有什么关系？

"她在游戏里可有不少老公啊！"说着，曹赛宝瞟了一眼席东梁。

惹来席东梁的一阵鄙视。

好在艾亿并没有揪住这个不放。她也知道，曹赛宝说的是事实。

"她不是一直纠缠东哥吗，看她这次当着东哥的面跟别人亲热，以后还有脸面去缠东哥吗？"曹赛宝阴险地笑笑。

艾亿总算明白了，这曹赛宝就是吃定了殷炎炎并不知道席东梁就是梁山伯的事实。也是，殷炎炎在别人面前表现得对席东梁一往情深，别人都以为是席东梁负她，可是谁又知道，她暗地里又勾搭过多少人？

艾亿和席东梁在曹赛宝的带领下，来到了报名现场。

报名现场很火爆，一对儿一对儿的男女站在一块，相当的赏心悦目，也有不少人是聚在一起聊天的，大概都是游戏里认识的。

艾亿等人进入赛场，顿时引来了不少人的目光。

艾亿姿色不俗，她本就不施脂粉，再加上长发披肩，白衣飘飘，就是少男梦中情人的标准打扮，再有她的气质，带着神秘和高傲，混合出一种只可远观不可亵玩的仙气，就算是定力再好的人，也会多看上两眼。

"这比赛比的是什么内容？"三人一边走，艾亿一边问。

曹赛宝耸耸肩："随便啦！没有限制的。"

一旁的席东梁若有所思。

艾亿想着，那就先报个名吧，至于要干吗，等晚上回去再讨论。至于为什么要报名，也许是因为她想告诉别人，自己跟席东梁是一对儿，也许是因为想要还曹赛宝一个顺水人情。毕竟，他是他俩的媒人。

报名的地方人很多，一层一层的。有的是在报名处等人，有的是想看看有没有熟人，有的则是想看帅哥美女，总之是怀揣着各种心思的人。

"他俩报名。"曹赛宝半倚在电脑上，对着办事的小妹笑道。

那小妹当然认识曹赛宝，赶忙说道："报下昵称和等级。"

"亿月亿年，100级。"

"梁山伯，100级。"席东梁张了张嘴，他只有这一个号，虽然已经被他删掉了。

他看了看曹赛宝，想知道被删的号会不会不起作用。可曹赛宝只是冲他耸肩，并没有答话。

办事的小妹在键盘上敲了一阵，然后递给他们两个胸牌，一模一样的号码，只是颜色不一样，笑着说道："好了。"

就好了？这么简单？席东梁怀疑地看了看曹赛宝，直觉告诉他，曹赛宝搞了鬼。不过，算了，随便他玩吧，总不会把自己和艾亿卖了。

而这个时候，人群里忽然出现了骚动。

"亿月亿年来了！"

"女王来了！"

"不是吧？她都好久没上线了！怎么会出现在这里？"

"真的是女王，真的是女王！"

层层叠叠的声音似波浪一般传播开去，很快，聚拢的人越来越多。

办事的小妹当然听到了人群中的声音，她忍不住抬头看了看面前这个脸色平和的女子。真是漂亮啊！只是，她居然是女王？哦，对了，她想起来了，这个游戏有一位具有传奇色彩的女王，难道是她？

小妹看了又看，始终不敢确定。

直到旁边的人有人问道："这真的是那个战无不胜的女王？太漂亮了吧？"

就是就是，怎么能这么漂亮呢？而且听说，这个女王是大区一霸，谁得罪了她都没有好处，只要她一出手，无论是哪个国家，哪个大区，都得遭殃。这么柔弱的姑娘，怎么可能是女王呢？办事小妹那个纠结啊！

曹赛宝没想到艾亿的名声这么大，才报个名，居然就引起了骚动。

这不能怪他，国战类游戏本来女少男多，而出名的女性更是少之又少，再加上亿月亿年以实力霸占大区头把交椅一年多，整个游戏不知道她的人真的数不出几个。

不大一会儿，人群中就挤过来一对男女。

女的卷发披肩，个头高挑，曼妙的身姿引人遐想。她身旁的男子俊美非常，身材健美，黑瞳深邃。好一对俊男美女的组合啊！来人正是殷炎炎。

"你是亿月亿年？"女的轻咬下唇，面色铁青。

艾亿微笑地点点头。

"不可能，不可能！"殷炎炎一连说了两个不可能，她当然不肯相信，从她进游戏就一直被以完美姿态压制她的亿月亿年，竟然是艾亿！她在亿月亿年的手下，吃了太多的亏。城战输了，间谍被发现了，国战输了，连跨服战都没她的份儿。

只要有亿月亿年的地方，就没有她的存身之处。可是殷炎一直觉得，这亿月亿年不过就是个普通的市井女孩，没有出众的容貌、没有过硬的背景，所以她仍然是独一无二的，仍然是天之骄子。

可是，为什么偏偏是艾亿？为什么偏偏是夺了席东梁又让她无法接近席家的这个女人？

就连她捧去的贵重玻璃种，都被席家退了回来。她父母还告诫她，不要再去缠着席东梁。她知道是为什么，都是因为艾亿！如果没有艾亿，她不可能会被席家讨厌，也不可能会失去席东梁的心。

公主啊！您想的太多了，真的。

艾亿看着她的失态，面色平静："很抱歉，我是亿月亿年。"

殷炎炎看了看她，再看看席东梁，咬着下嘴唇，一副很委屈的样子："东梁，你看看，她都来跟别人参加情侣比赛了，你怎么还跟着她？"她刚刚听说了，亿月亿年的报名对象是梁山伯。她对梁山伯恨之入骨，虽然现在没有看到梁山伯，但是迟早她会看到的，到时候，她会把梁山伯批判得一无是处，让他后悔莫及。只有她，只有她才是主角，亿月亿年什么的，都是地上的小草！

席东梁看了看她，平静地说道："我是梁山伯。"

简短的话，让殷炎炎憋红了脸。她想到，自己是怎么低声下气对梁山伯说自己喜欢他，他又是怎么敷衍自己的……

"哈哈！真是有缘千里来相会啊！老同学啊，这个又是谁啊？你怎么不介绍介绍？"一旁待着的曹赛宝看足了戏，才哈哈大笑，将众人的目光移到殷炎炎身旁的男子身上。

男子微微一笑："你们好，我是游戏新手，叫扶手。"

"新手能得到咱们老同学的青睐，也很不错啦！看你样子挺年轻的，真好……对了，你多大了？"曹赛宝笑嘻嘻地问道，仿佛没有一点恶意。

男子似乎没有看到身旁面色急急变幻的殷炎炎，很是平静地说道："不小了，已经二十六了。"

"那还小嘛！咱们老了，都三十好几了！啊，对了，老同学，我还没恭喜你呢，三十好几了还找了这么个年轻力壮的好对象，真是厉害啊！"曹赛宝眯着一双眼睛，笑眯眯地在男子身上上上下下地打量。

男子也没有不自在，始终笑着。

这个时候，殷炎炎终于恢复了正常。她在席东梁和艾亿面前丢尽了脸，本来曹赛宝说她比扶手老，她是很怕扶手翻脸的，没想到，他居然很有风度，一点也没有生气。这让殷炎炎又高兴起来。

席东梁，你不识货，自然有人识货，就让你跟那个亿月亿年堕落去吧！

想着，殷炎炎便挽了扶手的手，笑道："亲爱的，咱们走吧，看着这几个人，我头晕。"

俊俏男子宠溺地一笑，拍拍她的手："那咱们去宾馆休息吧？"

"嗯，好的。"殷炎炎娇羞地说道。

旁人看得目瞪口呆。女人你到底有没有底限啊！跟个游戏里的老公去开房？还在众人面前露出娇羞的表情？

众人浮想联翩，看着这俩奇葩慢慢地离去。

殷炎炎刚离去，周围的人又围拢了过来。这时候，有认亲的来了。

"唉，小亿啊，我是老鼠！"

"小亿小亿，我是恶魔。"

"女王大人，我是五角！"

没想到，魏国国王帮来的人还真多。

这些人暧昧地看看艾亿，又看看席东梁。心里想着，是哪个家伙就是不肯承认自己跟那十五星套有一腿的？这回她可狡辩不了了吧？

艾亿是第一次跟帮派里的人见面，刚开始还吓了一跳，后来看他们说话的语气跟游戏里的一模一样，慢慢就卸下了心防，大伙找了个角落，聊了许久，才依依不舍地散去。

第二天晚上，情侣比赛正式开赛。

艾亿本来想晚上跟席东梁聊聊比赛内容，可是没想到因为回去晚了，席东梁洗完澡，倒头便睡。没办法，艾亿打算第二天再跟他谈论这个问题。

可惜第二天席东梁仍然要上班，艾亿只好等啊等啊，就等到了晚上。

席东梁一回来，收拾收拾，俩人就得出门，一路上席东梁要开车，艾亿不好让他分心，于是继续忍。

直到到了比赛的地方，艾亿才忍不住问道："等下比赛咱们怎么办？"

"啊？你没有想好啊？"席东梁愣愣地看她，一副笨拙的模样。

艾亿恨恨地瞪他："我这不是等你跟我商量吗？"

"那你不早说？"席东梁搔搔脸，颇有些无奈地看她。

"……"艾亿忽然被这家伙无辜的眼神气得想揍人。

"算了，我想想办法，你别担心了。"席东梁看她的脸色变幻，知道她的情绪又不好了，连忙安慰她。

艾亿斜眼看他："你有办法？"语气是质疑的，但是心情却是放松的。反正都到现在了，就算丢人，不是丢她一个人，所以她决定让他去头疼。这样一想，艾亿还有点幸灾乐祸。

席东梁郑重地点头，艾亿幸灾乐祸的样子太明显，他忍不住笑呵呵地在她脸上吻了一吻，这才牵着她的手往比赛现场走去。

比赛大厅的入口处，贴有情侣比赛的规则。其实这规则很简单，就是只要有两人共同参与就行，不局限形式，包括游戏截图、游戏对话、视频、录音、现场表演等等，只要是有两个人共同参与，就算是比赛内容。

艾亿嘀咕着，这比赛还真是别出心裁。

实际上，因为这是建立在游戏中的比赛，情侣之间也并没有很深的牵绊，如果局限于游戏内容，或者现实内容，对谁都是不公平的。所以节目组最后才定了这么一个不是规则的规则。他们的目的是，只要有人参与就行。

参与比赛的人很多，头天报名的时候，前台小妹给的胸牌就是比赛的号码。但是这个号码却不是按顺序排的，比赛顺序是由电脑随机抽取的，会提前十分钟公布。

艾亿和席东梁暂时没看到自己的号码，料想应该还在后面，便找了个位置坐下来。

玩游戏的情侣思想宽阔，有共同的兴趣爱好，所以各种各样的表达方式都有。有的是剪辑的游戏视频，道尽了俩人一路走来的艰辛；有的是现场发挥，唱歌居多，有的也会跳舞。

不久，俩人终于看到了自己的号码。

席东梁牵着艾亿的手，笑道："老伴儿，别紧张。"

艾亿翻了个白眼，想她堂堂女王，怎么可能在这点人面前紧张。他真是瞎操心。"要怎么配合你？"

"上台站着就行，我已经准备好了。"

"好吧！"

艾亿耸耸肩，依言，拿着话筒上台。

白色的长裙在灯光的照耀下，显得气质非凡。

台下众人又是一阵骚动。

不久，一个低沉的声音响起。

"老伴儿，你知道我不会说话。所以，如果我说得不好，请你别生

气。"

"老伴儿，我们在一起五个月零八天了。在这些日子里，我们一起经历悲欢离合，一起走过风风雨雨。"

"老伴儿，你老说我啰唆，可是你却不知道，我只对你一个人啰唆。"

"老伴儿……"

……

每句话都朴实得如同嚼蜡一般。台下的众人，都心想着，这到底得有多不会说话，才能把情话说得这么没有味道？他们替这个男人担心，因为台上的这个女人，似乎对他的话没有任何反应。

这么笨的男人，应该要有人包容他才对。

众人暗暗地想着，只希望这个美丽的女人，不要拂袖而去。

"老伴儿，你是不是又觉得我啰唆了？"男声忽地又笑了，很沉很沉。

众人的心被他笑得有些心酸，这得有多笨，明知道对方不喜欢自己啰唆的情况下还能笑得出来？

台上的女人没有说话，只是静静地看着某个方向。

那个方向，正缓缓地走来一个人。他走路的姿势很沉稳，他不高，长得不帅，还有些老气。可是他的眼里，只有台上这个女人。当他走到女人面前时，他单膝跪下了。

"老伴儿，我啰唆了半天，就是想问你一句话。"男人手里托着锦盒，脸上带着微笑，抬头看她，"老伴儿，你愿不愿意嫁给我，听我啰唆一辈子？"

忽然，台上的女人手捂着嘴巴，哽咽起来。

"你怎么了，唉唉，你别哭啊，你别哭啊！"席东梁被她哭得傻了，顿时手足无措地站起来，想要安慰她。

艾亿捂着嘴巴的手忽然啪打掉他的手："跪下。"

"啊？"席东梁被打得一愣，听话地跪下了。

"拿来。"艾亿的脸上仍有泪痕，可是她的语气却是很霸道的。

席东梁又傻傻地把锦盒递给她。

艾亿没接。"傻啊你，打开，给我戴上。"

"啊，哦，哦……"席东梁连忙打开锦盒。

锦盒里面是席东梁偷偷去买的戒指，是钻戒，成色不高，也不算贵，才一万多块，可是他挑选了许久，认为这个花色比较素净，适合艾亿的气质。

他把戒指拿出来，正愁着该把这东西戴到她的哪根手指。艾亿右手无名指一伸，"这个。"

"哦哦。"席东梁又赶紧照办。

等戴上戒指后，席东梁傻傻地问："老伴儿，我能站起来了不？"

"跪着吧！"艾亿瞥了他一眼，头也不回地往台下走去。

"唉，老伴儿，老伴儿，你怎么走了呢？"席东梁那个郁闷啊，他到底是站起来，还是继续跪下去啊？

此时，台下的众人都忍不住要捂眼睛了。这是得有多笨，才会这样子啊！

人家美女都答应你的求婚了，你还不跟着去，还跪在台上干吗呢？

看在他这么笨的份儿上，众人终于砸他了："快追上去啊！快追上去啊！"

席东梁被水瓶子砸得有些痛了，朝台下激动的众人看了看，又朝艾亿走的方向看了看，略一犹豫，终于站起身，朝艾亿奔去。

曹赛宝也没有想到，最后，这场闹剧似的情侣比赛，席东梁这个大笨蛋竟然拔得了头筹，获得了"情比金坚"的奖杯。